그르룽진천하

金龍振天下

FANTASTIC ORIENTAL HEROES

금룡진천하 1

황규영 新무협 판타지 소설

초판 1쇄 찍은 날 § 2007년 5월 1일
초판 2쇄 펴낸 날 § 2007년 7월 31일

지은이 § 황규영
펴낸이 § 서경석

편집장 § 문혜영
편집책임 § 유경화
편집 § 이재권 · 유혜림

펴낸곳 § 도서출판 청어람
등록번호 § 제1081-1-89호
등록일자 § 1999. 5. 31
어람번호 § 제2-1188호

주소 § 경기도 부천시 원미구 심곡1동 350-1 남성B/D 3F (우) 420-011
전화 § 032-656-4452 팩스 § 032-656-4453
http://www.chungeoram.com
E-mail § eoram99@chollian.net

ISBN 978-89-251-0682-3 04810
ISBN 978-89-251-0681-6 (세트)

금룡진천하

1

황규영 新무협 판타지 소설

도서출판 청어람

目次

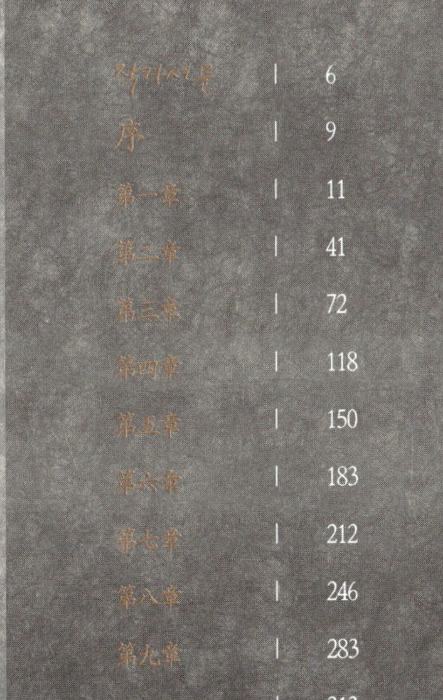

　책을 쓰기 시작한 지 얼마 되지도 않은 것 같은데, 책장이 제가 쓴 책으로 제법 채워졌습니다.

　어떤 책은 반응이 좋았고, 어떤 책은 반응이 나빴습니다. 그 반응에 상관없이 제겐 하나하나 다 소중한 글입니다. 전 제가 쓴 글이 다 재미있으니까요.

　하지만 다른 분들의 취향이 다 저와 같은 건 아니더군요.

　그래서 가급적 많은 분이 좋아하시길 기대하며 새로운 이야기를 하나 내놓았습니다.

　이번 이야기는 편하게, 쉽게 읽으시라고 쓴 글입니다.

　작년 이맘때 편안하고 쉬운 이야기를 한번 쓴 적이 있습니다. 잠룡전설은 청바지에 티셔츠처럼 가볍게 읽을 수 있는 글이었습니다.

　그때는 제 취향에 맞춘 글을 두 번이나 낸 직후였습니다. 그

당시 두 번째 글을 너무 제 취향에 맞춰 문제가 생겼기에, 세 번째 글 잠룡전설은 가급적 많은 분이 좋아하실 만하게 썼었습니다.

사실 잠룡전설은 제가 쓰고 싶은 글이라기보다는 읽고 싶은 글입니다.

이번에도 마찬가지입니다. 상황은 그때와 다르고, 이야기의 내용과 흐름도 다르지만, 이건 좀 더 많은 분께 읽히고 싶다는 생각으로 쓰는 두 번째 글입니다.

그래서 이번 글은 쉽고, 가벼우며, 즐겁습니다. 쓰기도 쉽고, 읽기도 편합니다.

마음 편하게, 쉽게, 그리고 느긋하게 읽으셨으면 합니다.

2007년 봄. 황규영.

"금룡의 의미가 설마 그런 것일 줄이야……."

　　　　　　　　　　　　　　　　　—어느 무림인의 회상.

第一章

그곳은 사람이 사는 마을에서 그리 멀지 않다. 하지만 산세가 험해 발길이 쉽게 닿지 않는다.

간혹 들리는 새소리와 산들바람이 나뭇가지를 흔드는 바스락거림이 그곳에 존재하는 소음의 전부다. 그 외에는 아무 소리도 들리지 않았다.

고요했다.

숲 한구석에는 작은 협곡이 있다. 그 협곡 한구석에 거대하고 편평한 바위가 박혀 있다. 그것은 마치 수만 년을 그 자리에 머물고 있은 듯했다.

모든 것이 평화로웠다.

쩡!

갑자기 귀를 찢는 날카로운 소리가 숲을 진동시켰다.

나뭇가지들은 부르르 몸을 떨었다. 평화를 즐기던 동물들이 화들짝 놀라 경기를 일으켰다.

거대한 바위의 한가운데에 가늘고 기다란 선이 생겼다. 약간의 휘어짐도 없는 완벽한 직선이 그려졌다.

그 선이 조금씩 두꺼워지기 시작했다. 잘린 단면은 마치 무엇엔가 녹은 듯 매끄럽기까지 했다.

바위가 통째로 앞으로 밀려 나오며 잘린 부분이 서서히 벌어졌다. 곁에서는 바위로 보였던 그것은 밀려 나온 후 정체를 드러냈다.

그것은 사람의 손으로 만들어진 무척이나 두꺼운 돌판이었다.

완벽하게 이등분된 돌판은 계속 밀려 나오더니 앞으로 서서히 쓰러졌다.

거대한 돌판 두 개가 땅바닥에 쿵 소리를 내며 쓰러졌다.

땅이 흔들렸다. 그 엄청난 압력에 계곡의 땅이 버티지 못하고 진동했다.

쓰러진 돌판의 뒤쪽에는 깊고 어두운 동굴이 입을 벌리고 있었다. 그 안이 얼마나 깊은지 제대로 보이지도 않았다.

그 동굴에서 젊은 남자 한 명이 걸어나왔다.

남자가 하늘을 올려다보았다. 뭉게구름이 해를 가리고 있었다. 하늘은 보석처럼 파란빛으로 채워져 있었다.

그는 잠시 그 자세로 움직이지 않았다.

"맑은 하늘이라… 오랜만이군."

그의 입에 미소가 걸렸다. 그것이 곧 호탕한 웃음소리로 변했다.

"하하하. 세상아, 오래 기다렸구나. 나 진초운. 드디어 내가 돌아왔다!"

그가 허리에 찬 검을 쓱 뽑았다.

칼의 색이 거무튀튀했다. 쇠의 가공된 정도 역시 별로 매끄럽지 못했다. 표면이 우툴두툴했다. 심지어 칼날에는 날조차 제대로 서 있지 않았다. 마치 대장장이가 만들다 실패해서 던져 버린 것 같은 모습이었다.

그는 그 검을 위로 쭉 세우며 외쳤다.

"이 세상의 모든 악인들은 내 손으로 처단하리라!"

뭉게구름이 바람에 밀려나 해를 드러내었다. 그림자는 빠르게 사라지고 태양의 밝은 빛이 그의 주변을 밝게 밝혔다.

검을 높이 든 채 태양을 등진 그의 몸에서 영웅의 기세가 뿜어졌다.

그 상태로 약간의 시간이 흘렀다.

진초운의 얼굴에서 웃음이 서서히 사라졌다. 그는 그 자세 그대로 눈을 감았다. 내공을 운기했다. 몸의 감각이 생생하게 살아났다.

주변 십 장 내에서 뛰는 모든 심장 박동이 그의 감각에 잡혔다.

그의 입가에 미소가 걸렸다.

"후후. 십 장 내에는 아무도 없다? 감히 가까이 매복할 용기가 없었겠지. 현명한 판단이지만 그것이 너희들의 한계."

강력한 내공이 단전에서 솟구쳤다. 그의 감각이 주변의 모든 기운을 예민하게 느꼈다. 그의 귀가 사람들의 심장 박동을 찾았다.

그의 입술이 조금 실룩거렸다.

"오십 장 내에도 없어? 형편없는 놈들이로군. 겨우 그런 용기로 나를 상대하겠다니."

내공의 흐름이 격렬해졌다. 그의 몸 주위로 아지랑이가 피어올랐다. 그의 감각이 주변 백 장을 장악했다. 그 영역에서 뛰는 모든 심장의 위치와 세기, 맥박수 등이 단숨에 파악되었다.

진초운의 표정이 굳었다. 그의 눈이 갑자기 번쩍 떠졌다. 눈동자에서 강렬한 빛이 번쩍였다.

날카로운 눈빛으로 주변을 훑었다. 숲과 숲 사이 작은 공간, 하늘 위를 나는 새, 저 먼 곳의 풍경까지 모조리 훑었다. 어느 하나 허투루 보지 않았다.

진초운의 몸에서 공력이 서서히 가라앉았다. 몸을 돌며 회오리치던 공력이 조용히 단전으로 모여들었다.

진초운의 눈에서 빛이 사라졌다.

그가 검을 스윽 내렸다. 칼끝이 땅을 긁었다.

혀를 찼다.

"쳇. 아무도 없네."

얼굴에 실망이 가득했다. 손에 든 검을 검집에 대충 쑤셔 넣었다.

입에서 저절로 불평이 나왔다.

"내가 분명히 신공을 익히러 간다고 여러 사람에게 말했는데 말이야, 그리고 삼 년이나 수련을 했는데 말이야."

짜증이 났다.

"왜 기다리는 사람이 아무도 없는 거야? 내가 드디어 폐관 수련을 마쳤으니 환영 인파가 몰려와 있어야 할 거 아냐? 내가 이런 대접이나 받으려고 죽을 고생을 하면서 무공을 익힌 줄 알아?"

말해놓고 보니 좀 심하다는 생각이 들었다. 급히 말을 바꿨다.

"아니지. 내가 뭐 딱히 공명심이 있어서 무공을 배운 건 아니니까 그건 그럴 수 있다고 쳐. 하지만 최소한 나를 노리는 놈들은 좀 있어야 할 거 아냐? 내가 세상에 나가면 그놈들은 다 끝장이라고. 그러니 아직 준비가 덜된 지금이 그놈들의 유일한 기회인데, 이것들이 그런 것 하나 몰라?"

아무리 떠들어도 듣는 사람이 없었다. 입만 아팠다.

"하긴, 이놈의 세상에 뭔가 기대한 내가 바보지. 그래도 저 안에 있을 때는 나갈 때 뭔가 있을 거란 기대를 하면 기분이라도 좋아졌는데. 너무 오래 갇혀 있어서 미친 짓을 했어."

그가 뒤돌아섰다. 자신이 잘라놓은 동굴의 입구가 보였다. 다시 짜증이 났다.

"난 왜 이렇게 사서 고생을 하냐. 냉정하게 생각해 보면 보는 사람이 없는 게 뻔한데 그냥 기관장치로 열걸. 괜히 멋 부린다고 쪼개 버렸잖아. 이거 이제 어쩌나."

그가 쓰러진 거대한 석판으로 걸어갔다. 석판을 손으로 잡고 힘을 썼다.

"끄응!"

단전에서 내공이 회전했다. 팔다리에 강력한 기운이 보태어졌다. 수천 근은 족히 나갈 것처럼 보이는 두꺼운 석판이 그의 손에 이끌려 벌떡 일어섰다.

그는 그것을 세운 채 밀어붙였다. 동굴 입구의 절반이 단단히 틀어막혔다.

나머지 하나의 석판도 같은 방법으로 처리했다. 입구에 밀어 넣는 것까지는 어렵지 않았다. 하지만 모든 일이 순조롭지만은 않았다.

"어?"

아귀가 맞지 않았다. 두 조각의 석판은 처음 존재했던 자리와 조금 틀어진 위치에 끼워졌다. 그 때문에 석판과 석판의 경계면이 완벽하게 맞지 못했다. 뻑뻑했다. 힘으로 밀어보았지만 잘 들어가지 않았다.

진초운은 신경질이 났다.

"하여간 아무도 없으면 내가 나오기 전에 없다고 말해야 할 거 아냐. 공연히 수고하게 만들고 있어. 이거 그냥 열어놓고 갈 수도 없고. 에라, 모르겠다."

내공이 다시 움직였다. 그의 손에 강력한 기운이 맺혔다.

"닫기만 하면 되지 뭐!"

그가 손을 앞으로 쭉 내밀었다. 손바닥이 두 석판의 경계면을 때렸다.

따앙!

마치 쇠로 돌을 깨는 듯한 날카로운 소리가 터졌다. 튀어나왔던 쪽 석판이 쭉 밀려들어 갔다. 경계면이 마찰하며 불꽃이 튀었다.

석판 두 조각은 완전히 자기 자리를 찾아들어 갔다. 겉으로 보기에는 편평한 바위 덩어리 하나로 보였다. 그리고 그 중심에 수직으로 그려진 가늘고 기다란 선이 신비한 느낌을 주었다.

선의 가운데에는 진초운의 손바닥 자국이 새겨져 있었다. 그 깊이는 손을 넣으면 손목까지 돌 속으로 잠길 정도였다. 마치 일부러 경고하기 위해서 만들어놓은 자국 같았다.

진초운이 손바닥을 툭툭 털었다.

"어차피 안에 남은 건 이끼 한 조각도 없으니까 뭐. 다시 여기 올 일도 없을 테고. 문이 망가졌으니 이젠 기관장치로도 안 열리겠지. 그냥 후세를 위해 봉인한 셈치자."

그때였다.

딸깍!

뭔가 부딪치는 소리가 돌문 안쪽에서 들렸다.

진초운의 얼굴빛이 변했다.

"설마……."

그가 뭐라고 말하기도 전에 동굴 속에서 요란한 굉음이 터져 나왔다. 마치 산이 무너지는 듯한 요란한 소리였다.

진초운은 뒤로 한 걸음 물러섰다.

"이크. 내부 기관장치가 작동했네. 저 정도면 수련동이 몽땅 무너졌겠다. 문을 억지로 여는 줄 알았나?"

그는 방금 이백 년 역사를 가진 기관장치를 망가뜨렸다.

잠시 침묵이 흘렀다.

하지만 당황하지 않았다. 일부러 크게 웃음을 터뜨렸다.

"으하하하! 대범한 내가 겨우 이런 것에 눈이라도 깜짝할 줄 알아? 수련동이 다 박살났지만 난 하나도 아깝지 않아. 돈 한 푼 안 되는 동굴 따위 무너지든 말든 나랑 상관없어!"

마지막으로 바위문을 쓰윽 훑어보았다. 속이 다 시원했다. 그는 왼팔을 수평으로 눕혔다. 오른 주먹을 힘차게 올려 두 팔을 교차시키며 외쳤다.

"이쪽으로는 이제 오줌도 안 눠!"

이곳에서 더 이상 남은 일은 없다. 뒤돌아서 집을 향해 걸어갔다. 자유를 얻으니 너무 좋아서 입이 찢어질 지경이다.

"호호호. 부모님은 잘 지내시려나. 나 좋다고 쫓아다니던 연홍이도 잘 있을까? 나를 기다리느라 매일 밤을 눈물로 지새운 건 아닌지 모르겠네. 그리고 우리 꼬맹이는 많이 컸겠지? 보고 싶어라."

그가 걸음을 걸으며 주먹을 쥐어보았다. 공력을 끌어올리자 주먹 위에 흐릿한 기운이 맺혔다. 그것이 가지는 파괴력이 얼마나 엄청난지 잘 알기에 콧노래가 나왔다. 아예 즉석에서 노래를 하나 만들었다.

"나는 엄청난 무공을 익혔다네. 세상의 평화는 내가 지킨다네. 악당을 처단한다네. 그러다 보면 명성이 높아진다네. 명성이 높아지면 돈은 저절로 굴러들어 온다네. 이제 내 인생에서 가난은 끝이라네."

돈 생각을 하자 웃음이 실실 새어 나왔다.

"돈이, 돈이 저절로… 그것도 많이… 호호호. 힘들고 어려울 때 그 생각이 나를 이끌어주었지. 내가 무공을 완성한 건 다 가난을 벗어나기 위해……."

급히 입가에 흐르는 침을 닦았다. 그리곤 엄숙한 얼굴로 말했다.

"아니지. 나는 세상의 평화를 지키고 악인을 처단하기 위해서 무공을 익힌 거야. 암, 그렇고말고. 돈은 덤이지, 덤.”

몸속을 맴도는 강력한 내공이 느껴졌다. 그것이 다 돈이라고 생각하자 표정 관리가 되지 않았다. 너무 좋아서 입이 귀밑에 걸렸다.

“이제 고생 끝, 행복 시작이야!”

그의 고향은 개천이라는 이름으로 불리는 커다란 마을이다. 이백 년 전에 그 시대 최강의 고수로 알려진 검제 진양백이 이곳에서 새로운 무공을 만들었다. 그 무공을 처음 본 사람은 ‘마치 하늘을 열고 신장이 내려와 번개를 내리치는 듯했다’고 말했다.

그때 마을 이름이 개천으로 바뀌었다.

진초운은 개천 마을의 한구석에 위치한 조그마한 집의 마당에 서 있었다. 그는 멍한 얼굴로 중얼거렸다.

“왜 우리 집에 온기가 없지?”

겨울이 가고 봄이 왔지만 날씨는 아직 쌀쌀한 편이다. 추위를 막으려면 어떻게든 불을 지펴야 한다.

그것만이 아니다. 정상적인 집은 밥을 짓기 위해서 나뭇단이라도 태우기 마련이다. 그 과정에서 온기가 나온다.

하지만 진초운이 본 자신의 집은 차갑기가 이루 말할 수 없었다.

‘사람이 산다면 밥을 먹어야 하고, 밥을 지었다면 미약한 온기라도 남아 있어야 한다. 그리고 아무리 미약한 온기라 하더라도 내 감각을 피할 수는 없다. 무슨 일인가 있었다. 생각할 수 있는 이유는 하나뿐…….'

그의 짙은 눈썹이 꿈틀거렸다.

"누구냐? 누가 감히 우리 집에 손을 썼느냐? 무황성이나 사혈련이라고 하더라도 용서하지 않겠다! 이 일에 개입한 모든 자는 앞으로 멸망하리라! 내가 그렇게 하리라!"

그의 몸속에서 절대고수의 기운이 일어나기 시작했다. 몸속에서 한껏 키워진 기운이 피부 바깥으로 뿜어지려는 찰나, 그의 귀에 사람들의 말소리가 들렸다.

지나가던 중년 여인 두 명이 그를 발견하고 수군거렸다.

"저거 혹시 진씨 집안 아들 아냐?"

여자 한 명이 크게 손뼉까지 쳤다.

"아이고, 맞네. 진초운이네, 진초운."

"그런데 꼴이 왜 저렇게 거지꼴이랴?"

"쯧쯧. 어디 가서 사기라도 당했나 보지. 그 잘난 사람이 참 안됐네. 그러게 집 떠나면 고생인 것을……."

"그러게 말이야. 진씨 집 사람들은 빚쟁이를 피해서 야반도주하고, 그 아들은 거지가 돼서 돌아오고. 완전히 쫄딱 망했군, 쫄딱 망했어."

진초운의 몸속에서 만들어졌던 절대고수의 기운이 스르르 흩어졌다.

그가 뒤를 스윽 돌아보았다.

눈이 마주쳤다. 중년 여인 하나가 다른 여자를 툭툭 치며 뒤로 슬금슬금 물러섰다.

"아는 체하지 않는 게 좋겠어."

"하지만 모르는 사이도 아닌데……."

"그러다가 공연히 돈이라도 꾸어달라고 조르면 어떻게 해? 귀찮아진다고."

망설이던 여인의 얼굴빛이 변했다.

"아, 그렇지. 저 집안 사람들이 빚을 잔뜩 지고 도망쳤지? 그럼 그 아들도 믿을 수 없겠네?"

"그 정도가 아니지. 그 사람들, 처음부터 떼먹을 작정으로 돈을 꾸고 날랐어."

"맞아. 아예 모르는 척해야겠네."

아낙들이 멀어지자 진초운이 자신의 몸을 내려다보았다.

틀림없이 거지꼴이다. 지난 삼 년 동안의 수련으로 옷은 낡을 대로 낡아버렸다.

"그래도 수련할 때는 홀딱 벗고 했는데……."

옷을 입고 수련했다면 며칠 버티지도 못하고 걸레가 될 것이기에 선택한 방법이다. 하지만 아무리 아껴 입어도 삼 년은 긴 시간이다. 평소 생활을 할 때 손상되는 것은 어쩔 수 없었다.

동굴 안에는 작은 연못이 있었다. 하지만 식수로 쓸 물을 가지고 빨래나 세수를 할 수는 없었다.

"어차피 보는 사람도 없었다고……."

삼 년 동안 씻지 못했다. 옷이나 얼굴도 때가 찌들어 꼬질꼬질했다.

진초운은 오른손을 들어 이마를 눌렀다.

"아, 쪽팔려. 두 분이 언젠가 사고 치실 줄 알았지만 설마 돈 떼먹고 야반도주를 할 줄이야. 아니, 원래 돈을 대책없이 쓰시던 분들이었지. 이런 건 예상했어야 해."

진초운이 멀어지는 아낙들의 뒷모습을 보았다.

"장차 천하의 정의를 지키는 대영웅이 되실 내가 돌아왔는데, 그런 나의 부모님께서 돈을 떼먹고 도망치시면 어떻게 하자는 거야. 이거 내 경력에 오점이 되겠다. 빨리 돈 벌어서 갚아줘야겠네."

집을 돌아보았다. 싸늘한 집의 기운이 느껴졌다.

"쩝. 그럼 꼬맹이도 데려가셨겠군. 쳇. 어디로 가셨는지 알아야 모셔오지. 저 아줌마들에게 물어볼까?"

그가 멀어지는 여인들을 쳐다보았다. 그녀들도 진초운을 힐끗 돌아보았다. 서로 눈이 마주쳤다.

그녀들이 수군거렸다.

"안성댁, 저 녀석이 우리를 봤다."

"못 본 척해!"

그녀들이 고개를 휙 돌리고 사라졌다.

진초운이 한숨을 쉬었다.

"휴우. 아무리 그래도 그렇지. 내가 돈 꿔달라고 한 것도 아닌데 정말 사람 서운하게 하네. 모르는 사이도 아니면서……."

그래도 그의 의지는 굳건했다.

"하지만 괜찮아. 조상님께서는 세상을 지켜달라고 했잖아. 비록 동굴에 새겨놓은 글씨로밖에 못 봤지만 그래도 그 말씀을 무시할 수는 없지. 세상에는 좋은 사람도 있고 매정한 사람도 있는 거야. 저런 아줌마들보다 더 좋은 사람들을 위해서 내가 열심히 싸워야지."

그는 빠르게 기운을 차렸다. 당당한 걸음으로 집을 나섰다.

"식구들은 다 도망쳤으니 만나보기 글렀고. 그럼 우리 예쁜 연홍이나 만나러 갈까?"

진초운은 자신의 집보다 몇 배는 더 큰 집의 정문으로 걸어 갔다. 신나게 문을 두드렸다.

"연홍아! 연홍아! 오라비가 왔다!"

대답이 들리지 않았다. 마치 사람이 없는 것 같았다.

하지만 그는 안쪽에서 사람이 몇 명 있다는 것을 감지했다.

진초운은 문을 부서져라 두드렸다.

"연홍아!"

마침내 사람이 다가오는 기척이 느껴졌다. 문이 벌컥 열렸다.

삼 년 전에 이 마을 최고의 미녀로 뽑혔던 한연홍이 얼굴을 내밀었다.

진초운의 얼굴이 환해졌다. 두 팔을 벌렸다.

"연홍아!"

한연홍은 아름다웠다. 눈은 크고 입술은 도톰했다. 얼굴은 갸름하고 허리는 하늘거렸다. 나올 곳은 나오고 들어갈 곳은 확실히 들어갔다. 길을 걸어가면 지나가는 남자들이 한 번씩 돌아보고는 했다.

그리고 삼 년 전에 그녀는 진초운의 애인이었다. 그것도 그녀가 먼저 달라붙은 경우였다.

한연홍이 진초운을 보는 표정은 곱지 않았다. 그녀는 차가운 얼굴로 매정하게 말했다.

"너 누군데 남의 이름을 함부로 부르고 난리야? 너 같은 거지새끼가 내 이름을 불러도 되는 줄 알아?"

진초운은 멈칫했다.

'우리 연홍이가 이렇게 험한 말을 쓰는 아이였었나? 애교 많은 아이였는데?'

만남의 반가움 앞에 의문은 빠르게 사그라졌다. 그는 다시 환히 웃으며 가슴을 탕탕 쳤다.

"연홍아, 나다. 나 진초운이다. 드디어 내가 무공을 익히고 돌아왔다. 으하하하."

한연홍의 얼굴 표정은 별로 변화가 없었다. 여전히 목소리가 쌀쌀맞았다. 그녀가 진초운의 몸을 쭉 훑어보았다.

"진초운. 무공은 무슨 얼어죽을 무공? 거지가 됐잖아. 꼴좋게 됐네?"

진초운은 당황했다.

"연홍아, 나를 왜 그렇게 불러? 옛날처럼 초운 오라버니라고 불러야지. 다시 제대로 불러보렴. 내가 네 목소리를 듣고 싶어서 지난 삼 년의 무공 수련 동안 얼마나 힘들었는지 아니?"

한연홍이 코웃음을 쳤다.

"흥. 삼 년의 무공 수련? 어디서 삼 년 동안 비럭질을 하다 왔겠지."

그녀의 험한 말을 들은 진초운의 입이 떡 벌어졌다. 상상도 못하던 반응이다.

"여, 연홍아, 너 그게 무슨……."

한연홍이 본격적으로 쏘아붙였다.

"그 부모에 그 자식이라고. 부모는 돈 떼먹고 도망치고, 자식은 거지가 돼서 돌아오고. 참 집구석 잘 돌아가네."

진초운의 얼굴이 조금씩 일그러졌다.

"너 이게 무슨 짓이냐? 감히 우리 부모님 욕을 해?"

"흥! 왜 못해? 빚쟁이가 나까지 얼마나 귀찮게 한지 알아? 나보고 그 집 며느리 될 거면 돈을 대신 갚으라나? 내가 뭐라 그랬는지 알아? 웃기지 말라 그랬어. 난 그 집안이랑 아무 상관도 없다고 했어!"

진초운은 조금 미안해졌다.

"우리 집 때문에 고생이 심했다면 미안하지만 그래도 이건 좀 심한 거 아니냐?"

한연홍이 소리를 빽 질렀다.

"시끄러! 삼 년 만에 거지꼴로 나타나는 걸 보고 역시나 싶었지. 내가 꺼지라고 했을 때 꺼졌으면 서로 얼굴 안 붉히고 좋았잖아!"

진초운은 한연홍의 마음을 깨달았다.

'처음부터 나를 알아봤구나. 내가 거지가 된 줄 알고 일부러 모르는 척한 거구나. 그래서 내가 누군지 밝혔는데도 조금도 놀라지 않았구나. 그리고 나를 쫓아내기 위해서 거지 취급을 했구나.'

그의 무공이 높다고 해서 수양까지 깊은 것은 아니다. 속이 부글부글 끓어오르기 시작했다.

'끄응. 그래도 옛정을 생각하자.'

"연홍아, 네가 우리 부모님을 욕하고 나를 무시한 일, 마지막으로 용서받을 기회를 주겠다. 지금이라도 사과하면 없던 일로 하고 다시 너를 나만의 연홍이로 생각하겠다. 하지만 사과하지 않는다면 후회하게 될 거다."

한연홍의 얼굴에 긴장의 빛이 스쳤다. 그녀가 뒤로 주춤주춤 물러섰다. 하지만 목소리는 여전히 앙칼졌다.

"진초운, 거지가 되더니 성질까지 더러워졌구나! 이제 나를 때리겠다는 거야?"

어이가 없었다.

"내가 너를 때릴 리가 없잖아? 나는 그저 나를 붙잡지 않으면 후회를……."

그녀는 진초운의 말을 듣지 않았다.

"흥. 네가 삼 년 전에는 우리 마을에서 제일 강했지. 하지만 이제는 사정이 달라. 나를 다치게 하면 내 약혼자가 너를 죽일 거다!"

진초운은 충격을 받았다.

"약혼… 까지 했냐?"

"물론 했지. 누군지 알아? 십원문의 소문주 염대충 오라버니야!"

"십원문? 옆 동네의 그 십원문?"

"그래. 진초운 너는 허구한 날 이백 년 전 천하제일고수의 후손이라고 큰소리만 쳤지. 하지만 그래 봐야 넌 여러 후손들 중 하나일 뿐이야. 그리고 다른 후손들은 다 망해 버렸잖아. 무공을 제대로 지킨 후손이 있어? 당장 너만 해도 두더지처럼 땅이나 파면서 푼돈을 벌었잖아!"

"하지만 나는 그분의 무공을 완벽히……."

한연홍이 코웃음을 쳤다.

"흥. 완벽 같은 소리 하고 있네. 너네 집에는 효과도 거의 없는 심법과 위력은 형편없는 초식 몇 개만 남아 있는 걸 뻔히 아는데 무슨 완벽? 넌 삼류야, 삼류."

진초운의 얼굴이 굳었다. 더 이상 말해봐야 필요없다는 것을 깨달았다. 한연홍을 물끄러미 쳐다보았다.

"그래서 염대충에게 갔니?"

"당연하지. 내 약혼자인 염대충 오라버니는 정식 무림문파의 소문주야. 너와는 차원이 달라!"

진초운이 고개를 잘래잘래 저었다.

"여자는 참 무섭구나. 그렇게 없으면 죽는다고 매달리더니, 어느새 이렇게 원수 보듯 하는구나."

한연홍이 쐐기를 박았다.

"그때는 네가 이 마을에서 제일 강했으니까. 하지만 지금은 달라. 내 애인이 너보다 훨씬 더 강해!"

"강한 남자?"

"난 강한 남자가 좋아! 그러니까 억울하면 너도 고수가 돼서 오란 말이야."

"고수……."

그녀가 진초운을 향해 비웃음을 날렸다.

"호호호. 아니지. 넌 삼 년 전에 떠날 때 고수가 돼서 돌아오겠다고 장담했지? 기회를 줄게. 그럴 리야 없겠지만 만에 하나라도 내 약혼자보다 더 강해졌으면 가끔은 만나줄게. 어서 네가 익힌 무공을 보여줘 봐. 날 놀라게 해봐!"

진초운이 피식 웃었다.

'가끔 만나줘? 네가 내 무공을 본다면 아예 달라붙겠지만…….'

이미 정이 다 떨어졌다.

"싫은데?"

한연홍이 경멸에 가득 찬 표정으로 그를 노려보았다.

"흥. 싫은 게 아니라 불가능한 거겠지. 거지가 되도 알량한 자존심은 남았구나. 꼴좋게 됐다, 진초운."

진초운이 한숨을 쉬었다.

"연홍아, 너는 지금 굴러들어 온 복을 네 발로 걷어차는 거다."

진심으로 하는 소리다. 그러나 그녀는 화를 버럭 냈다.

"복? 누가 복이야? 네가? 웃기지 말고 꺼져. 그리고 다시는 내 앞에 나타나지 마!"

진초운은 더 이상 대화를 하기 싫어졌다.

'내가 유명해지고 나면 후회하겠지. 그때는 나를 잡을 수 없게 된다.'

그 소리는 속으로만 말하고 그대로 돌아섰다. 한연홍에 대해 실망했지만 아쉬움도 컸다. 한숨이 절로 나왔다.

"세상일이란 게 참 마음대로 안 되는구나."

한연홍은 진초운의 뒷모습을 잡아먹을 듯이 노려보았다.

‘저놈이 돌아오지 못했어야 하는데.’

그녀는 진초운이 꽤 멀리 걸어가고 나자 입술을 깨물며 중얼거렸다.

“저게 왜 돌아온 거야? 우리 대충 오라버니가 저놈과 나의 옛날 일을 아시면 기분 나빠하실 텐데. 저건 이제 내 인생의 오점이야, 오점.”

초조한 얼굴을 한 채 집 안으로 들어가며 말했다.

“어떻게 하지? 어떻게 해야 우리 대충 오라버니 귀에 들어가지 않게 할까? 아이참, 저건 어디 가서 그냥 칵 죽어버리지 왜 돌아와서 날 괴롭히는 거야?’

내공이 높은 진초운의 귀에 그녀의 중얼거림이 들렸다. 진초운은 허탈했다. 한연홍이란 여자에게 남겨두었던 마지막 미련이 날아갔다.

“이놈의 세상, 정말 지켜줄 가치가 있기는 있는 걸까?”

진초운은 허전한 마음을 달래고 싶었다. 아무 생각 없이 어슬렁거렸다.

“우리 동네 삼 년 만에 참 많이 변했네. 그새 크기가 몇 배는 커졌잖아. 처음 보는 사람들도 많고.”

두리번거리던 그의 눈에 잘 아는 얼굴이 보였다.

진초운이 손을 흔들며 크게 외쳤다.

“여어, 상운아. 오문아!”

길을 가던 관상운과 정오문이 그를 돌아보았다. 관상운이 먼저 짜증을 냈다.

"어디서 거지새끼가 내 이름을 부르고 난리야?"

정오문은 진초운을 물끄러미 보다가 깜짝 놀랐다.

"앗, 초운이다!"

진초운이 그들에게 빠른 걸음으로 다가갔다.

"하하하! 그래, 바로 나다. 내가 돌아왔다!"

관상운과 정오문의 얼굴에 난감한 기색이 스쳤다. 관상운이 더듬거렸다.

"어, 그, 그래."

정오문의 안색도 좋지 않았다.

"삼 년 만이구나."

진초운의 얼굴이 살짝 굳었다.

'설마 이 녀석들까지?'

"왜 그러냐? 내가 돌아왔다니까?"

관상운이 진초운의 전신을 훑어보았다. 영 내키지 않는 얼굴로 질문했다.

"그래. 그런데 꼴이 말이 아니구나. 타향살이가 힘들었지? 고생 많이 했나 보다."

진초운은 이미 한연홍 때문에 마음을 크게 다친 상태다. 관상운과 정오문의 태도를 보자 불안한 마음이 들었다.

'무공을 익히느라 고생하긴 했지. 하지만 그 장소는 여기서 가까우니까 타향이라고 할 수 없지. 그런데 이 녀석들 지금 반응이… 설마 이 녀석들이 그럴 리야… 하지만…….'

진초운이 망설이다가 머쓱하니 웃었다.

"하하하, 사실 타향에 가서 일하느라 고생 좀 했지. 덕분에 돈이 다 떨어져서 이 꼴이 됐다."

관상운이 의심스러운 얼굴로 질문했다.

"무공을 배우겠다며 떠났잖아. 그건 어떻게 됐어?"

진초운은 그 표정을 보고는 일부러 과장된 몸짓으로 두 팔을 벌렸다.

"지금 내 상태를 보면 알잖아. 유명한 문파는 아무에게나 고급무공을 가르치지 않더라고. 내가 그래도 천하제일고수의 후손인데 삼류무공을 배울 수도 없고."

관상운과 정오문은 그의 말을 믿었다. 진초운의 꼴은 그들이 상상하던 고수의 모습이 아니다.

관상운이 피식 웃었다.

"하긴, 네가 쓸 만한 무공을 배웠다면 이렇게 거지꼴로 돌아오지는 않았겠지. 무공고수는 돈을 잘 번다고 하니까."

정오문의 말투도 곱지 않았다.

"그래서 돌아왔냐? 너 실수한 거다. 삼 년 전엔 네가 우리 마을에서 제일 강했지. 하지만 그동안 이곳은 참 많이 변했다. 이제 네 어설픈 무공은 통하지 않아. 차라리 다른 작은 동네를 찾아보지 그랬냐?"

진초운의 얼굴빛이 나빠졌다.

'이 녀석들. 이놈들이 인간이라면 나한테 이럴 수는 없는데. 거지꼴이 됐다고 함부로 말하는군.'

그래도 희망을 가져보았다.

'오랜만에 만나 어색해서 그런 걸지도 몰라.'

"우리 동네가 뭐가 변했는데?"

관상운이 말했다.

"많이 변했지. 무림인도 돌아다니게 됐지. 너 십원문 알지? 거기서 우리 마을까지 영향력을 넓혔어."

진초운은 입맛이 썼다.

"망할 십원문 놈들."

관상운은 진초운의 투덜거림을 듣고 다른 것을 깨달았다.

"연홍이를 이미 만났구나?"

"으, 응. 만났어."

"그럼 그녀가 십원문의 소문주 염대충과 약혼했다는 것도 들었겠구나."

"들었어."

관상운이 충고하듯 말했다.

"그걸 알면서도 네가 여기 있으면 곤란하지."

진초운의 얼굴이 찌푸려졌다.

"왜?"

관상운이 진초운의 어깨에 손을 턱 얹으며 말했다.

"연홍이는 머지않아 진짜 무림문파의 소문주와 결혼한다
고. 그러니까 네가 이곳에 있지 않는 게 연홍이를 위한 일이
야. 네가 있으면 연홍이에게 방해가 되잖아."

진초운의 얼굴이 더 일그러졌다.

"장난하냐?"

"장난이 아니다. 그건 너를 위한 일이기도 해. 만약 염대충
이 자기 아내 될 여자의 과거를 조사한다면? 그래서 그녀의
옛날 애인이 누구인지 알게 된다면? 그래서 그가 너를 파묻으
려고 한다면 어떻게 되겠어? 네 실력으로 상대가 될 것 같
아?"

관상운이 엄지손가락으로 자기 목을 긋는 시늉을 했다.

"너는 그냥 죽는 거야."

진초운은 어이가 없었다.

'겨우 십원문의 힘으로?'

"나를 파묻어? 어림도 없는 소리."

관상운이 진초운의 어깨를 탁탁 두드렸다.

"내 말을 믿어. 이대로 우리 마을을 떠나라. 다 너를 위해
서 하는 소리다."

진초운이 코웃음을 쳤다.

"흥. 그렇게는 못하지. 내가 떠나기는 왜 떠나?"

관상운이 혀를 찼다.

"쯧쯧. 이 친구 이거, 말을 해도 못 알아듣는군. 남아 있다

가는 십원문의 손에 뼈도 못 추린다니까."

진초운은 지난 삼 년간 홀로 수련을 했다.

그 이전에 일반 무사와 여러 번 싸워봤지만 고수와는 감히 붙어본 적이 없다. 지금 자신의 실력이 정확히 어느 수준인지 비교해 보지 못했다.

하지만 스스로가 엄청나게 강하다는 것은 잘 안다.

'내가 배운 건 이백 년 전 천하제일고수이셨던 조상님께서 남기신 무공.'

십원문 정도는 안중에도 없다.

"됐다. 나는 안 떠나. 그나저나 걱정해 줘서 고맙다."

관상운은 그의 반응에 잠시 머뭇거리더니 한숨을 쉬었다.

"휴우. 친구의 진심 어린 충고를 듣지 않는 녀석이군. 다 너를 위해서 한 소리인데. 생각이 바뀌면 찾아오라고. 내가 도망칠 길을 알아봐 줄 테니까."

관상운과 정오문이 돌아서서 빠른 걸음으로 걸어갔다. 그 뒷모습을 보는 진초운의 마음이 따뜻해졌다.

'녀석들, 오랜만에 봐서 서먹했었나 보군. 그래도 결국 나를 걱정해 주는구나. 저런 녀석들이 있으니 이 세상이 지킬 가치가 있는 거지.'

관상운과 정오문이 한참을 걸어간 후 뒤를 힐끗 돌아보았다. 진초운은 환히 웃으며 손을 흔들어주었다.

관상운은 충분히 거리가 벌어졌다고 생각했다. 그가 정오문에게 작은 목소리로 말했다.

"초운이 저 자식 저거, 안 떠날 모양이네."

정오문이 찜찜한 얼굴로 대답했다.

"그러게."

"저 자식 집에 빚이 꽤 많이 남아 있지 아마?"

"당연하지. 야반도주를 했으니까."

"여기 남아 있으려면 그 빚을 해결해야 할 텐데."

"빚쟁이가 보통 놈들이 아니잖아. 아무리 저 녀석이라도 누구 돈을 썼는지 알게 되면 어떻게든 갚으려 하겠지."

정오문의 얼굴빛이 나빠졌다.

"우리에게 손을 내밀면 어떻게 하지?"

관상운이 차가운 얼굴로 말했다.

"당연히 우리에게 돈을 꾸려고 하겠지. 그것 때문에 마을에서 내보내려고 한 거였잖아. 하지만 너도 봤다시피 저 벽창호 자식에게는 먹히지가 않네. 저놈은 자기가 아직도 우리 동네 최고수인 줄 알고 있어."

정오문이 불안한 듯 말했다.

"예전에 우리가 신세진 일이 하도 많으니 매정하게 거절하기도 어려워."

"마음 약한 소리 하지 마. 우리가 친 사고, 저 녀석이 대신 해결해 준 일이 여러 번인 건 인정해. 그렇다고 저런 상거지에게 돈을 꿔줄 수는 없어."

"그건 그래. 거지가 돼서 돌아온 녀석이 무슨 수로 그 돈을 갚겠어? 분명히 떼먹힐 거야."

"그러니까 저 녀석이 돈을 꿔달라고 하면 무조건 없다고 잡아떼자."

"맞아. 그리고 기왕이면 마을에서 내보낼 방법을 찾아보자. 잘 찾아보면 수가 날 거야."

"암. 꼭 쫓아내야지. 내가 방법을 찾아내고야 말겠어."

그들은 자신들의 소곤거림이 진초운에게 들릴 거라고는 상상도 하지 못했다.

하지만 진초운은 내공 수위가 너무 높았다. 그의 귀는 두 사람의 대화를 똑똑히 잡아냈다.

진초운의 이가 갈렸다. 낮은 목소리로 욕을 했다.

"이 개자식들. 내가 아니었으면 옛날에 강물에 둥둥 떠다녔을 놈들이. 네놈들이 나에게 이럴 수가 있어?"

관상운과 정오문은 진초운이 입을 놀리는 것만 알아보았을 뿐 뭐라고 말하는지는 구분하지 못했다. 그들은 진초운이 인사말을 하는 줄 알고 손까지 흔들어주었다.

진초운은 허탈했다.

"저런 놈들이 사는 세상, 정말 지켜줘야 하는 거야?"

진초운은 관상운과 정오문의 행동을 받아들이기 힘들었다. 그는 마을을 돌아다니며 아는 사람들을 찾았다.

"다른 사람들은 다를 거야."

다르지 않았다. 모두 진초운과 거리를 두려고 애썼다. 그들은 진초운과의 거리가 멀어지면 비슷한 말을 중얼거렸다.

"완전히 쫄딱 망했나 보군."

"분명히 돈을 꿔달라고 할 거야."

"옛날에 연홍이하고 놀아난 거 생각해 봐. 그걸 알면 십원문에서도 가만있지 않을 거야. 저 녀석과 가까이 지내면 뒤탈이 있을지 몰라."

"손해가 되면 됐지 조금도 이익이 되지 않을 녀석이야. 아예 모른 체하자."

진초운이 실망감만 한가득 얻은 채 자기 집으로 돌아왔다. 싸늘한 마루에 털썩 주저앉아 하늘을 올려다보았다.

"조상님, 이백 년 전에는 어쨌는지 몰라도 지금은 세상이 이 모양이네요. 정말 내가 이런 세상을 지켜야 하는 거예요? 다른 사람들은 말할 것도 없고요, 옛날에 내 도움을 받았던 사람들까지 지금 어떻게 나오는지 좀 보세요. 이런 데도 지켜주라고 하는 거예요? 내가 거지꼴로 돌아왔다고 해서 다들 벌레 보듯 하는 이 세상을 지키라는 거예요?"

헛웃음이 새어 나왔다.

"싫은데? 이제 이딴 세상 지키기 싫은데? 게다가 조상님이 걱정하던 그 무공, 그런 것 익힌 놈은 지난 이백 년 동안 나타난 적이 없다고요. 아마 당신처럼 그놈도 제자를 못 구하고 끝났나 보지요.”

진초운이 마루에 벌렁 드러누우며 말했다.

“세상 안 구해.”

큰 소리로 선언했다.

“이놈의 세상이 망하든 말든 난 상관 안 할 거야! 알아서 하라 그래!”

진초운. 무공을 익히고 세상에 나온 바로 그날, 은거를 결정했다.

은거를 결정하고 나서 한 시진이 흘렀다. 그는 그 시간 동안 이리저리 뒹굴며 분노를 삭였다. 하지만 생각할수록 화가 치밀었다.

더 이상 참지 못하고 벌떡 일어섰다.

"젠장. 확 마두가 되어버릴까? 마두가 돼서 이 망할 놈의 세상 때려 부술까? 내 실력이면 엄청난 대마두가 될 수 있을 거야. 악당들을 끌어 모아서 세계를 정복해 볼까?"

굳이 하려고 하면 못할 것도 없을 것 같았다.

"대마두가 되면 돈도 많이 벌 수 있을 거야. 그래, 앞으로 눈 질끈 감고 사는 거야. 그러면 대마두가 될 수 있어."

새로운 대마두가 탄생하기 직전에 진초운이 대문 쪽으로 고개를 돌렸다. 누군가 집으로 다가오는 것이 느껴졌다.

"여길 찾아오는 사람이 다 있네? 빚쟁인가?"

난감했다. 그의 똑 소리 나는 돈 개념 아래에서는 대마두는 대마두고 빚은 빚이다.

"돈을 꾼 건 꾼 거니까 일단 갚기는 해야 하는데… 누구한테 꾸신 걸까? 우리 동네 사람이겠지?"

잠시 후에 대문이 열렸다. 자그마한 체구의 사람이 들어오다가 걸음을 딱 멈췄다. 진초운을 보고 눈을 크게 떴다. 원래 큰 눈이 동그래졌다.

진초운이 그녀를 보며 생각했다.

'피죽도 못 먹었나? 왜 저리 말랐어? 그래도 예쁘장한데? 누구지? 어쩐지 얼굴이 눈에 익단 말이야. 우리 부모님이 돈을 떼먹어서 쫄딱 망했나?'

그녀의 얼굴은 비교적 깨끗했지만 옷이 낡아빠져 있었다. 옷이라고 부르기도 미안했다. 천 조각을 이어 붙여 만든 것처럼 보일 정도로 수없이 기워진 옷은 보기만 해도 안쓰러웠다.

그녀는 아무 말도 못하고 진초운을 바라만 보고 있었다. 몸을 움직이지는 않았지만 손이 가늘게 떨렸다.

진초운의 눈이 커졌다. 그녀의 얼굴에서 익숙한 모습들을 찾아냈다.

'나이는 대략 열대여섯 살쯤 되어 보이고… 저 눈이랑 코,

입술… 설마…….'

"꼬맹이?"

별명을 들은 유미미의 큰 눈에 눈물이 가득 차올랐다. 그녀가 진초운을 향해 달려오며 어린아이 같은 울음을 터뜨렸다.

"우애애앵!"

그녀의 가녀린 몸이 진초운의 넓은 가슴에 푹 파묻혔다.

"오라버니, 오라버니가 돌아오셨어! 으아앙!"

진초운이 그녀를 토닥거렸다.

"우리 꼬맹이는 아직도 잘 우는구나."

그녀가 고개를 들어 진초운을 올려다보았다. 손으로 진초운의 코와 입을 더듬거렸다.

"환상이 아니야. 진짜 오라버니야."

다시 얼굴을 파묻고 울음을 터뜨렸다.

"으아앙!"

진초운은 유미미를 마루에 데려가서 앉혔다. 거기 앉아서 그녀의 어깨를 안아주었다. 유미미는 한참을 울고 나서야 겨우 진정했다. 그녀가 눈물을 닦으며 웃었다.

"헤헤. 오늘은 오라버니가 돌아오신 좋은 날인데 너무 울었네요."

진초운은 혼란스러웠다.

"미미야, 왜 네가 여기 남아 있는 거지? 부모님이 도망치셨을 때 왜 안 따라갔어?”

유미미의 눈에 다시 눈물이 맺혔다.

“주인 어른과 마님은…….”

“응, 부모님이 왜?”

“삼 년 전 이맘때쯤이었어요. 오라버니가 떠나시고 얼마 안 됐을 때였어요. 그날 제가 아침에 일어났더니… 두 분은… 이미 안 계셨어요.”

진초운이 입을 떡 벌렸다.

“뭐?”

유미미가 서운한 얼굴로 말했다.

“한마디 말씀도 없이 사라지셨어요.”

“아니, 도망치신 건 아는데, 왜 그렇게 빨리 사라지셨대?”

“오라버니가 떠나시니까 돈 벌어오는 사람이 없잖아요. 순식간에 집안에 돈이 떨어졌거든요.”

“무슨 소리야? 내가 남겨두고 간 돈이면 시장 구석에 작은 노점이라도 낼 수 있었을 텐데?”

“돈 생겼다고 한동안 흥청망청 쓰시더니…….”

진초운이 뒷목을 잡았다.

“크윽. 설마 그 지경까지 가실 줄이야…….”

“돈이 떨어진 후에 그분들께서는 빚을 크게 얻으셨거든요. 돈을 꾸셨다는 소리를 듣고 뭔가 이상하다 생각하고는 있었는데… 설마 저한테 말도 없이 떠나실 줄은 몰랐어요.”

진초운은 상황을 이해했다.

'부모님이 고아가 된 유미를 데려온 것은 하녀로 부려먹기 위해서였지. 도망칠 때 그냥 버려두고 떠났구나.'

그는 유미미에게 미안해졌다.

'정말 해도 해도 너무하시네.'

"그럼 넌 지금 어디서 살고 있니?"

유미미가 고개를 갸웃거렸다.

"어디서 살고 있냐나요?"

"삼 년 전이면 네가 열세 살일 때였잖아. 그동안 누가 너를 돌봐줬냐고. 내가 가서 우리 미미 잘 키워줘서 고맙다고 인사라도 해야겠다."

유미미의 얼굴에 자랑스러움이 떠올랐다. 손바닥으로 마룻바닥을 탕탕 쳤다.

"당연히 여기! 우리 집이지요. 제가 가긴 어딜 가요?"

진초운의 얼굴이 굳었다.

'이 집은 최근에 불을 피운 흔적이 없었는데?'

그는 유미미를 자세히 살펴보았다. 잘 먹지 못해 뼈만 남아 있었다. 옷은 여기저기 기워놓은 누더기였다. 특히 손이 많이 거칠었다.

그는 모든 것을 깨달았다.

'열세 살 때부터 혼자 살았구나. 땔감을 구할 수 없어 불을 피우지 못하고 지냈구나. 그 말은 나뭇가지 주우러 갈 시간도 없이 일을 해서 먹고살았다는 뜻. 밥을 한 흔적이 없으니 일하면서 얻어먹는 걸까?

그렇게 생각해도 의문이 들었다.

'하지만 손이 이 지경이 될 정도로 일을 많이 한다면 이렇게까지 가난하게 살지는 않을 텐데… 설마……'

"빚쟁이가 찾아오니?"

유미미의 얼굴이 어두워졌다. 그녀가 고개를 끄덕였다.

"네."

"빚쟁이에게 번 돈을 빼앗기는 거니?"

그녀가 다시 고개를 끄덕였다. 이번에는 목소리가 나오지 않았다. 어깨만 들썩였다.

진초운은 마음이 아팠다.

'어린것이 고생이 심했구나. 빚쟁이가 누군지 몰라도 연홍이가 아니라 미미에게 달라붙었어.'

"네가 우리 부모님의 빚을 책임질 필요는 없다. 그런데 왜 빚쟁이가 너에게 달라붙었지?"

그녀가 작은 목소리로 소곤거렸다.

"우리 집을 지키고 싶었어요."

진초운은 가슴에 비수가 박히는 것 같았다. 뭐라 말을 하고 싶은데 입이 떨어지지 않았다.

그녀가 계속 소곤거렸다.

"우리 집이 없어지면, 오라버니가 돌아오실 곳이 없어지니까… 그래서……."

진초운이 유미미의 어깨를 다시 안았다.

"내가 돌아올 곳."

모든 상황을 알 수 있었다.

'이 집을 빼앗아 팔아도 몇 푼 못 받아. 아예 이걸 미끼로 미미에게서 계속 돈을 쥐어짰구나. 지독한 놈. 어린애가 먹고 살 돈은 남겨둬야지. 어떤 놈인지 조만간 찾아가서 좀 따져야겠군.'

그녀가 머리를 진초운에게 기댔다.

"저에게는 오라버니밖에 없어요."

진초운은 옛날 생각을 했다.

'여동생이 생겨서 정말 좋았지. 부모님이 왜 그렇게 꼬맹이를 부려먹는지 이해하지 못했지.'

그의 집은 원래 가난했다.

이백 년 전에는 천하제일고수의 가문이었다. 그런데 천하제일고수가 죽은 후에 그의 자식들은 물려받을 재산을 결산해 보고 나서 깜짝 놀랐다. 수많은 빚과 재산이 서로 상쇄되어 남은 돈이 별로 없었다.

그리고 이백 년이 지났다. 그나마 있던 몇 푼의 돈은 세월이 지나면서 모두 날아갔다. 직계로 이어졌다고 하지만 지금에 이르러서는 찢어지게 가난한 사람의 집일 뿐이다. 옛날에 대단했다던 무공조차 거의 전해지지 못했다.

그래서 진초운도 청소년기까지는 배가 불러본 기억이 별로 없다. 그래도 자기 몫의 군것질거리라도 생기면 꼬맹이와 나눠 먹고는 했다. 힘든 일은 자진해서 도와주었다.

집에 전해져 오는 무공은 진도 느린 심법과 간단한 초식 몇 개가 전부였다. 그거라도 익힌 그는 나이가 차자 이 마을 최강자가 되었다. 주먹질로 돈을 벌지는 않았지만 다른 재주가 많아 배 채우는 것은 어렵지 않았다. 특히 땅을 잘 팠다.

그 시절에는 유미미도 덩달아 배부르게 먹었다.

이 마을에서 가장 강한 진초운이 그녀를 보호했다. 집 밖에서는 누구도 그녀를 괴롭히지 못했다.

그녀에게 진초운은 우상이고 영웅이며 전부다.

진초운이 유미미의 머리를 쓰다듬었다.

"나를 기다려 준 거구나. 너만은 나를 기다렸구나."

그녀 외에 아무도 그를 기다리지 않았다.

유미미가 기어들어 가는 목소리로 대답했다.

"네."

진초운이 웃었다. 소리를 내지 않고 웃었다.

'이제 세상 따위는 지키지 않아. 하지만 너는 지켜주마.'

그렇게 그녀의 어깨를 안고 한참을 있었다. 둘 다 움직이지 않았다.

갑자기 유미미가 벌떡 일어섰다.

"아, 오라버니. 저녁은 드셨어요?"

진초운이 저도 모르게 침을 꼴깍 삼켰다.

"밥? 내가 지난 삼 년 동안 무공 수련에 정진하느라 밥다운 밥을 못 먹었단다."

"네? 사람이 어떻게 삼 년이나 밥을 안 먹고 살아요?"

"어떤 대책없는 동굴에 갇혀서 무공을 수련했거든. 그 안에서 돌에 낀 이끼나 물고기, 벌레 같은 것들을 먹었지. 빛이 조금 들어오는 곳이 있었는데 거기는 풀도 자랐어. 그것도 먹었지."

"에엑?"

말을 늘어놓다 보니 그동안 고생했던 일이 술술 흘러나왔다.

"그뿐인 줄 아니? 한번은 동굴 속에 있던 작은 연못의 물이 갑자기 어디론가 쑥 빠져나가 버린 거야. 나중에 물이 다시 차오르긴 했지만 그사이에는 꼼짝없이 말라 죽을 처지가 됐지 뭐냐."

유미미가 발을 동동 굴렀다.

"어머, 어머, 어떻게 해요?"

"어떻게 하긴. 그 동굴에는 우윳빛 탁한 물이 좀 있었거든. 그거 마시며 버텼어. 양이 많지 않았지만 한 모금만 마셔도 갈증이 싹 사라지드라."

"에에? 이상한 거 먹으면 배탈나지 않아요?"

"정말 혼났다. 마실 때는 괜찮았는데 그게 속에 들어가면 엄청 뜨거워져. 처음 마실 때는 속이 다 타버리는 줄 알았다."

유미미의 얼굴에 걱정이 가득했다.

"조심하셨어야죠."

진초운이 일부러 아무렇지도 않게 말했다.

"다른 것들도 먹다가 속이 뒤집어져서 고생 참 많이 했지. 하지만 어쩌겠니? 살려면 뭐든지 먹어야지."

유미미의 눈이 젖어들었다.

"오라버니, 불쌍해요."

진초운이 호탕하게 웃었다.

"으하하하. 하지만 내가 누구냐? 삼 년 만에 무공을 완성한 불세출의 대천재 아니냐? 풀? 이끼? 벌레? 그 동굴 속의 먹을 수 있는 건 모조리 다 먹어치워 버렸다. 싹싹 핥아먹었어. 이젠 아무리 이상한 걸 먹어도 배앓이 한번 하지 않아. 아마 독을 바가지로 퍼먹어도 괜찮을걸?"

진초운은 말을 하다 보니 속이 쓰렸다.

'거기다가 선조님이 준비해 둔 영약까지 내가 다 먹어치웠지. 그거야 무공을 익히려면 할 수 없었지만, 나와서 팔아먹으려고 따로 챙겨둔 것까지 마셔 버린 게 정말 아깝단 말이야. 내가 미쳤지. 그걸 왜 마셨을까?'

무공을 목표한 만큼 익히고 나자 드디어 동굴을 벗어난다는 기쁨에 환호성을 질렀었다.

동굴에 남아 있던 문서에는 준비된 영약을 모두 먹어야 한다고 써져 있었다. 그는 그걸 무시하고 제일 비싸 보이는 우윳빛 액체를 조금 빼돌렸었다. 그게 다른 영약과는 차원이 다른 고급품임을 알고 있었다.

그런데 너무 흥분해서 잠시 제정신이 아니었다. 손에 병이 잡히자 축하주 대신 마셔 버렸다. 자신이 뭘 마셨는지 깨닫고 나서 땅을 치고 통곡을 했었다.

'그걸 가지고 나와서 팔았으면 떵떵거리는 부자가 될 수 있었는데. 젠장.'

유미미는 그의 말을 조금도 믿지 않았다.

'불쌍한 우리 오라버니. 나한테까지 거짓말을 하시다니. 거지꼴로 돌아오신 걸 보면 무공도 못 배우고 어디서 고생만 실컷 하신 것이 틀림없어.'

그래도 환히 웃어주며 손뼉을 쳤다.

"와아. 정말 멋있어요."

진초운은 유미미가 상당히 어릴 때부터 자라는 것을 지켜 보았다. 그녀의 눈에 어리는 안쓰러움을 보고 지금 무슨 생각을 하는지 대번에 눈치 챘다.

'녀석, 안 믿는구나. 하긴, 믿으면 그게 더 이상하지. 귀여운 녀석.'

일어서서 유미미의 머리를 쓰다듬었다.

'괜찮아. 어차피 무림에 발을 들여놓지 않으려면 무공을 드러내지 않는 게 나으니까.'

미미에게까지 정체를 드러내지 않는 것은 이유가 있어서였다.

‘내가 힘이 있으면서도 세상을 지키지 않겠다고 하면 미미가 나한테 많이 실망할 거야. 당연히 세상을 지키라며 등을 떠밀겠지. 일단 숨기고 보자.’

마음이 편해지자 조금 전에 하던 이야기가 생각났다.

‘아차. 밥!’

“미미야, 배고파.”

유미미가 방긋 웃었다.

“헤헤. 오라버니, 제가 나가서 곡식이라도 좀 가져올게요. 맛있는 밥 차려 드릴 테니 조금만 기다리세요.”

진초운의 입에 침이 고였다. 거의 조건반사적인 반응이었다.

“맛있는 밥!”

그 와중에도 가난한 유미미가 곡식을 어디서 구할까 생각해 보았다.

‘어디서 잡곡이라도 좀 빌리려는 거겠지.’

가지 못하게 하고 싶었다. 그러나 자신은 오늘 만나는 모든 사람에게 박대받았다. 곡식을 빌릴 자신이 없다. 그걸 살 돈도 없다. 무공을 드러내지 않는 이상 이 늦은 시간에 돈을 구할 방법 역시 없다.

어지간하면 한 끼쯤은 참고 싶었다. 그런데 밥 이야기를 듣고 나자 배가 너무 고팠다. 삼 년 만에 음식다운 음식을 먹는다고 생각하니 참을 수가 없었다.

‘빌린 거야 내일 당장 갚으면 되지. 오늘은 나도 돈이 없으

니 한 끼만 얻어먹고, 대신에 내일부터는 배부르게 해주마.'

그가 가슴을 탕탕 쳤다.

"좋다. 대신에 장작은 내가 구해올게."

유미미의 얼굴이 환해졌다.

"헤에. 오라버니가 돌아오시니까 정말 좋아요. 오늘은 불을 피울 수 있겠네요."

진초운은 그녀가 집을 나서는 뒷모습을 보며 뿌듯한 미소를 지었다.

"역시 우리 집이 최고야."

그의 몸이 그 자리에서 푹 꺼지듯 사라졌다.

해는 이미 저물었다. 경공은 빠르고 은밀했다. 일반인은 아무도 그의 움직임을 구분하지 못했다.

진초운은 가까운 야산에 올라갔다. 적당한 크기의 나무를 하나 고른 후 허리에 찬 검을 뽑았다.

검집도 그렇지만 검 자체도 정말 만들다 만 것처럼 볼품없이 생겼다. 칼날은 제대로 세워져 있지도 않았다.

상관없었다. 그는 어차피 무기의 날카로움에 의존하는 경지가 아니다.

"내가 이 시간에 장작을 구해가면 미미가 얼마나 놀라겠어? 나뭇가지를 주워가는 게 정상이지."

그가 나무를 향해 칼을 휘휘 저었다. 무딘 날 위를 날카로운 검기가 타고 흘렀다. 나뭇가지가 툭툭 잘려 나갔다.

나뭇가지의 잘린 단면에는 윤기가 흘렀다. 칼에 베였음에도 나무에 달려 있을 때보다 더 싱싱해 보였다.

그는 떨어진 나뭇가지들을 주섬주섬 주워 모아 나뭇단으로 만들었다. 문제가 생겼다.

"이게 싱싱하면 곤란하지. 이대로 쓰면 미미가 밥 지을 때 연기가 많이 나서 눈 맵겠다. 바짝 말려야겠네."

두 손으로 나뭇가지들을 잡고 내공을 끌어올렸다. 열양장력의 수법을 펼치는 요령으로 공력을 운기했다.

손에서 제법 강한 열기가 이글이글 피어올랐다. 불이 붙지는 않을 만큼이었다. 그 열기가 나뭇가지들을 뒤덮었다.

싱싱하던 나뭇가지들이 빠른 속도로 말라갔다. 수증기가 뭉클 솟아올랐다.

손의 열기를 더 뜨겁게 할 수는 없었다. 그가 필요한 건 숯이 아니다.

"이거 안 태우고 말리기만 하려니까 꽤 오래 걸리네."

나뭇가지들 옆에 똥 누는 자세로 쭈그리고 앉아 뜨거워진 손으로 슬슬 쓰다듬었다. 열기가 넓게 퍼졌다. 수증기의 양이 늘어났다.

그렇게 한참을 하고 나자 한 아름의 잘 마른 나뭇단이 만들어졌다. 그는 그것들을 옆구리에 끼고 땅을 박찼다.

"늦었다. 미미 기다릴라."

유미미는 진초운보다 조금 늦게 돌아왔다. 그녀의 손에는 꽤 묵직한 주머니가 들려 있었다.

그녀는 진초운 옆에 쌓여 있는 나뭇가지 더미를 보고 감탄했다.

"와아, 오라버니. 나뭇가지 정말 많이 주워오셨네요? 이 밤에 마른 거 찾기 어려웠을 텐데."

진초운이 호탕하게 웃었다.

"으하하하! 이 오라비를 우습게보지 마라. 이 정도 구하는 거야 일도 아니야."

"헤헤. 방에 들어가 계세요. 금방 밥 지을게요."

진초운은 거절하지 않았다.

'밥 짓는 것 정도야 뭐.'

그는 방에 들어가 주변을 살폈다. 가재도구라고 할 만한 것은 거의 없었다. 낡아빠진 이불과 베개가 하나 있었다. 그게 전부였다.

이불을 만져 보았다. 얇았다.

'겨우 이거 하나로 지난겨울을 버텼단 말이냐? 바보 같은 녀석.'

조금 기다리자 방 한쪽에서 미약한 온기가 느껴졌다. 부엌 쪽이었다.

'드디어 밥 짓나 보다.'

침을 꿀꺽 삼켰다. 뱃속이 요동을 쳤다.

그는 조용히 방문을 열었다. 밥이 다 될 때까지 기다리기 힘들었다. 시간을 조금이라도 단축시킬 방법을 찾기 위해서 부엌으로 걸어갔다.

부엌문 앞에서 걸음을 멈췄다. 그 안으로 들어갈 수가 없었다.

유미미가 아궁이 앞에 앉아 있었다. 밥을 하기 위해 피워놓은 불 앞에 쪼그리고 앉아 손을 내밀어 온기를 쬐고 있었다. 그녀가 행복한 얼굴로 중얼거렸다.

"헤에. 따뜻하다. 오늘 밤은 안 춥겠네."

진초운은 조용히 부엌에서 물러 나왔다.

얼마의 시간이 지난 후, 유미미가 밥을 들고 들어왔다. 밥상도 없었다. 작은 나무판 위에 밥 한 그릇과 나물 조금, 그리고 수저가 올려져 있었다. 그나마 나물은 반쯤 깨져 나간 그릇에 담겨 있었다.

그녀가 나무판을 진초운 앞에 내려놓았다.

"오라버니, 오래 기다리셨죠?"

진초운이 멍하니 밥그릇을 내려다보았다.

'쌀밥? 그것도 밥그릇에 수북하게 담길 정도의 양?'

유미미가 환히 웃었다.

"운이 좋아서 쌀을 좀 얻었어요. 맛있게 드세요."

진초운은 따지지 않았다. 떠오르는 의문을 묻지도 않았다.

그릇을 들고 밥을 한 입 퍼 넣었다. 삼 년 만에 먹는 음식다운 음식이다. 밥알이 입 안에서 살살 녹았다.

그가 유미미를 보고 환히 웃었다.

"혀끝에서 녹는다, 녹아."

"반찬도 좀 드세요. 제가 무친 나물이에요."

나물을 집어먹었다. 유미미의 마음이 느껴졌다.

"진짜 맛있다."

유미미는 행복한 표정으로 웃었다. 그녀의 뱃속에서 작은 꼬르륵 소리가 울렸다. 아직 견딜 만했다.

그 소리는 진초운의 예민한 귀를 피하지 못했다. 어차피 혼자 먹을 생각은 없었다.

진초운이 밥을 한 숟가락 크게 펐다. 그것을 유미미의 입에 들이밀었다.

유미미는 깜짝 놀랐다. 피하려고 했다. 하지만 무공을 모르는 그녀가 진초운 같은 고수의 숟가락질을 피할 수는 없다.

숟가락이 유미미의 입속으로 쏙 들어갔다. 그녀가 입에 밥을 잔뜩 문 채 웅얼거렸다.

"우, 우라부니."

밥 때문에 발음이 제대로 나오지 않았다. 진초운이 그녀에게 웃어주며 말했다.

"먹어라."

이건 예전에 자주 하던 일이다. 진초운의 나이가 많지 않았을 때는 그의 집에서 아무도 배부르게 먹지 못했다. 곡식은 모자랐고 유미미의 몫이 가장 작았다.

그 시절에 진초운은 곧잘 자기 몫의 밥을 가져와 배고파하는 유미미와 나눠 먹고는 했다. 숟가락 하나로 서로 한술씩 떠먹었다.

이제 유미미는 처녀티를 내기 시작하는 나이다. 하지만 진초운은 아직 그때 생각을 하며 밥을 나눠 먹었다.

유미미는 사양하고 싶었다.

'고생하고 돌아오신 오라버니 배 많이 고프실 텐데. 그리고 난 이제 어린애가 아닌데.'

하지만 이미 입에 들어온 밥을 뱉을 수는 없다. 그녀에게 그건 상상도 할 수 없는 일이다. 그리고 그녀도 쌀밥을 맛보는 것은 정말 오랜만이다. 남의 집 일을 도와주고 얻어먹는 밥은 이렇게 맛있지 않았다.

그녀가 자기도 모르게 쌀밥을 씹었다. 단맛이 났다. 참지 못하고 계속 씹었다. 꿀꺽 삼키고 나자 향긋한 뒷맛이 남았다.

그녀가 입맛을 다셨다.

"정말 맛있어요."

눈길이 자연스럽게 남은 밥으로 향했다.

진초운이 웃으며 한 숟갈 퍼먹었다. 그리고 다시 유미미의 입에 쌀밥 한 숟갈을 넣어주었다.

한 그릇의 쌀밥은 순식간에 비워졌다. 한 톨도 남지 않았다. 조금밖에 없던 나물도 깨끗이 사라졌다.

유미미가 나무판을 들고 일어섰다.

"쌀은 더 있으니까 내일 또 밥을 해드릴게요."

그녀는 밥을 먹기는 먹었다. 부족했다. 배가 고팠다. 하지만 배고픔은 그녀에게 있어 일상사와 같았다. 오히려 허리띠를 졸라매는 것이 몸에 배어 있어 한 끼에 밥을 두 번 지어 먹는다는 생각 자체를 감히 하지 못했다.

진초운이 동의했다. 그는 확인할 것이 있었다.

"그래. 그러자."

유미미는 나무판을 들고 부엌으로 들어갔다.

진초운은 방에 혼자 남았다. 그의 얼굴에서 웃음이 사라졌다. 표정이 심각했다.

유미미는 간단히 설거지를 한 후 조용히 집 밖으로 나갔다.

유미미가 찾아간 곳은 하가장이다. 개천 마을이 이만큼 커지기 전부터 부자로 소문난 집이다.

그 장원의 실질적인 주인인 하선란이 유미미를 기다리고 있었다. 풍채 좋은 그녀가 유미미에게 말했다.

"미미 왔구나. 시간이 오래 걸리기에 혹시 마음이 변해서 도망친 건 아닐까 생각했어. 그 집안이 원래 그렇잖니?"

유미미가 당차게 말했다.

“전 약속은 지켜요.”

하선란은 만족했다.

“그래. 그래도 너는 믿을 만한 아이지. 믿지 못했다면 내가 너에게 돈을 미리 주었을 리가 없지.”

그녀가 한쪽으로 손짓을 했다. 하녀가 가위와 수건 등을 가지고 다가왔다.

하선란이 지시했다.

“머리 바로 밑까지 짧게 잘라. 난 가능한 한 긴 머리카락이 갖고 싶어.”

하녀가 유미미를 불쌍한 눈으로 쳐다보다가 하선란에게 질문했다.

“저, 마님. 그래도 미미는 여자 아이인데… 단발머리 정도는 남겨도 되지 않나요?”

하선란은 냉정했다.

“아까 철전을 열 개나 주었다. 내가 손해를 볼 생각은 없어. 그 돈을 네가 물어줄 것이 아니면 냉큼 잘라!”

하녀가 할 수 없이 가위를 들고 유미미에게 다가갔다.

“미미야, 미안.”

유미미는 자신의 긴 머리카락을 쓰다듬어 보았다. 미련을 버리고 하녀에게 웃어주었다.

“언니, 괜찮아. 머리는 또 자라는 거니까.”

남자의 손이 그녀의 어깨를 부드럽게 짚었다.

"난 안 괜찮아."

깜짝 놀란 유미미가 고개를 획 돌렸다.

진초운이 옆에서 그녀를 내려다보고 있었다.

"오라버니……."

그곳의 누구도 진초운이 장원에 들어오는 것을 보지 못했다.

하선란의 목소리가 떨렸다.

"다, 당신 누구야?"

그의 목소리가 가라앉았다.

"오랜만입니다. 진초운입니다."

하선란은 이름을 듣고서야 그를 알아보았다.

"아, 진초운! 거지가 돼서 돌아왔다더니 진짜였네? 이 어두운 밤에 그런 꼴을 하고 있으니 오는 줄도 몰랐어."

마을은 크다. 진초운은 오늘 도착했다. 그런데도 벌써 그의 귀향 이야기가 퍼졌다. 개천 마을에는 그만큼 그를 아는 사람이 많았다.

진초운은 청소년기에 이미 집안의 생계를 책임지다시피 했다. 돈을 벌기 위해 할 수 있는 모든 일에 손을 댔다. 큰돈은 못 벌었지만 밥 먹는 데는 문제가 없었다.

그 시절에 하선란은 진초운을 몇 번 고용한 적이 있다. 서로 모르는 사이가 아니다.

하선란이 궁금한 마음에 질문했다.

"그런데 초운이 너 같은 사람이 그런 꼴이 되다니 의외네.

똘똘하던 네가 사기를 당했을 것 같지는 않고. 산적이라도 만나 돈을 다 빼앗긴 거니?"

진초운은 그녀의 말에 대답하지 않았다. 유미미를 쳐다보며 생각했다.

'잡곡밥 한번 못 지어 먹을 만큼 가난하게 살던 네가 그렇게 빨리 쌀을 구할 수 있을 리가 없지. 그것도 그렇게 많이. 혹시나 했더니 역시……'

아픈 속마음을 감추고 질문했다.

"왜 그랬어?"

유미미가 얼굴을 붉혔다.

"오, 오라버니께서 오랜만에 돌아오셨잖아요. 단 며칠이라도 쌀밥을 드시게 하고 싶어서……"

듣기 전에 이미 알고 있었다.

'미안하다.'

"네가 그러면 내 마음이 편치 않구나."

유미미는 진초운에게 꾸중을 듣는다고 생각했다. 대답하지 못하고 울먹였다.

"머리카락은, 다시, 자라니까……"

진초운이 그녀의 머리를 쓰다듬어 주었다.

"이대로가 더 예뻐."

'마음이 제일 예쁜 녀석.'

유미미가 진초운에게 머리를 기대었다.

“오라버니……."

하선란의 목소리가 그 분위기를 깼다.

“진초운. 오랜만에 만나 이런 말 해서 미안한데, 나는 이미 돈을 지불했어. 보아하니 그 돈을 이미 쌀을 사는 데 써버린 모양이지? 그렇다면 그 아이의 머리카락이라도 내놓아야 하는 거 아닐까?”

진초운이 하선란을 돌아보았다.

'이렇게 독하게 굴던 사람은 아니었던 걸로 기억하는데 이상하군.'

“돈은 내일 돌려 드리죠.”

하선란이 진초운의 거지꼴을 물끄러미 보았다.

'한 푼도 없겠군.'

그녀의 한쪽 입꼬리가 살짝 올라갔다.

“철전 열 개를 하루 만에 구할 수 있다고?”

“저를 아실 텐데요?”

“알지. 옛날의 초운이라면 가끔이나마 철전 열 개를 버는 날이 있었지.”

“지금이라고 다르지 않아요.”

“아니, 이젠 상황이 달라. 요새는 우리 마을에 십원문의 무사들이 머물고 있어. 무공이 필요한 일은 보통 그들이 처리하지. 그들과 경쟁해서 단 하루 만에 철전 열 개를 버는 건 어렵다고 본단다.”

"예전에도 무공 때문에 저를 쓰신 건 아니죠. 새로운 일거리는 찾아낼 수 있어요."

대답할 말이 막힌 하선란은 인상을 쓰며 잠시 머뭇거렸다. 이내 환한 얼굴로 말했다.

"다른 문제도 있어. 너네 집은 빚이 많은데 그건 어떻게 할 거지?"

"제가 꾼 돈도 아닌데 갚아주면 빚쟁이가 고맙게 생각해야지요. 어느 빚을 먼저 갚을지는 제가 결정합니다."

"모르는 소리. 빚쟁이를 우습게보지 마. 미미가 왜 계속 거지꼴로 산 것 같아? 너라고 해도 방법이 없을 거야. 난 지금 돈을 돌려받아야겠어. 그러니 그냥 미미의 머리카락을 자르게 해. 미미의 말처럼 머리는 다시 자라잖아?"

진초운은 미미 일로 기분이 좋지 않았다. 하선란이 자꾸 시비를 걸자 성질이 났다.

'이 아줌마 겨우 삼 년 만에 왜 이렇게 까칠하게 변했을까? 우리 미미의 머리카락을 돈 몇 푼에 잘라가려고 한 것도 마음에 들지 않는데. 여길 그냥 엎어버릴까?

하지만 그는 마두가 아니다. 대마두가 되려던 생각을 아주 잠깐 먹은 적이 있지만 그건 미미를 만나는 순간 깨끗이 날려버렸다.

'그래도 이 아줌마가 꼬맹이를 믿고 돈을 준 건 사실이지. 담보를 잡은 게 미미 머리카락이라서 마음에 들지 않지만 갚

기는 갚아야겠지.'

"내일까지 돌려주지 못하면 은자 한 냥으로 갚을 테니 걱
정하지 마시죠."

하선란은 믿지 않았다.

"내 말을 뭐로 들은 거야? 마을 사정이 옛날과 다르다니까.
게다가 은자 한 냥? 그걸 하루 만에 어떻게 벌려고? 옛날에도
그렇게는 못 벌었어."

진초운이 하선란을 보고 피식 웃었다. 그 웃음 속에 무한한
자신감이 배어 있었다.

그의 기운이 하선란에게 전해졌다. 하선란은 의문이 들어
더 이상 따지지 못했다.

'왜 이렇게 자신만만한 거지?'

그녀가 입을 다물자 진초운은 유미미를 데리고 하가장을
나섰다. 한마디 인사는 남겨놓았다.

"내일 뵙죠."

그가 사라지고 난 후 하녀들이 한숨을 토했다.

"후아아. 초운 오라버니, 역시 멋있어!"

"그러게. 거지가 됐는데도 분위기가 옛날보다 훨씬 더 좋
잖아."

하선란은 뒤늦게 정신이 들었다. 자신의 실수를 깨달았다.

'더 따지고 들었어야 했는데 내가 왜 그만뒀지? 초운이가
돌아왔으니 미미를 까까머리로라도 만들어야 하잖아. 그런

데 왜 그만뒀지?

예전에는 진초운의 기운에 눌리지 않았다. 그 시절 그녀는 진초운에게 일을 맡기는 입장이었다. 그의 능력은 인정했으나 고용주의 권리를 포기한 적은 없다.

"화나! 그냥 넘어갈 줄 알고? 내일까지 돈 못 가져오면 아예 그 집 빼앗아 버릴 거야. 아아, 답답해라. 어떻게 해야 초운이가 돈을 못 가져오지?"

그녀의 곁으로 하가장의 총관이 다가왔다.

"마님, 좋은 방법이 있습니다."

"총관, 방법?"

"그가 돈을 벌지 못하게 하는 방법입니다."

하선란의 얼굴에 기대감이 피어올랐다.

"무슨 좋은 수가 있어?"

총관은 진초운이 사라진 대문 쪽을 힐끗 보고 그가 없음을 확인한 후 말했다.

"어차피 요즘 세상에 저런 거지에게 돈을 꿔줄 사람은 아무도 없습니다. 그러니 돈을 구하려면 일을 해야 합니다."

하선란이 입술을 깨물었다.

"저 녀석은 다른 사람도 아니고 진초운이야. 그의 재주가 삼 년 전 그대로라면 철전 열 개 정도의 일은 찾을 수 있을 거야. 화나!"

"방해하는 사람이 없다면 그렇겠지요."

“그게 무슨 소리야?”

총관의 목소리가 낮아졌다.

“제가 오늘 밤에 손을 써두겠습니다. 내일 하루 동안 그에게 일거리를 주는 곳은 없을 겁니다.”

“그게 가능해? 우리 마을은 꽤 큰데?”

“하루에 철전 열 개를 받을 만한 일거리는 많지 않습니다. 그런 것을 줄 곳은 뻔하니 하루 정도라면 틀어막을 수 있습니다. 어차피 그에게 주어진 시간은 내일 하루. 누구도 그를 받아주지 않을 겁니다.”

하선란의 얼굴이 조금 밝아졌다.

“총관, 그렇게만 된다면 정말 좋겠어. 하지만 상대는 진초운이란 말이야. 궁지에 몰리면 무슨 수를 낼 거야.”

총관이 웃었다.

“후후. 제 계책이 겨우 그것 하나뿐이겠습니까? 설사 그가 무슨 수를 내서 일자리를 얻었다 하더라도 돈을 받으려면 먼저 하루 종일 일을 해야 합니다.”

“당연한 일이지.”

“그의 집은 빚을 지고 있습니다. 빚쟁이에게 그가 돌아왔다는 소식을 넣겠습니다. 그가 돈을 구할 때쯤에는 빚쟁이가 들이닥치겠지요. 마님도 아시다시피 그놈들은 꽤나 지독하게 뜯어갑니다.”

하선란이 손으로 입을 가리며 유쾌하게 웃었다.

"오호호홋. 그런 수가 있었구나. 맞아, 미미 저 아이의 경우를 보면 알 수 있어. 아무리 초운이라고 해도 한 푼도 못 빼돌릴 거야. 그러고 보니 이건 화낼 일이 아니었구나. 이건 복이었어, 복."

"다 마님의 복입니다."

그녀가 진초운이 사라진 방향을 바라보았다. 즐거운 상상을 했다.

'돈을 계속 꾸어주고 절대로 갚지 못하게 하는 거야. 그래서 그를 돈으로 옭아매서 내 몸종으로 쓰는 거야. 낮에는 물론이고 밤에 잘 때도. 이제 미미의 미모를 경계할 필요 없어. 아, 진초운을 내 마음대로 하게 되다니. 평생소원을 풀게 생겼네.'

그녀의 몸이 후끈 달아올랐다.

진초운은 하가장을 나선 후 대문 뒤쪽 담벼락에 몸을 기댔다. 그 상태로 감각을 장원 안쪽으로 향했다. 내공을 끌어올려 청각을 향상시켰다.

일부러 대문 근처를 떠나지 않고 엿들은 것은 이 마을 사람들에게 실망한 것이 너무 많아서였다.

결국 그는 하선란과 총관의 대화를 하나도 놓치지 않고 들었다.

진초운의 얼굴이 일그러졌다.

"이 아줌마는 나랑 무슨 원수가 져서 저렇게까지 하려는 거야?"

유미미는 장원 안쪽의 소리를 듣지 못했다. 혼잣말을 하는 진초운이 이상해 보였다.

"오라버니, 무슨 말씀이세요?"

"별거 아니다. 집에나 가자."

그는 다시 한 번 다짐했다.

'이런 망할 놈의 세상. 지켜주지 않을 거야. 흥하든 망하든 니들 마음대로 알아서 하라고!'

집으로 돌아오는 길에 유미미가 걱정스러운 눈빛으로 진초운을 바라보며 질문했다.

"오라버니, 철전 열 개는 큰돈이에요. 그런 돈을 어떻게 구하시려고요?"

진초운이 큰소리를 팡팡 쳤다.

"걱정 마라. 내가 누구냐? 나 진초운이야, 진초운."

유미미는 나름대로 방법을 가지고 있었다.

"제가 알아서 할게요."

"네가 어떻게?"

"쌀을 사고 남은 돈이 있어서 땅에 파묻어두었어요. 그리고 쌀도 도로 팔면 돼요. 급히 팔면 제값을 못 받겠지만 그게 어디예요? 부족한 돈은 제가 사정해 볼게요."

"안 통할걸?"

"해보지도 않고 포기할 순 없어요. 저 마님은 나쁜 사람이 아니니까 이해해 주실 거예요.”

진초운이 유미미의 머리를 헝클어뜨렸다.

“녀석, 걱정하지 말라니까. 내가 다 알아서 한다. 넌 이제 고생 끝 행복 시작이다.”

유미미는 진초운을 믿고 싶었다. 그녀가 기억하는 진초운이라면 무슨 수라도 낼 것 같았다.

‘하지만 그건 옛날의 오라버니. 지금은 거지가 됐는데 돈을 어디서…….’

그녀의 눈에 진초운의 허리에 찬 검이 보였다. 그녀의 표정이 어두워졌다.

“혹시 그 칼 팔려는 거예요? 안 돼요. 그러지 마세요. 무인에게 칼은 소중한 거잖아요. 돈은 제가 어떻게든 마련해 볼게요.”

“하하. 무공도 모르는 녀석이 아는 척하기는. 걱정 마라. 이 칼은 팔지 않아. 만에 하나라도 이걸 알아보는 놈이 나타나면 좀 곤란한 일이 생기니까.”

유미미는 깜짝 놀랐다.

‘누가 알아보면 안 된다고? 훔친 걸까?’

그녀가 고개를 격렬히 흔들었다.

‘아니야. 오라버니는 구걸이라면 몰라도 도둑질을 할 사람은 아니야. 하지만…….’

진초운은 그녀가 무슨 생각을 하는지 깨달았다.

‘귀여운 녀석.’

“이거 주웠어.”

유미미의 얼굴이 조금 펴졌다.

“정말 주운 거예요?”

“어느 동굴에 버려진 걸 주웠다. 그래서 칼이 이렇게 없어 보이잖아.”

그가 칼을 뽑아 칼날을 보여주었다.

“이거 봐. 날도 제대로 안 서 있지? 이딴 걸로 도대체 뭘 자를 수 있겠어? 이건 분명히 어느 대장장이가 만들다 실패해서 버린 거야. 그래서 내가 주웠지.”

유미미의 목소리가 자기도 모르게 밝아졌다.

“그러니까 주인이 찾으러 올 일이 없는 물건이라는 거네요?”

진초운이 호언장담했다.

“바로 그거지!”

‘이백 년 전에 조상님은 자기 손자에게 물려주려고 수련동을 만들었지만, 그 손자 조상님은 그런 게 있는지도 모르고 늙어 죽었잖아. 주인 없는 물건을 후손 중 하나인 내가 갖겠다는데 누가 감히 내놓으라고 할 거야?’

유미미는 잠시 걱정을 잊었다. 눈을 반짝거리며 신이 나서 말했다.

“오라버니, 정말 잘하셨어요. 그런 물건은 무조건 먼저 줍는 사람이 임자예요. 다른 건 뭐 주운 거 없어요?”

진초운은 다음날 동이 트는 무렵 일어났다.

문을 조심스럽게 열며 옆방의 기척을 살폈다. 유미미의 고른 숨소리가 들렸다.

"좋았어."

그는 유미미가 깨지 않도록 조용히 집을 벗어났다. 곧바로 가까운 산으로 올라갔다.

"하가장 사람들. 예전엔 안 그랬는데 참 독하게도 변했네. 어쨌든 부잣집에서 손을 썼으니 이 삭막한 동네에서 나한테 일자리를 줄 리가 없지."

어차피 상관없었다.

"하지만 아줌마, 날 우습게봤어. 꼭 남의 일을 해야만 돈을 버는 건 아니거든."

그가 산을 어슬렁거렸다.

"멧돼지나 노루 한 마리만 잡아다 시장판에 늘어놓고 팔아도 철전 열 개는 훨씬 넘게 벌겠지. 멧돼지가 없으면 곰이라도 잡자."

눈에 띄는 큰 동물이 없었다.

"이것들이 늦잠을 자나?"

내공을 운기해 감각을 키웠다. 십 장을 감지 범위에 넣어도 부족했다. 공력을 한껏 끌어올렸다. 몸에서 열기가 일었다. 백 장의 범위가 그의 감각에 들어왔다.

진초운의 얼굴이 일그러졌다.

"큰 놈이 없네?"

문득 수련동을 나섰을 때가 생각났다. 그때도 주변을 감시해 보았지만 큰 동물은 없었다.

"뭐야 이거. 이 근처에 돈 되는 놈은 씨가 마른 거야?"

그의 얼굴이 비로소 조금 어두워졌다.

"토끼나 꿩을 잔뜩 잡아갈까? 아니야. 이 새벽에 어떻게 그렇게 많이 잡았는지 미미한테 설명할 방법이 없잖아. 이거 진짜 곤란하게 됐네."

그의 감각에 새로운 것이 잡혔다. 하늘을 올려다보았다.

새벽부터 매 한 마리가 머리 위 높은 곳에 떠서 빙빙 돌며 사냥감을 찾고 있었다.

진초운의 눈이 번쩍 빛났다.

"저거 돈 좀 되겠다!"

그때였다. 매가 갑자기 고도를 낮췄다.

진초운의 몸이 앞으로 쏘아졌다. 매가 움직이는 방향이었다.

경공을 펼침과 동시에 그의 눈이 매보다 날카로운 시력으로 숲을 훑었다. 매가 노리는 것이 무엇인지 찾았다.

저 멀리 수풀 한구석에 꿩 한 마리가 머리를 땅에 처박고 있는 것이 보였다. 매가 뭘 노리는지는 확실했다.

"꿩보단 매!"

고도를 낮추던 매가 갑자기 땅으로 내리꽂혔다. 새 중에서 가장 빠르다는 매답게 그 강하 속도는 화살처럼 빨랐다.

진초운의 자세가 낮아졌다. 경공이 한 단계 올라갔다. 속도가 조금 전보다 몇 배는 증가했다. 그의 움직임에 기다란 잔상이 남았다.

매의 날카로운 발톱이 꿩의 등에 깊게 박혔다.

꿩이 푸드덕거리며 몸부림쳤다. 매의 발톱은 빠지지 않았다. 날개를 펄럭이며 꿩을 죽이려 했다.

바로 그 순간, 진초운이 매를 덮쳤다. 바람이 거세게 불었다.

매는 깜짝 놀라서 꿩을 잡은 발을 풀었다. 곧바로 하늘로 솟아올랐다.

진초운 역시 하늘로 솟으며 팔을 쭉 내밀었다. 그의 손에서 금나수법이 펼쳐졌다. 다섯 개의 손가락이 솟아오르던 매의 목을 단숨에 움켜쥐었다.

매가 소리를 질렀다.

끼이이이!

진초운은 매의 비명을 무시했다. 매를 잡고 땅 위에 가볍게 착지했다.

그는 우선 매의 덩치부터 확인했다. 손으로 더듬자 깃털 아래 매의 몸통이 만져졌다.

"이거 고기 좀 나오겠네."

입이 쭉 벌어졌다.

"흐흐. 봉 잡았다."

개천 마을에서 가장 큰 음식점은 진미각이다. 요리는 물론 술까지 판다.

주인이 하도 부지런하여 아침 일찍 길 떠나는 손님부터 밤 늦은 시간의 취객들까지 모두 상대한다.

진초운이 그 문을 열고 들어섰다. 진미각의 주인, 왕소추가 그날의 첫 손님을 향해 인사를 했다.

"어서 오십시오."

그는 인사를 한 후에야 들어온 사람이 진초운인 것을 깨달았다.

어제의 진초운은 낡아빠지고 때 묻은 옷에 더러운 얼굴을 한 거지였다. 오늘도 옷은 여전히 더러웠다. 하지만 삼 년 만에 세수를 한 덕에 얼굴만은 예전 모습을 되찾았다.

피부는 오히려 예전보다 훨씬 나았다. 그는 삼 년을 동굴에서 살았다. 빛이 조금 들어오기는 했지만 턱없이 부족했다. 피부는 빛을 보지 못해 창백하게 변했다.

동굴에 자생하는 잡다한 것들을 뜯어먹는 와중에 간간이 영약을 섞어 먹었다. 영약의 약기운이 더해지자 아기처럼 뽀얀 피부가 완성되었다.

옷은 엉망이지만 얼굴만 놓고 보면 귀공자가 따로 없었다.

왕소추는 진초운을 한눈에 알아보고 떨떠름한 표정으로 말했다.

"초, 초운이구나."

진초운이 씩 웃었다.

"왕씨 아저씨, 오랜만이네요."

진초운은 과거에 진미각의 의뢰로 구하기 힘든 식재료를 산에서 캐오고는 했다.

왕소추는 난감했다.

'일거리를 부탁하러 온 걸까? 어젯밤에 하가장의 총관이 오늘 하루 동안은 초운이를 고용하지 말라고 신신당부하고

갔는데. 하지만 옛날에 이 녀석 덕분에 이익을 좀 봤으니 매정하게 굴기도 그렇군. 어떻게 한다…….'

고민은 했지만 결론은 처음부터 나와 있었다.

'그래, 요새 가뜩이나 장사도 안 되는데 하가장 같은 단골 손님의 부탁을 거절할 순 없지. 이건 정말 어쩔 수 없는 일이야.'

"어, 그래. 오랜만이네. 돌아왔다는 소식은 들었다."

진초운은 그의 머뭇거림에서 무슨 일이 있었는지 눈치 챘다. 예상했던 일이다.

'하가장도 꽤 부지런하군. 여기까지 손을 써놨다 그거지? 진짜로 했다 그거지?'

일부러 쑥스러운 척 웃었다.

"그럼 제 사정도 들으셨겠네요. 하하하. 보시다시피 타지를 떠돌다가 쫄딱 망했어요."

"그러게 마을에 남아 있었으면 좋았잖아. 큰 도시에 가니 네 재주가 통하지 않지?"

"그러게요. 어림도 없더라고요. 그래서 아저씨, 부탁이 있는데요. 제가 돈이 좀 필요하거든요?"

왕소추가 난처한 표정으로 손을 흔들었다.

'예전 생각을 하면 그깟 철전 열 푼 정도는 당연히 꿔줘야 하지만…….'

"미안하다. 우리 집도 요새 사정이 영 좋지 않아서 말이야.

저쪽에 큰 요릿집이 생겼거든. 그곳과 경쟁하느라 상당히 힘들단다."

진초운이 왕소추의 눈을 물끄러미 바라보았다. 왕소추가 미안해하는 기색이 보였다.

'거짓말은 아니야. 저쪽에 큰 요릿집이 생긴 건 나도 봤으니까.'

그는 왕소추의 태도에 실망하지 않았다. 어제 너무 여러 번 실망했다. 이제 이런 작은 일로는 실망하지 않았다.

그가 혀를 찼다.

"쳇. 할 수 없네요. 제가 아침에 산에 갔다가 뭘 좀 잡아서 팔려고 가져왔는데."

왕소추는 갈등했다.

'내가 도리를 안다면 당연히 사줘야 하지만, 하가장 때문에 이것 참 난감하네. 고용하는 게 아니니까 사줘도 될까? 그러다가 하가장이 저쪽 집에만 가게 되면 어떻게 하지?'

그가 고민하는 사이에 진초운이 등 뒤로 감추고 있던 손을 내밀었다.

그의 손에는 매 한 마리가 들려 있었다. 그것도 팔팔한 상태였다.

"이놈 팔려고 했거든요."

왕소추의 눈이 크게 떠졌다.

"헉. 매? 그것도 살아 있는 놈을? 이걸 어떻게 잡았냐?"

사실대로 말할 수 없었다.

"아침 운동하러 산에 올라갔더니 이 멍청한 놈이 자기가 까마귀인 줄 알았는지 나뭇가지에 앉아서 자고 있더라고요. 그래서 살금살금 다가가서 확 잡아버렸죠."

"대단하구나. 사냥 솜씨는 옛날 그대로네. 알았다. 어디 보자. 이걸 얼마를 쳐줘야 할까. 너도 알다시피 매 같은 성격의 고기는 요리에 쓰기에 적당한 맛이 나지 않아."

"장사 하루 이틀 하시는 것도 아니잖아요? 이렇게 귀한 재료가 왔는데 맛 타령만 하시네. 귀하다는 것 자체만으로도 값어치가 올라가잖아요. 맛이야 알아서 내셔야지요."

"그래, 네 말이 맞기는 하지. 그러니까……."

왕소추의 머리가 빠르게 회전했다.

'하가장에는 사주는 건 괜찮은 줄 알았다고 하자. 이 건수는 잡아야 해. 매는 귀한 식재료다. 아니, 요리로 만들지 않아도 괜찮아. 살아 있으니까 이걸 매 좋아하는 놈에게 팔기만 해도 돈이 꽤 남을 거야. 어디 보자. 이 녀석이 필요한 돈이 철전 열 닢이라고 들었지. 그 돈을 주면 충분하겠지?

"내가 철전 열 닢에……."

진초운이 그의 말을 끊었다.

"좀 더 쓰시죠?"

"철전 열 닢은 큰돈이란다."

"싫으면 마시고요. 큰 요릿집이 생긴 곳이 저쪽이라고요?

거기 가봐야겠네요.”

왕소추는 뜨끔했다.

‘귀한 재료가 그놈들에게 넘어가면 곤란하지.’

“알았다. 철전 스무…….”

“은자 한 냥.”

왕소추의 얼굴이 굳었다.

“초, 초운아, 우리 집에서야 어차피 그걸 고기로 쓰려고 사는 거다. 그런데 은자 한 냥은…….”

진초운은 느긋했다.

‘안 주고는 못 배길걸?’

“이게 매일 잡을 수 있는 거면 철전 스무 개에 해드리겠는데, 아시다시피 매는 귀하잖아요.”

“그래도…….”

“장사 하루 이틀 하시나. 생각을 해보세요. 요새 우리 동네에 부자가 늘었다면서요? 부자 손님들은 원래 진귀한 음식에 돈을 쓰잖아요.”

“그건 그렇지. 하지만 새 한 마리에서 고기가 나오면 얼마나 나오겠냐? 그걸 팔아서 은자를 한 냥이나 받을 수 있을까? 설사 받더라도 식재료에 그렇게 많은 돈을 쓰면 남는 게 없다.”

“돈이 아니라 그 사람들의 이름값을 사는 거예요.”

“그게 무슨 소리냐?”

진초운이 왕소추를 꼬드겼다.

"부자 손님들을 초대하세요. 신선한 매 고기가 들어왔으니 와서 맛이나 보라고 하세요. 진귀한 음식이니까 부자들이 한 번은 찾아올 거예요."

"그야 그렇겠지."

"그게 무슨 의미인지 아세요? 음식 맛을 잘 아는 부자들이 모임 장소로 진미각을 선택하는 게 무슨 의미인지 아세요? 새로 생긴 요릿집에 한 방 먹이는 거예요. 그 홍보 효과에 은자 한 냥의 가치가 없겠어요?"

왕소추는 진초운의 말에 홀딱 넘어갔다.

"그렇지! 저놈들에게 복수를 할 수 있겠구나!"

이미 매를 다시 팔아먹을 생각은 사라졌다. 기쁜 얼굴로 손을 내밀었다.

"알았다. 은자 한 냥에 사마. 매를 이리 다오."

진초운도 손을 내밀었다.

"돈 먼저 주세요."

진초운은 집으로 돌아가는 내내 은자 한 냥을 손가락으로 매만지며 그 감촉을 즐겼다.

어쩐지 은자가 조그마하게 느껴졌다. 아쉬웠다.

"아깝다. 주인만 잘 만났으면 사냥매로 비싸게 팔 수 있는 건데."

하지만 그럴 수가 없었다.

"식당이야 고기만 필요하니까 따지지 않았지. 하지만 사냥매를 살 사람이라면 그게 어디서 났는지 따지고 들 거야. 그런 사람이라면 나뭇가지에 앉아 졸고 있던 걸 잡아왔다는 말을 믿을 리도 없고. 아까워 죽겠네."

진미각의 왕소추가 그걸 다시 팔아먹을 것에 대해서는 걱정하지 않았다.

"내기의 침투를 받은 매가 오래 살 리가 없지. 당장 부자들을 불러 모으지 않으면 죽은 매를 팔아야 할걸?"

사악하게 웃었다.

"흐흐흐. 그러게 사람을 그렇게 박대하지 말았어야지. 옛날에 내가 진미각을 도와준 게 한두 번이 아닌데 말이야."

집 대문을 열고 들어서던 그가 멈칫하며 걸음을 멈추었다.

마당 한가운데에 유미미가 혼자 서서 서럽게 울고 있었다. 소리없는 눈물이 끝없이 흘러내렸다. 그녀는 옷소매로 흐르는 눈물을 연신 닦아냈다. 얼마나 울었는지 소매가 다 젖어 있었다.

진초운은 깜짝 놀랐다. 무슨 일인가 싶어 한걸음에 유미미에게 다가갔다.

"미미야, 왜 울어?"

유미미가 고개를 번쩍 들었다. 진초운의 얼굴을 올려다보았다. 표정이 환해졌다.

흐르는 눈물은 멈추지 않았다. 감정에 복받쳐 말을 더듬거렸다.

"흐으윽. 흑. 일어났더니 오라버니가 안 계셔서… 오라버니가, 오라버니가 또 떠나신 줄 알고……."

진초운의 얼굴에 미소가 담겼다. 마음이 따뜻해졌다.

'세상은 어찌 되든 내가 알 바 아니지만 너만은…….'

그가 유미미의 머리를 쓰다듬었다.

"녀석, 내가 가기는 어딜 가? 나 이제 아무 데도 안 가. 걱정하지 마."

유미미는 그래도 눈물을 멈추지 못했다.

"그럼 새벽부터 어디 갔다 오신 거예요?"

"돈 벌어왔지."

유미미가 몸을 움찔거렸다. 한없이 흐르던 눈물이 멈췄다.

하도 울어 눈이 퉁퉁 부어 있었지만 눈빛은 초롱초롱해졌다. 붉어진 눈동자와 부기만 아니라면 언제 울었는지 표도 나지 않을 정도였다.

눈에 띄게 밝아진 얼굴로 입을 열었다.

"돈?"

갑자기 그녀의 머릿속에 짧은 생각이 떠올랐다.

'새벽에 돈을 벌 만한 일거리는 없어. 그렇다면 오라버니는 분명히…….'

조금 전까지만 해도 울먹이느라 흐렸던 그녀의 목소리가

어느새 이슬처럼 맑아졌다.

"오늘은 돈을 주우신 거예요? 누구 본 사람은 없죠?"

"주운 게 아니야. 아침 운동하러 산에 올라갔더니 미친 매가 한 마리 자빠져 있더라. 주워서 팔고 오는 길이다."

이제 그녀의 얼굴이 너무 환해져 눈이 부실 지경이었다.

"와아! 매고기! 그거 혹시 비싸요?"

그녀는 매라는 말을 듣자마자 곧바로 매고기를 연상했다. 애완용이나 사냥용 매 같은 건 상상도 하지 못했다.

진초운이 은자를 내밀었다.

"짠. 은자 한 냥! 그거 팔고 받은 돈이야."

유미미는 너무 좋아서 깡충깡충 뛰었다.

"끼야아아아. 은자 한 냥. 이렇게 큰돈을 벌다니. 오라버니, 저 행복해요."

"그렇게 좋니?"

"그럼요. 은자 한 냥으로 잡곡을 사서 죽을 끓이면 우리 둘이서 넉 달은 먹을 수 있을 거예요."

진초운이 멈칫했다.

"넉 달? 둘이서?"

'그동안 도대체 뭘 먹고 산 거냐?'

유미미가 진초운의 손에서 은자를 받아 들었다. 그녀가 은자를 조심조심 쓰다듬었다.

"진짜로 은자를 만져 보는 건 처음이에요. 철전은 여러 번

만져 봤는데 모을 수가 없었어요.”

그녀가 조그마한 손가락 하나를 세워 자기 입술을 가리며
말했다.

“아, 그렇지. 오라버니, 오라버니께서 이거 벌어온 거 아무
에게도 말하시면 안 돼요.”

“왜?”

“빚쟁이가 알면 빼앗으러 올 거거든요.”

“빚쟁이?”

“돈이 조금만 모이면 귀신같이 알고 찾아와요. 그러니까
조심해야 해요.”

진초운이 다짐했다.

‘누군지 몰라도 찾아가서 단단히 따져 주겠어. 우리 미미
를 아예 굶겨 죽일 셈이었냐?’

그는 바로 어제 마을에 돌아왔다. 유미미를 만난 것은 저녁
때다. 이제 겨우 다음날 아침이 됐다. 빚쟁이에 대해서 파악
할 시간이 없었다.

유미미가 행복한 얼굴로 말했다.

“아, 이제 앞으로 넉 달 동안 오라버니 식사 걱정은 끝이
다.”

진초운은 그 말을 이해할 수 없었다.

“하지만 미미야, 은자 한 냥이 큰돈이기는 한데, 그거 하나
로 우리 둘이서 넉 달이나 먹는 건 좀 힘들지 않을까?”

유미미가 방긋 웃었다.

"헤헤. 밖에서 일을 하다 보면 뭔가 얻어먹을 기회가 종종 생겨요. 그러니까 전 집에서는 아주 가끔만 먹어도 돼요. 이 돈으로 산 곡식은 오라버니께서만 드시면 돼요. 그러니까, 그러니까 우리 둘이서 이거 하나로 넉 달은 충분히 버텨요."

진초운은 안쓰러웠다.

'항상이 아니라 종종? 기회가 안 생기면 굶었니? 그렇게 얻어먹으면서 삼 년을 버텼구나. 그래서 집에 불을 피운 흔적이 없구나.'

그는 유미미의 어깨를 살짝 안아주었다.

"그러지 마라."

유미미가 얼굴을 살짝 붉혔다.

"오라버니?"

"내가 돌아왔잖아. 다른 건 몰라도 앞으로 먹는 건 배불리 먹자. 내가 언제 너 굶긴 적 있니?"

유미미가 군소리없이 고개를 끄덕였다.

"네."

그녀는 반성했다.

'오라버니는 그동안 거지 생활하느라 나보다 더 못 먹고 지내셨을 텐데. 지금은 돈을 아끼는 것보다 오라버니 맛있는 거 해드리는 게 더 중요해. 그런데도 난 잡곡 죽으로 배만 채우게 해드리면 된다고 생각했잖아. 아이참, 난 왜 내 생각밖에 못하는 걸까?

진초운은 이제부터 유미미를 절대로 굶기지 않을 생각이다. 거기에 더해서 자신이 앞으로 먹어야 하는 음식 문제를 미리 해결해 두려고 했다.

'삼 년을 돌이끼만 뜯었더니 이제 쌀밥에 고기가 먹고 싶다고. 미미 맘대로 하게 놔뒀다가는 앞으로 넉 달 동안 멀건 잡곡 죽만 먹겠다. 그렇게는 못하지.'

하가장의 하선란이 총관에게 질문했다.

"총관, 일 처리는 확실히 했겠지?"

총관이 즉시 대답했다.

"어젯밤에 직접 뛰어다니며 돈이 나올 곳을 모두 막았습니다. 걱정하지 마십시오."

하선란은 만족했다.

"수고했어."

'이제 진초운은 내 거야.'

그때 진초운이 하가장의 문을 열었다. 하가장의 사람들이 그를 돌아보았다.

진초운이 히죽 웃었다.

"돈 갚으러 왔어요."

하선란이 총관을 돌아보며 인상을 썼다.

"총관, 어떻게 된 거야?"

놀란 총관이 진초운에게 호통을 쳤다.

"거짓말하지 마라! 돈이 날 곳이 없었을 텐데 무슨 소리냐!"

진초운이 손가락으로 철전을 하나씩 튕겼다. 철전이 포물선을 그리며 날아가 총관의 발치에 떨어졌다.

그가 철전을 날리며 말했다.

"어디서 돈이 났는지는 내가 알아서 할 일이죠. 하가장에서 상관할 건 아니잖아요?"

어느새 열 개의 철전이 총관의 앞에 흩어졌다.

그곳에 있던 모든 사람이 철전 열 개를 똑똑히 보았다.

총관은 할 말이 없었다.

'이래서는 못 받았다고 잡아뗄 수도 없겠군.'

돈 자체로는 따질 것이 없지만 진초운의 태도가 거슬렸다. 그가 호통을 쳤다.

"네 이놈! 돈을 던지다니! 네가 감히 나에게 이럴 수 있느냐!"

진초운이 피식 웃었다. 총관을 째려보며 말했다.

"내가 오늘 아침에 일자리를 좀 알아보려고 했더니 어떤 개자식이 미리 손을 썼더라구요. 누가 그랬을까? 내가 어떤 놈인지 알면 함부로 그런 짓 안 할 텐데. 누군지 이제 밤길에 뒤통수 조심해야 할 거예요."

총관은 뜨끔했다.

“허험. 그, 그건…….”

‘다 알고 왔구나. 어떤 놈이 그걸 불었지? 단단히 입단속을 시켰는데.’

그는 더 이상 따지지 못했다. 지은 죄가 있기에 진초운의 눈치를 보며 바닥에 떨어진 철전을 하나씩 주웠다.

하선란은 그런 총관을 노려보았다.

‘애초에 이 방법을 제안한 건 총관이야. 철전이 총관의 이마에 박힌다고 해도 그건 일을 제대로 못한 총관 잘못이지, 절대로 내 잘못이 아니야.’

그녀는 순식간에 자기 합리화를 했다. 조금의 죄책감도 느끼지 않았다. 대신에 일이 실패한 것 때문에 기분이 나빴다.

‘저 남자를 내 것으로 만들 기회였는데.’

속마음이야 어떻든 겉으로는 미소를 지었다.

“돈은 확실히 받았어. 또 돈이 필요하면 언제든지 말해. 더 큰돈이라도 꾸어줄 테니까. 우리 사이에 그런 것을 가려서야 되겠어?”

‘아직 끝난 건 아니야. 갚지 못할 돈을 꾸어주면 돼. 책임감은 있는 녀석이니까 그걸로 옭아맬 수 있어.’

진초운은 입맛이 썼다.

‘이 마을에서 그나마 돈 꿔준다는 사람이 딱 하나 나왔군. 그런데 그 돈은 아무래도 뒤가 켕기는 돈이란 말이지.’

“됐거든요?”

은자 한 냥은 유미미에게 있어서 무척 큰돈이다. 철전 열 개를 갚고도 아직 구십 개가 남았다.

유미미는 그날 오전에는 일을 나가지 않았다. 대신에 시장에 들러 몇 가지 음식 재료를 사 왔다. 그중에는 닭도 한 마리 있었다.

진초운이 집에 돌아왔을 때 유미미는 그것을 한창 끓이는 중이었다.

진초운이 코를 킁킁거렸다. 고기 냄새가 나자 침을 꿀꺽 삼켰다.

'이게 도대체 얼마 만의 고기 냄새냐?

"와아. 냄새 정말 좋다. 이게 뭐냐?"

유미미는 아침의 일이 미안했다.

'이렇게 좋아하시는데 난 정말…….'

"오라버니, 닭을 한 마리 샀어요. 지금 닭죽을 끓이는 중이에요."

진초운의 뱃속이 요동치기 시작했다. 참기 힘들었다. 손이 다 떨렸다.

"고기. 고기. 고기."

"오라버니도 고기 오랜만이시죠?"

"어. 손가락만 한 투명한 물고기나 벌레 같은 건 가끔 잡아서 날로 먹었지만 제대로 된 고기는 삼 년 만이다."

"헤에. 아무리 배고파도 난 벌레는 안 먹었는데. 정말 고생 많으셨구나. 이제 조금만 기다리세요. 곧 다 돼요."

진초운이 유미미의 곁에 쭈그리고 앉았다.

"그런데 왜 닭죽이니? 그냥 푹 삶아서 소금에 찍어먹어도 꿀맛이잖아."

말을 하다 보니 다시 침이 흘렀다.

유미미가 바짝 말라 한 줌밖에 되지 않는 허리를 딱 짚으며 말했다.

"안 돼요. 닭이 작아요. 병아리만 겨우 면한 거예요. 기왕에 먹는 고기인데 그냥 삶으면 양이 너무 적잖아요. 남은 쌀을 넣고 죽을 끓여야 양이 늘어나죠. 그래야 배불리 실컷 먹을 수 있어요."

진초운이 고개를 크게 끄덕였다.

"그럼, 그럼. 음식은 원래 질보단 양이지."

닭죽은 곧 완성됐다. 반찬은 아무것도 없었다. 소금 조금이 전부였다.

하지만 그들은 아무 불만이 없었다. 뜨거운 닭죽을 호호 불어가며 떠먹었다.

진초운의 눈에 눈물이 글썽였다.

"정말 맛있어."

삼 년 만에 먹는 닭죽이다. 아무런 생각도 들지 않았다. 손이 부지런히 움직였다.

유미미의 표정도 진초운보다 더하면 더했지 못하지 않았다.

"오라버니, 죽이, 죽이 살살 녹아요."

그녀 역시 이런 것을 먹어보지 못한 지 삼 년이다. 일하다가 가끔 남는 음식이 있으면 얻어먹던 처지에 감히 고기를 꿈꿀 수는 없었다. 고기는 고사하고 따뜻한 음식을 먹을 기회도 거의 없었다.

그녀가 닭죽을 한 숟가락 떴다. 이번 숟가락질은 조금 실수를 했다. 죽 속에 고기가 조금 섞여 들어왔다.

'고기는 오라버니 드셔야 되는데.'

기왕 뜬 것이라 입안에 넣었다. 고기 맛이 느껴졌다. 혀끝이 사르르 녹아났다.

그녀의 눈이 살포시 감겼다.

"행복해요."

진초운이 부른 배를 두드리며 그대로 드러누웠다.

"아, 좋다."

유미미도 배가 불렀다. 드러눕고 싶었다. 그래도 그녀는 일단 빌려온 솥단지부터 씻었다. 그 후에 누워 있는 진초운에게 옷 한 벌을 내밀었다.

"오라버니, 이거 입어보세요."

“응? 옷이네?”

그녀가 내민 것은 상당히 낡은 옷이다. 그래도 비교적 깨끗했고 기운 자국도 몇 군데 없었다.

“오라버니가 입고 계신 그 옷, 너무 낡았어요. 그래서 아까 옆집에서 안 입는 옷을 한 벌 사 왔어요.”

진초운이 일어나서 옷을 받았다. 낡았다고는 하지만 지금 입고 있는 걸레와 비교하면 새것이나 다름없었다.

그가 유미미를 쳐다보았다. 그의 눈에 그녀가 입고 있는 낡아빠진 옷이 들어왔다. 너무 많이 기워 원래의 천 모양을 알기 힘들 정도였다.

낡은 것으로 따지면 유미미의 옷도 그가 지금 입고 있는 걸레 못지않았다. 다만 유미미의 옷은 그나마 덜 더럽고 여기저기 수선되어 있다는 것만이 달랐다.

진초운이 얼굴을 굳혔다.

“네 옷은?”

유미미가 환히 웃었다.

“헤헤. 전 괜찮아요. 원래 일할 때는 이런 옷이 더 편해요. 좋은 옷을 입으면 마음대로 일 못하잖아요.”

진초운은 기억을 되새겨 보았다.

‘집 안에 다른 옷은 없었어.’

그가 그녀의 머리를 쓰다듬었다.

“잘 입으마.”

‘나야 이거로 됐지만 미미는 저대로 놔둘 수가 없지. 일단 새 옷부터 몇 벌 사다 줘야겠군.’

그녀가 기쁜 듯이 진초운의 손길에 머리를 맡겼다.

진초운은 새로운 의문이 들었다.

‘옷이 한 벌밖에 없으면 그동안 세탁은 어떻게 했지?’

차마 그걸 물어볼 수는 없었다. 조용히 쓰다듬어 주기만 했다. 한참 후에야 유미미가 아쉬운 얼굴로 일어섰다.

“오라버니, 그럼 저는 나갔다 올게요.”

“나가다니? 어딜 나가?”

“나가서 돈 벌어와야죠.”

“돈이라면 아직 충분하잖아. 매고기 판 돈 아직 많이 남았을 텐데?”

유미미가 단호하게 말했다.

“안 돼요. 그건 운이 좋아서 매를 주운 덕분에 생긴 돈이잖아요. 사람이 행운만 믿고 살 수는 없어요. 할 수 있을 때 열심히 벌어놓지 않으면 굶어 죽어요.”

진초운이 호언장담했다.

“녀석, 내가 있으니까 이제 그런 일은 없다니까. 우리 둘이 배불리 먹을 만큼은 벌어올 테니 걱정하지 마라.”

그는 그러고도 남을 능력이 있었다.

‘이제 고생 끝 행복 시작이다.’

유미미는 그의 말을 오해했다.

‘곡식 조금 벌어서는……’

“그만큼 벌어서는 어림도 없어요.”

진초운도 그녀의 말을 오해했다.

‘그러고 보니 우리 미미는 여자 아이였지. 예쁜 옷도 입고 싶고 장신구도 가지고 싶겠지. 돈이 많이 필요하겠어.’

그 생각을 하자 기분이 좋아졌다.

“그래, 더 벌어야지. 암, 더 벌어야 하고말고.”

유미미가 고개를 끄덕였다.

“맞아요. 빚을 갚으려면 돈을 열심히 벌어야 해요.”

진초운의 좋았던 얼굴 표정이 싹 변했다.

“빚 때문에 벌어야 한다고?”

“주인 어른과 마님께서 빚을 지고 사라지셨잖아요. 그거 갚아야 하잖아요.”

“그래. 갚기는 갚아야지. 갚긴 갚아야 하는데……”

‘찾아가서 좀 따진 후에 갚아야겠지?

그녀가 환하게 웃었다.

“지금까지는 혼자 벌어서 이자밖에 못 갚았어요. 하지만 오라버니가 돌아오셨으니 원금도 조금씩 갚을 수 있을 거예요. 열심히 일하면 언젠가는 다 갚을 수 있어요.”

진초운은 그녀가 이런 거지꼴로 지낸 이유를 다시 한 번 되새겼다.

‘돈을 아무리 벌어도 빚쟁이에게 이자 갚기도 버거웠겠지.

하루 종일 일하고도 옷 한 벌 살 돈이 없었겠지. 그나마 있던 것들도 다 내다 팔았겠지.'

생각할수록 화가 났다.

'양심이 있다면 미미가 먹고살 만큼은 남겨둬야 할 거 아냐? 아니, 애초에 그 빚을 미미가 진 것이 아니잖아. 왜 미미한테 내놓으라고 난리야? 생각할수록 열받네.'

그가 선언했다.

"빚 걱정은 하지 마라. 내가 다 알아서 하마."

유미미는 그의 말을 또 오해했다.

'이제 오라버니도 같이 일해서 돈을 갚으시겠단 뜻이구나. 오라버니는 재주가 좋으니까 생각보다 빨리 갚을 수 있을 거야. 어쩌면 몇 년 뒤에는 저축을 할 수 있을지도 몰라.'

유미미가 진초운에게 머리를 기대고 고양이처럼 골골거렸다.

"오라버니만 믿어요."

"암, 나만 믿어라. 그런데……."

진초운이 고개를 들었다.

"아침부터 우리 집에 찾아올 사람이 있니?"

그녀의 눈이 동그래졌다.

"네? 없는데요?"

진초운이 대문을 물끄러미 쳐다보았다. 잠시 후에 검을 찬 남자 몇 명이 대문을 벌컥 열고 들어왔다.

“여어, 잘 있었나? 꼬마 아가씨.”

유미미의 얼굴이 창백해졌다.

“아, 아직 이자 주는 날이 안 됐는데 왜…….”

진초운의 눈썹이 꿈틀거렸다.

‘이놈들, 무공을 익혔다.’

들어온 남자들 중 가장 지위가 높은 자, 전소칠이 말했다.

“소문을 듣자 하니 이 집안 아들이 돌아왔다며? 돈도 좀 생겼을 거란 이야기가 들리기에 수금해 가려고 들렀지. 이자 밀린 거 있잖아. 어서 내놓으라고.”

유미미가 바들바들 떨었다.

‘돈 냄새를 맡았구나. 남은 철전 숨겨놨다가 오라버니 맛있는 거 만들어 드리려고 했는데…….’

그녀의 눈빛이 독해졌다.

‘안 돼. 돈을 파묻은 곳은 절대로 말 못해. 고생만 하다 돌아온 우리 불쌍한 오라버니 배부르게 해드려야 해. 설사 날 때리더라도 절대로 말 못해!’

그때 진초운이 그녀의 어깨를 잡았다. 그녀가 진초운을 올려다보았다.

진초운은 유미미에게 부드럽게 웃어주었다.

유미미는 그 웃음을 보자 뭔지 모르게 든든했다. 몸의 떨림이 멎었다.

진초운은 이번엔 남자들을 돌아보고 히죽 웃었다. 웃음에 담긴 의미가 유미를 대할 때와는 완전히 달랐다.

"그 이야기를 누구에게 들었는지는 뻔하고, 마침 잘 왔다. 안 그래도 찾아가려고 했으니까."

전소칠에게는 진초운의 무공을 알아볼 능력이 없다. 하지만 그도 눈은 달려 있었다. 진초운의 허리에 매어진 검이 보였다.

"호오. 네놈, 무사였나?"

"칼 쓰는 법은 조금 알지."

전소칠이 그를 보고 비웃었다.

"칼집만 봐도 칼이 참 보잘것없어 보이는군. 더구나 그 옷은 누더기잖아. 거지꼴로 돌아다니는 놈이 칼을 쓸 줄 알 리가 있나. 네놈, 그거 멋으로 차고 다니는 거냐?"

"시험해 보고 싶어?"

둘 사이의 분위기가 나빠졌다. 유미미가 급히 진초운의 팔을 잡았다.

"오라버니, 안 돼요. 저 사람들, 오할파의 무사란 말예요."

오할파라는 말을 듣는 순간 진초운의 얼굴이 환해졌다.

"오할파? 옆 동네의 그 고리대금 전문 사파?"

속으로 환호성을 질렀다.

'만세! 빚쟁이가 동네 사람이 아니라 사파 놈들이었구나! 요놈들, 니네 진짜 잘 걸렸다.'

전소칠이 발끈했다.

"이놈! 고리대금이라니! 어려운 사람들에게 급할 때 돈을 융통해 주는 우리에게 그 무슨 망발이냐! 죽고 싶으냐?"

진초운이 이죽거렸다.

"돈을 융통? 그게 사기질이지 융통이냐? 네놈들 돈을 쓴 사람들 중 오 할은 높은 이자 때문에 거지가 된다고 해서 니들이 오할파잖아!"

오할파는 돈을 꿔주고 높은 이자를 받아서 먹고산다. 그런 일을 하는 곳이 돈을 꾼 사람에게 무시당하면 자금 회수하기가 어려워진다. 그래서 오할파의 무사들은 체면을 중요하게 생각했다.

전소칠이 검을 잡았다.

"이놈이 감히 우리 오할파의 체면을 깎아? 죽여 버리겠다!"

진초운의 미소가 짙어졌다.

'사파의 잡놈들아. 뽑아라, 제발 칼을 뽑아라. 우리 착한 미미를 괴롭힌 죗값을 치러라. 산 채로 지옥을 구경하게 해주마.'

그때였다. 무사 하나가 진초운을 알아보았다. 그의 얼굴빛이 변했다. 급히 전소칠에게 소곤거렸다.

"조장님, 저놈이 바로 진초운입니다."

진초운이 짜증을 냈다.

"진초운? 뭐 하는 놈인데?"

"삼 년 전만 해도 이 마을에서 가장 강했던 놈입니다."

전소칠은 그 말을 듣자마자 멈칫했다.

'꼴이 저래도 한 수는 있다는 소리로군? 이 마을의 크기가 작지 않은데 여기서 가장 강했다면 칼솜씨가 좋겠지. 그런 놈과 싸우다 잘못하면 내가 당한다. 돌아가서 딴 놈들을 넉넉히 끌고 오는 게 좋겠군.'

오할파는 체면을 중시한다. 하지만 그건 자기네보다 약한 자를 만났을 때뿐이다.

"생각해 보니 너희 연놈들이 오랜만에 만났겠구나. 나도 사람인데 그런 좋은 날 너를 죽이는 것은 좀 너무하군. 좋다. 내가 대인의 아량으로 오늘은 그냥 물러가마."

변명을 했지만 아직 체면이 제대로 살지 않았다. 그래서 큰 소리로 협박했다.

"하지만 사흘 내로 이자와 원금을 모두 준비해 놓아라. 사흘 뒤에 찾아왔을 때 돈을 갚지 못하면 이 집에 불을 질러 버릴 테니까!"

'말은 이렇게 해놓고 이틀 뒤에 찾아와서 엎어버리자.'

진초운이 그 꼴을 보고 피식거렸다.

"한번 해봐. 우리 집에 불씨 하나라도 떨어지면 어떻게 되나."

그들이 물러간 후 유미미가 주먹을 꼭 쥐고 말했다.

"오라버니, 이 집 팔아버려요."

"응?"

"어차피 오라버니가 돌아오셨으니 집을 계속 지키고 있을 이유가 없어요. 그러니 이거 팔아버려요. 그리고 다른 곳으로 도망쳐요. 그럼 지들이 어떻게 불을 지르겠어요?"

진초운은 웃음이 나왔다.

'내게 힘이 없다면 그것도 좋은 생각이다만…….'

"녀석, 그럴 필요 없다."

유미미는 답답했다.

"팔아야 해요. 저놈들은 정말 불을 지르고도 남을 거예요. 오할파는 사파란 말예요. 사파 놈들이 언제 남 사정 생각해 주는 거 봤어요?"

"지들이 날뛰어봐야 일개 사파지. 우리 집이 지금은 이 꼴이 됐지만 이백 년 전에는 천하제일고수를 배출한 가문이란다."

"그러면 뭐 해요? 그분이 돌아가신 후에 쫄딱 망했다면서요? 무공 남은 것도 거의 없는 거 온 세상 사람들이 다 알아요. 이백 년이나 이렇게 살았으면서 무슨 천하제일고수예요? 그러니 고집 부리지 마세요."

그가 그녀의 머리를 쓰다듬었다.

"나만 믿어라. 내가 다 해결할 테니. 그보다 우리 부모님이 빚을 가져다 쓰신 곳이 오할파였구나. 그래, 두 분께서는 얼마나 빌리셨냐?"

"꽤 많이 땡기셨어요. 은자 이십 냥이나 돼요."

"많네."

"정말 많아요. 너무 많아서 이자 갚기가 힘들어요."

"뭘 믿고 그리 많이 땡기… 쳇. 처음부터 돈을 꿔서 날라 버릴 생각이셨군. 사파의 돈은 떼먹어도 된다고 생각하셨을 거야."

"비슷한 이야기를 주인 어른께서 여러 번 말씀하셨어요."

"뭐라고 하셨는데?"

"광명정대한 천하제일고수의 후손으로서 사파에 뭔가 피해를 줘야 한다고 하시더라고요."

"핑계를 대신 거지. 그나저나……."

그가 오할파의 무사들이 사라진 쪽을 돌아보았다.

"저것들이 왜 우리 동네에 돌아다니는 거야? 여기는 저 녀석들 활동 영역이 아닐 텐데?"

"오라버니가 떠나신 후 우리 동네도 많은 것이 바뀌었어요. 크고 작은 상단 여러 개가 여기를 지나가게 됐거든요. 그 후로 동네가 몇 배는 커졌어요."

"아, 어제 듣기로 요새는 이 근처에서 광산 개발도 한다며?"

"네. 규모는 크지 않아요. 그래도 여러 가지로 돈 냄새가 나니까 십원문하고 오할파가 우리 동네에 진출했어요. 가끔

양쪽 무사들이 싸우기도 해요.”

“십원문이야 그렇다 치고, 감히 사파 놈들이 내 영역에 발을 들여놨구나. 이 자식들을 그냥.”

유미미가 불안한 얼굴로 그의 옷깃을 잡았다.

“오라버니, 그 사람들 진짜 무림인이에요. 오라버니는 상대도 안 돼요. 그러니까 어서 이 집 팔고 떠요. 예?”

진초운이 웃었다.

“하하. 내가 누구냐? 진초운이야.”

“이번엔 진짜 무림인이라니까요. 자기네 문파도 있잖아요.”

진초운이 웃었다.

“녀석, 걱정하지 마라. 대화로 잘 해결해 보마.”

‘오할파 놈들. 죽기 싫으면 대화로 해결하려고 들겠지.’

유미미는 그의 웃음을 보자 알 수 없는 믿음이 생겼다.

‘그래, 우리 오라버니가 바보짓을 하실 리는 없어. 아마 그 놈들을 말로 잘 설득하실 거야. 그럼 우리 집이 불타는 일도 없을 거야. 오라버니랑 둘이 벌어서 빚을 다 갚으면 앞으로 행복하게 살 수 있어.’

그녀는 결국 도망치는 걸 포기했다.

“알았어요. 전 오라버니만 믿어요.”

진초운은 마을을 어슬렁거리며 소문을 모았다.

"마을 인심이 왜 이렇게 각박해졌나 했더니 모두 오할파 놈들 때문이었어. 사파가 관계된 일이라서 다들 슬슬 피했군. 그래도 그렇지. 연홍이나 그 개자식들 모두 한계를 넘겼어. 이미 정 다 떨어졌다고."

그는 일단 마을이 뭐가 변했는지부터 파악했다. 대략적인 상황은 쉽게 파악했다.

"확실히 변하기는 변했네. 다른 지역 상권이 변하면서 우리 동네까지 덩달아 커졌구나. 일 년 전부터 시작했다는 광산 개발은 어느 정도 규모일까? 어쨌든 우리 동네에 돈이 돈다는 거지? 그래서 그 잡놈들이 돈 냄새 맡고 기어들어 왔다는 거지? 이것들을 그냥 놔두기 싫기는 한데……."

그는 잠시 고민했다. 마음 한쪽에서 이름을 날리고 싶은 마음이 그를 유혹했다.

"오할파는 어차피 사파야. 찾아가서 그냥 박살을 내버리는 것이 가장 간단해."

하지만 바로 어제 세상을 구하지 않기로 결심했다. 어제 마을 사람들에게 충분히 실망했다.

"사람들이 날 피한 건 사파가 개입한 일이라서 꺼려한 거라고 생각하면 넘어가 줄 수 있기는 해. 하지만 연홍이나 상운이, 오문이 자식, 그리고 하가장 아줌마. 전부 다 오할파가 무서워서가 아니라 단지 내가 거지로 돌아왔다고 해서 배신을 때렸잖아."

그 생각이 나자 열이 받았다. 겨우 하루 만에 마음을 바꿀 생각은 들지 않았다.

"에라. 그냥 조용히 처리하면서 미미 복수를 확실히 할 방법을 찾자. 어떤 방법을 쓰는 게 좋을까?"

*　　　*　　　*

오할파의 이름은 그들 스스로 지은 것이 아니다 그들은 본래 다른 이름을 가지고 있었다. 하지만 그들의 돈을 꾼 사람들 중 상당수는 아무리 돈을 갚아도 점점 불어나는 높은 이자를 감당하지 못했다. 애초에 이자가 너무 높았다.

오할파는 인정사정없이 자금을 회수했다. 그들에게 돈을 꾼 사람들은 쉽게 거지가 됐다.

사람들이 망하는 비율이 너무 높았다. 다들 그들을 향해 손가락질하며 수군거렸다.

"저놈들에게 돈을 꾼 사람의 반은 쫄딱 망한다지?"

그래서 그들은 오할파가 되었다.

그날 저녁, 해가 떨어진 후에 오할파의 문주 종사동은 장부를 넘기며 중얼거렸다.

"지난 달 실적은 왜 이 모양이야?"

총관이 설명했다.

“사람들이 이제 어지간하면 우리 돈을 쓰지 않으려고 합니다. 꿔주는 돈이 줄어드니까 벌어들이는 액수도 점점 작아집니다.”

“돈이 얼마나 줄어드는데?”

“이대로 가면 천랑파에 들어가는 상납금도 제대로 마련하기 힘들지 모릅니다.”

종사동이 짜증을 냈다.

“총관, 장사 한두 번 하나? 사람들이 돈을 쓰지 않으면 쓸 수밖에 없는 상태로 만들어야 할 거 아냐?”

“좋은 방법을 찾고 있습니다만……..”

“왜 이렇게 미련해? 도박장에 가는 사람들은 원래 이자가 높고 낮음을 신경 쓰지 않아. 그런 쪽을 노려. 급전 필요한 사람에게 우리 돈임을 숨기고 꿔주어도 되고. 방법은 많잖아?”

“문주님, 우리는 이미 그런 방법을 모두 쓰고 있습니다. 하지만 사람들이 자꾸 당하다 보니 배우는 게 있는지, 이제 그런 것이 생각만큼 잘 안 통합니다.”

종사동이 장부를 둘둘 말아 총관의 머리를 탁탁 치며 말했다.

“이 병신아, 방법을 찾아내는 게 네 임무 아냐? 기존 방법이 통하지 않으면 또 새로운 수를 내야지.”

총관은 꾹 참고 버티며 질문했다.

“어, 어떤……..”

"하필 이런 미련한 놈을 총관으로 둬서 내가 하나하나 다 처리해야 하다니. 방법이 왜 없어? 애들을 유괴하고 그 부모에게 몸값을 요구해도 되잖아!"

총관이 손바닥을 쳤다.

"아, 그 생각은 미처 못했습니다. 몸값을 마련하려면 우리 돈을 꾸는 것이 가장 빠릅니다."

"그런 걸 생각 못하니까 넌 총관이고 생각해 내는 내가 문주인 거다. 하나 알려줬으니 그런 식으로 방법을 계속 찾으란 말이다. 빌려준 돈은 몸값으로 돌려받고, 나중에 꿔준 돈도 다시 돌려받고. 이거 얼마나 좋은 방법이냐?"

"그야말로 꿩 먹고 알 먹는 기가 막힌 계책입니다. 역시 문주님이십니다."

천장에서 한심하다는 듯한 목소리가 들렸다.

"이거 아주 인생 막장인 놈들이구만."

깜짝 놀란 종사동이 벌떡 일어서며 위를 올려다보았다.

"누구냐!"

진초운이 천장에서 툭 떨어졌다. 옷은 유미미가 옆집에서 사 온 것으로 갈아입었다. 원래 입었던 누더기는 버리지 않고 얼굴에 둘둘 말아 복면 대신 사용했다.

종사동이 재빨리 검을 잡았다.

"자객!"

짧게 외침과 동시에 공력을 운기하며 검을 뽑았다.

‘발검술로 단칼에 베어버리자.’

칼이 뽑히지 않았다. 어느새 진초운이 그의 앞에 바짝 다가와 있었다. 그리고 진초운의 손은 종사동의 검손잡이를 위에서 꽉 누르고 있었다.

진초운이 싸늘하게 웃었다.

“왜? 칼 뽑게?”

종사동이 힘을 써서 칼을 당겨보았다. 칼이 마치 바위에 박힌 듯 꼼짝도 하지 않았다.

그의 심장이 격렬하게 뛰었다.

‘어떻게 움직였는지 보지도 못했어. 더구나 이 압도적인 힘이라니. 나보다 훨씬 윗줄의 고수다!’

종사동의 목소리가 자기도 모르게 떨렸다.

“여, 여기는 오할파요.”

“그래서?”

“우리의 뒤에는 천랑파가 있소.”

“그래서?”

“그, 그래서라니? 천랑파의 뒤에는 사혈련이 있단 말이오. 모든 사파의 하늘 사혈련!”

“그래서?”

종사동은 점점 질려갔다. 억지로 용기를 쥐어짰다. 그의 목소리가 높아졌다.

“나를 해치면 사혈련이 가만있지 않을 것이오!”

진초운의 목소리가 낮아졌다.

"그래서? 누가 너를 죽였는지 사혈련이 어떻게 알지?"

종사동은 대답하지 못했다. 그의 얼굴이 새파래졌다.

'죽는다. 여기서 말실수라도 하면 진짜로 죽는다.'

종사동은 검손잡이를 잡은 손을 슬며시 떼었다.

그의 말투가 변했다. 억지로 웃음을 지었다.

"흐흐흐. 대인, 농담입니다."

"닥쳐라. 입 냄새 난다."

종사동이 입을 재빨리 다물었다. 입술을 오므리고 작은 소리로 말했다.

"대협께서 이렇게 저희 오할파를 방문하셨는데 제가 대접이 부족했습니다. 원하시는 것이 있으면 말씀만 하십시오. 즉시 대령하겠습니다."

진초운은 지붕에 숨어서 이들의 대화를 들었을 때부터 이미 화가 나 있었다. 동굴에서 무공을 익힐 때만 해도 이런 사파를 만나면 시간 끌 것도 없이 때려 부수리라 다짐했었다.

'하지만 무림의 일. 절대로 나서지 않을 테다!'

단단히 마음을 먹었다. 하지만 어차피 혼자 다짐했을 뿐이다. 아무도 그 사실을 모르니 왜 다짐을 어겼냐고 따질 사람은 없다.

그리고 당장 눈앞에 사파가 있다. 이 사파는 그와 이해관계가 걸려 있다.

'이건 무림의 일이 아니야. 미미의 복수야, 복수.'

그렇게 스스로를 납득시켰다. 일단 납득하고 나자 마음이 한결 편해졌다.

'이놈들이 가진 돈은 틀림없이 누군가가 빼앗긴 거겠지. 이것들을 거덜 내고 그 돈은 원주인들에게 돌려줘야지. 그걸 내가 날름 먹을 순 없어. 대신에 이번 일로 한몫 챙기잖아? 흐흐흐. 그럼 이제 슬슬 시작해 볼까?

그가 종사동에게 명령했다.

"너, 고리대금 하는 거 접어라."

종사동은 뒤통수를 강하게 맞은 것 같았다.

'돈이나 빼앗으러 온 줄 알았더니 그게 아니구나. 아예 우리 영업을 그만두라고? 이놈은 단순한 강도가 아니다. 이제 보니 십원문에서 보낸 놈이었군. 그놈들에게 이런 고수가 있을 리 없다. 돈으로 산 놈이구나.'

종사동은 마음 같아서는 한번 쏘아보고 싶었다. 하지만 감히 그럴 용기는 없었다.

그는 대답하지 않고 머뭇거렸다. 그것이 그가 할 수 있는 최대한의 저항이었다.

진초운이 종사동의 검을 스윽 뽑았다.

겁이 난 종사동이 침을 꿀꺽 삼켰다. 뒤로 두어 걸음 주춤거리며 물러섰다.

"저, 저기, 그게… 꼭 안 한다는 게 아니라……."

머리를 열심히 굴렸다.

'우리가 돈을 더 준다고 회유할 수 있을지도 몰라. 그럼 돈을 얼마나 줘야 할까?'

진초운이 칼끝을 잡았다. 손가락으로 칼날을 잡아 조금씩 부러뜨렸다. 그의 발밑에 부러진 칼날 조각들이 하나둘 쌓이기 시작했다.

진초운이 지나가는 말이라도 한다는 듯이 질문했다.

"싫어?"

종사동의 눈이 커졌다.

'비싸게 주고 산 칼을 엿가락 부러뜨리듯이 손쉽게 토막 내고 있다. 너무 쉽게 부러뜨리고 있어. 생각보다 더 고수다. 돈만 준다고 구할 수 있을 리가 없다. 놈들이 작정을 했구나. 육검문의 손을 빌렸구나.'

그는 즉시 넙죽 엎드렸다.

'육검문이 개입했다면 돈으로 회유할 수 없다. 여기서 반항하면 죽는다.'

"그럴 리가 있습니까? 즉시 사업을 접겠습니다."

진초운이 조건을 하나 더 내밀었다.

"접는 김에 네놈들에게 돈 빌린 사람들의 빚은 다 탕감해 줘."

종사동이 불쌍해 보이는 표정을 지으며 말했다.

"저희가 다른 짓을 해서라도 먹고살려면 일단 돈이 있어야 합니다. 이자 없이 원금만 회수하면 안 되겠습니까?”

진초운의 손이 칼날 부러뜨리기를 멈췄다. 그의 손끝에 작은 칼날 조각이 끼워졌다. 그걸 빙글빙글 돌렸다. 날카로운 쇳조각이 손끝에서 반짝였다.

“죽고 싶으면 그러든가.”

종사동은 그 쇳조각이 자기 이마에 박힐 것 같은 공포를 느꼈다. 즉시 머리를 땅에 박았다.

“즉시 탕감하겠습니다.”

종사동이 순순히 말을 듣자 진초운은 만족했다.

‘좋았어. 이제 우리 미미 이야기를 하자. 이게 진짜지.’

“그리고 남의 빚 떠안은 사람들에게는 그동안 빼앗은 돈 모두 돌려줘.”

종사동이 고개를 슬그머니 들며 질문했다.

“예? 우리 대금업계에서 빚은 원래 누군가 갚아야 하는 것이 법도입니다만?”

진초운이 인상을 썼다.

“지랄하고 자빠졌네. 자기 빚도 아닌데 왜 대신 갚아? 그건 니들 법이고. 내 법은 달라. 말로 할 때 돈 돌려주지?”

그가 칼날 조각을 손끝으로 가볍게 튕겼다. 쇳조각이 하얀 선을 그리며 직선으로 날아갔다. 그것은 종사동의 얼굴을 스치고 지나가 바닥 깊숙이 파묻혔다.

종사동의 뺨에서 가느다란 핏줄기가 흘러내렸다.

종사동은 피할 생각을 하지 못했다.

'뭔가 번쩍 하더니 끝났다. 파공음조차 들리지 않았어. 싸움이 붙으면 난 즉시 죽는다.'

그가 머리를 다시 박았다.

"싫을 리가 있겠습니까? 즉시 돌려주겠습니다."

"내일 중으로 전부 다."

"그, 그렇게 빨리 말씀이십니까?"

"살고 싶다면."

종사동이 즉시 머리를 땅에 박았다.

"당장, 당장 돌려주겠습니다!"

"돈이 모자라면 빚이라도 내야 할 거야."

"물론입니다. 이곳을 잡혀서라도 전부 돌려주겠습니다!"

진초운이 이제 손잡이만 남은 칼자루를 공중으로 툭 던졌다. 총관의 시선이 손잡이를 따라 위로 올라갔다.

총관의 시선이 벗어나는 순간 진초운의 몸이 꺼지듯 사라졌다.

"지켜본다."

짧은 말 한마디만 남겼다.

오할파는 삼류지만 그래도 명색이 무림문파다. 총관은 무공을 익히고 있었다. 하지만 그는 진초운이 어떻게 사라졌는지 제대로 보지도 못했다.

종사동은 여전히 머리를 박고 있었다. 총관이 한참 후에 그의 어깨를 흔들었다.

"문주님, 그놈… 그분께서는 가셨습니다."

종사동이 고개를 들고 주변을 돌아보았다. 한숨을 크게 토해냈다.

"휴우. 죽는 줄 알았네."

총관이 걱정스럽게 말했다.

"문주님, 이제 어떻게 해야 합니까?"

종사동이 이마에 맺힌 땀을 닦았다.

"시키는 대로 해야지."

"예에? 그러면 앞으로 우린 뭘 먹고살라는 말씀이십니까?"

"돈은 일단 돌려주기는 하지만 말이야."

종사동의 눈에 살기가 흘렀다.

"십원문 놈들. 놈들의 뒤를 봐주는 건 분명히 육검문이었지? 그놈들, 그곳을 통해서 저런 고수를 구했을 거야. 당하고 있을 수만은 없지. 우리가 더 뛰어난 고수를 사면 돼. 그러려고 천랑파에 돈을 바치는 거잖아."

*　　　*　　　*

유미미는 옆집 친구 양소화와 함께 시장을 돌았다. 그녀의 얼굴에 웃음꽃이 떠나지 않았다.

양소화는 유미미와 장을 보러 온 기억이 거의 없다. 유미미가 그녀에게 같이 시장을 가자고 했을 때는 나름대로 기대를 했었다.

'맛있는 거 사먹으면서 돌아다닐 수 있을 거야.'

하지만 유미미는 싱글벙글 웃기만 했지 물건을 별로 사지 않았다. 야채 몇 가지가 고작이었다. 양소화가 꿈꾸던 군것질은 어림도 없었다.

양소화가 그녀의 웃는 얼굴을 물끄러미 보다가 질문했다.

"계집애, 초운 오라버니가 돌아오니까 그렇게 좋아?"

유미미가 눈이 부실 정도로 환하게 웃었다.

"응!"

양소화가 속으로 생각했다.

'쳇. 거지꼴로 돌아왔다던데……'

그 생각을 유미미에게 말할 수는 없었다.

"그나저나 미미 넌 삼 년 만에 시장에서 뭘 사는 거지? 너무 구경만 하지 말고 서두르자. 난 아직 살 게 많아."

유미미가 미안한 표정으로 양소화에게 말했다.

"소화야, 시간이 너무 늦었어. 오라버니께서 기다리실지 몰라. 나 먼저 갈게."

"그래라. 난 아직 살 게 더 있어서 이따가 갈게."

유미미는 저녁 찬거리를 들고 집 쪽으로 방향을 틀었다. 손에 든 여러 가지 야채들을 내려다보니 마음이 뿌듯했다.

'오라버니께서 좋아하실 거야.'

그녀의 앞에 어두운 그림자가 드리워졌다. 그녀가 걸음을 멈추고 고개를 들어보았다.

칼을 찬 무사 두 명이 그녀의 앞에 서 있었다. 그녀는 그들이 누군지 알았다.

쌀쌀맞은 목소리로 말했다.

"길을 비켜주세요."

무사 중 하나가 인상을 썼다.

"대인께서 찾으신다."

"왕 대인에게 전하세요. 제발 저를 그만 좀 귀찮게 하라고요."

"네가 직접 이야기해라. 가자."

유미미는 단호했다.

"싫어요."

"대인께서 너를 조금 좋게 보셨다고 해서 네가 너무 건방지게 구는구나."

"날 봐달라고 한 적 없어요. 난 왕 대인의 관심 같은 건 조금도 필요없어요."

"좋은 말로 할 때 따라와라. 말을 듣지 않으면 억지로 끌고 가겠다."

유미미가 긴장한 얼굴을 한 채 뒤로 주춤주춤 물러섰다. 갑자기 몸을 돌려 후다닥 도망쳤다. 손에 든 음식거리는 놓치지 않기 위해서 품에 꼭 안았다.

도망치면서 소리를 힘껏 질렀다.

"강도야!"

무사들은 당황했다.

"이런 지독한 년!"

그들이 급히 땅을 박찼다. 대단히 빠른 경공이 펼쳐졌다.

유미미는 필사적으로 달렸다. 사람들의 시선이 일제히 그들을 향했다. 양소화도 그 모습을 보고 눈을 크게 떴다.

추격하던 무사들은 마음이 급해졌다.

'조용히 처리했어야 하는데.'

'보는 눈이 너무 많다.'

무사 중 한 명이 급히 손을 뻗었다. 금나수법을 펼쳐 유미미의 뒷덜미를 잡았다.

거친 손가락이 그녀의 목을 꽉 움켜쥐었다.

당황한 그는 손에 사정을 둘 생각을 하지 못했다. 무공을 익힌 팔로 유미미의 목을 뒤로 확 잡아당겼다.

유미미의 바짝 마른 몸은 큰 충격을 받았다. 그녀의 몸이 뒤로 날아가듯 당겨졌다. 정신이 흐릿해졌다. 손에 힘이 빠졌다. 품에 안은 야채들을 놓쳤다. 점점 좁아지는 그녀의 시야에 땅에 흩어지는 야채들이 보였다.

'오라버니께서 기다리실 텐데.'

그 생각을 마지막으로 모든 것이 깜깜해졌다.

진초운은 느긋하게 집으로 돌아갔다.

"오할파 놈들, 순순히 말을 들을까? 사파 놈들답게 딴 수작 부리는 거 아냐?"

걱정하지 않았다.

"제깟 놈들이 무슨 수를 쓰든 상관없지 뭐. 지렁이가 꿈틀대면 밟아주면 되니까."

자신이 받을 돈을 계산해 보았다.

"어디 보자. 미미가 그동안 그놈들에게 이자로 돈을 얼마나 줬을까? 지난 삼 년 동안 고생했으니까 한두 푼이 아닐 거야. 그걸 다 돌려받으면 당분간 돈 걱정은 없겠다. 이거 정말

일석이조의 계책이야."

유미미 역시 남의 빚을 떠안은 경우다. 그가 종사동에게 그런 명령을 내린 것은 유미미의 돈을 돌려받기 위해서다.

돈 생각을 하니 입이 쭉 찢어졌다.

"우히히히. 한동안 미미랑 같이 배부르게 먹고살겠네. 돈 들어오면 미미 옷도 예쁜 걸로 사줘야지."

집에 돌아왔지만 유미미는 보이지 않았다. 그는 마루에 털썩 주저앉았다.

"벌써 저녁땐데 미미가 늦네."

이리저리 뒹굴다가 누군가 달려오는 기운을 느꼈다.

"가벼운 발소리를 보니 여자 아이. 미미구나."

진초운이 몸을 스윽 일으켰다.

"이렇게 늦게까지 일을 하다니. 하지만 이제 그 고생도 끝이다. 내일부터는 너도 행복……."

대문이 벌컥 열렸다.

"초운 오라버니!"

들어온 사람은 유미미가 아니다. 유미미의 친구인 양소화가 숨을 헐떡였다.

진초운의 얼굴이 살짝 굳었다.

"무슨 일이냐?"

"초운 오라버니, 큰일 났어요! 미미가 끌려갔어요!"

그가 벌떡 일어섰다. 짚이는 것이 있었다.

'오할파! 이것들이 죽고 싶어서 환장을 했구나!'

찾아올 힘은 차고도 넘쳤다. 유미미를 어디로 데려갔느냐가 문제였다.

"지금 어디에 있지?"

여자 아이가 발을 동동 굴렀다.

"왕 부자네 집으로 끌려갔어요. 어서, 어서 가서 어떻게 좀 해봐요!"

진초운이 내공을 끌어올리다가 의문을 가졌다.

'왕 부자? 오할파가 아니야? 누구든 상관없어.'

"그게 누구지?"

그녀가 고개를 뒤로 돌려 한쪽 방향을 가리켰다.

"저쪽 버드나무 근처에 새로 지은 큰 집 주인이에요. 몇 달 전에 이사 왔어요."

다시 진초운 쪽을 돌아보았다.

"그 집엔 무사들이 많으니까 조심……."

그곳엔 아무도 없었다. 한 박자 늦게 돌풍이 불었다. 치마가 펄럭거렸다.

그녀의 얼굴이 창백해졌다.

"나, 지금까지 허공에 대고 말한 거야? 귀, 귀신?"

유미미는 왕호진의 집 마당에 똑바로 뉘어져 있었다.

무사대장이 왕호진에게 질문했다.

"바짝 말라 뼈만 남은 아이입니다. 이렇게 손을 쓰실 가치가 있습니까?"

왕호진이 확신을 가지고 말했다.

"심하게 마르고 덜 자랐는데도 내 눈에 들 만큼 예쁘다. 잘 먹여서 이삼 년만 더 키우면 정말 대단한 미녀가 될 거야."

"하지만 소문이 잘못 나면……."

"네가 신경 쓸 일이 아니다. 어서 깨우기나 해라."

"알겠습니다."

무사대장이 유미미의 혈도 몇 군데를 때렸다. 자극을 받은 유미미가 겨우 눈을 떴다. 그녀는 정신을 차리고 몸을 일으키다가 급히 가녀린 목을 만졌다.

"아파……."

목에 손가락 다섯 개 모양의 멍 자국이 시퍼렇게 나 있었다.

그녀는 아픈 목을 참고 겨우 주변을 둘러보았다.

왕호진이 그녀에게 하루 이틀 찝쩍댄 게 아니다. 그를 보자마자 자기가 어디로 끌려왔는지 깨달았다. 하지만 조금도 기죽지 않았다.

아픈 목을 꾹 참고 고개를 똑바로 세웠다. 겉으로는 겁먹지 않은 듯이 매섭게 노려보며 항의했다.

"왕 대인, 이게 무슨 짓이세요?"

평소의 왕호진은 그녀를 보면 징그럽게 웃어주었다. 하지만 오늘의 왕호진은 달랐다.

그는 지금 숨을 씩씩거릴 정도로 화가 나 있었다.

"미미 네 이년! 네 집에 남자가 들어왔다는 소리를 들었다. 내가 그 말을 듣고도 가만있을 줄 알았느냐?"

"우리 오라버니예요."

"이년이 나를 바보로 알아? 어제 온 놈이 네가 하녀로 들어간 그 집 주인 아들이라며? 네 이년! 넌 주인 아들과 그렇고 그런 사이였지?"

"아니에요. 우리 오라버니예요."

왕호진은 그녀의 말을 믿지 않았다.

"네년이 내 첩이 될 기회를 거절하는 걸 이해할 수 없었다. 돈 좋아하는 년이 나 같은 부자의 첩 자리를 거절한다는 건 말이 되지 않으니까. 첩이 아니라 한 달만 같이 살아주면 오할파의 빚 문제를 해결해 준다고 해도 그것마저 싫다고 하더니, 이제야 이유를 알겠군."

그가 유미미를 손가락으로 가리키며 소리쳤다.

"네년은 이미 남자가 있는 거였어! 바로 그 거지 자식이 네 남자였어!"

유미미가 더 이상 참지 못하고 발끈했다.

"나한테 남자가 있든 말든 무슨 상관이에요?"

왕호진이 방방 뛰었다.

"네년이 드디어 인정을 하는구나!"

"왕 대인과 상관없는 일이에요!"

"왜 상관이 없어? 왜!"

"돈 따위는 필요없으니 어서 저를 풀어주세요!"

"흥. 내가 왜 너를 돈으로 사려고 한 줄 알아? 결국 네가 내 첩이 될 거라고 믿었으니까 미리 좋은 관계를 유지하려고 한 거다. 하지만 네가 남자가 있음을 알았으니 이제 그럴 필요가 없지."

왕호진의 눈에 살기가 돌았다.

"그놈은 쳐 죽이고 너를 힘으로 차지하겠다!"

유미미는 조금 전까지만 해도 겁먹은 티를 내지 않았다. 하지만 왕호진이 진초운을 죽인다는 소리를 하자 심장이 덜컹 떨어지는 것 같았다.

'아무리 오라버니가 싸움을 잘해도 이놈이 거느린 무사들을 이기진 못할 거야.'

얼굴이 창백해졌다.

'오라버니가 죽어.'

그녀가 급히 왕호진에게 사정했다.

"그, 그러지 마세요. 내가 말 잘 들을게요. 그러니까 오라버니를 살려주세요."

그 말이 왕호진을 더 화나게 했다.

'지금까지 그렇게 버티던 년이잖아. 그런데 그놈 이야기를 하자마자 항복해?'

질투가 불같이 일어났다. 마치 자기 여자를 빼앗긴 것처럼 기분이 나빴다.

그가 뿜는 살기가 한층 짙어졌다.

"이미 늦었어. 그놈은 죽는다. 난 한번 죽인다고 한 놈은 반드시 죽인다! 지금까지 예외는 없었다."

유미미의 눈에 눈물이 글썽거렸다.

"제, 제발……."

그걸 본 왕호진이 부하들에게 소리를 질렀다.

"뭣들 하느냐! 우선 저년을 창고에 가둬! 우선 그놈을 죽이고 나서 저년을 내 첩으로 삼겠다."

유미미가 소리를 질렀다.

"안 돼!"

작은 주먹을 꼭 쥐고 왕호진에게 달려들었다.

무사들의 움직임이 훨씬 빨랐다. 무사 두 명이 그녀의 양팔을 재빨리 잡아챘다.

유미미는 발버둥 쳤다. 하지만 소용없었다. 무사들은 그녀를 잡고 창고로 끌고 갔다.

왕호진이 무사대장에게 명령했다.

"그놈은 아마 저년의 집에 머물고 있을 거다. 몇 놈 보내서 확실히 처리해."

무사대장이 입맛을 다셨다.

"쩝. 조금 경솔하셨습니다."

"뭐가?"

"이런 일은 은밀히 처리해야 하잖습니까?"

"은밀히 죽이면 돼."

"그년을 끌고 올 때 작은 소동이 있었습니다. 그년이 이곳
으로 끌려오는 것을 여러 사람이 봤습니다."

"제깟 놈들이 봤으면 본 거지, 뭘 할 수 있겠어?"

"이 마을에는 현재 십원문이나 오할파의 무사들이 돌아다
니고 있습니다. 납치라면 몰라도 남자 놈까지 죽이면 결국 그
들의 귀에 들어가게 될 겁니다."

왕호진이 코웃음을 쳤다.

"흥. 내가 십원문이나 오할파 따위까지 신경 써야 하나? 내
진짜 무공을 몰라서 그래? 그놈들 모두 몰려와도 내 상대는
아니야."

"지금은 비밀임무를 수행 중이신데 무공을 어떻게 드러내
시려 하십니까? 이 마을에는 지금 무사 열 명을 거느린 광산
업 관계자로만 알려져 계십니다."

"괜찮아. 십원문이나 오할파 놈들. 겨우 여자애 하나 때문
에 쳐들어올 리는 없다. 네놈들도 무공을 숨기고 있는 건 마
찬가지지만 그 정도만으로도 그놈들에게는 부담스러운 전력
이잖아. 그놈들도 그걸 아는데 함부로 나설 리가 없어."

"적어도 누군가를 죽이려고 하셨으면 처음부터 제게 조용
히 처리하라고 명령을 내리셨어야 합니다. 이렇게 크게 일을
벌이고 나서 그자를 죽이는 것은 곤란합니다. 뒤탈이 있을지

모릅니다.”

“뒤탈? 무슨 뒤탈? 알아서 강도로 위장하면 돼. 내가 시켜서 죽였는지 누가 알 거야?”

“정황이 이렇게 확실히 드러나 있는데 남들이 의심하지 않을 리 없습니다.”

“상관없어. 거지꼴로 돌아왔다는 놈의 목숨 따위 몇 푼이나 하겠어? 만에 하나라도 문제가 생기면 돈으로 막아.”

무사대장이 불편한 얼굴로 말했다.

“십원문과 오할파의 뒤에는 육검문과 천랑파가 있습니다. 그리고 그들의 뒤에는 무황성과 사혈련이 있습니다. 이런 말씀은 안 드리려고 했습니다만…….”

“무슨 말?”

“그곳의 위치를 아직 찾지 못한 이때에, 이번 일 때문에 무황성이나 사혈련이 우리를 주시하게 되면 위에서 좋아하지 않으실 겁니다.”

왕호진이 짜증을 냈다.

“차라리 하늘이 무너질 걸 걱정해라. 무황성이나 사혈련이 겨우 사람 하나 죽은 것 때문에 우리에게 관심을 가져? 말도 안 되는 소리야.”

“하지만 만약이란 것이…….”

왕호진이 소리를 버럭 질렀다.

“시끄럽다. 광산은 몰라도 이 마을의 책임자는 나야! 넌 닥

치고 가서 그놈이나 죽여. 한두 번 해본 일도 아니니까 강도로 위장이나 잘해!"

무사대장이 머리를 숙였다.

'이만큼 말해두었으니 혹시 문제가 생겨도 책임이 나에게 돌아오지는 않겠지.'

"명령이시라면 따르겠습니다."

이미 유미미를 창고에 가둔 두 명까지 돌아와 있었다. 무사대장은 부하들을 모아놓고 일을 분담시켰다.

"너와 네가 가서 놈의 위치를 확인해라. 그 후에 내가 가서 조용히 죽이겠다. 그럼 너와 네가 가서 강도가 든 것처럼 적당히 위장해 놓아라. 간단한 일이니 나머지는 나설 필요 없다."

왕호진은 그 모습을 보고 만족했다.

"시키면 시키는 대로 하지 말이야. 일개 전투조장 주제에 말이 많아, 말이."

그는 고개를 들어 하늘을 쳐다보았다.

"어쨌든 저년을 얻기는 얻었군. 진즉에 이랬어야 했어. 괜히 마음까지 얻겠다고 시간 낭비만 했네. 그나저나 오늘따라 달이 참 밝구나."

달 한가운데에서 사람 그림자가 나타났다. 왕호진이 고개를 갸웃거렸다.

"달에 저런 무늬가 있었나?"

그림자가 점점 커졌다. 왕호진은 무슨 일이 벌어지는 건지 깨달았다.

"하늘에서 떨어지는 사람?"

그 소리에 무사들이 고개를 들었다. 무사대장이 소리쳤다.

"적이다!"

무사들이 즉시 검을 뽑았다.

왕호진은 긴장했다.

'기척을 느끼지 못했다. 우연히 고개를 들지 않았다면 쥐도 새도 모르게 당할 뻔했다. 보통 놈이 아니다!'

그는 내공을 끌어올렸다. 조금도 방심하지 않았다.

진초운은 유미미가 납치된 일로 크게 분노했다. 눈이 반쯤 돌아가 있었다. 감각을 최대한 살린 채 달려오다가 왕호진과 무사대장의 대화까지 들었다.

'살려둘 가치가 없는 놈들!'

무림의 일에 개입하지 않겠다는 결심 따위는 지금 생각나지 않았다.

하늘로 솟았다 땅으로 하강하며 공력을 한껏 끌어올렸다. 몸이 떨어지는 속도가 점점 느려졌다. 검의 표면을 타고 강력한 기운이 흘렀다. 검끝에서 뇌기가 파지직거렸다.

그의 손이 검을 움직였다. 새카만 칼날이 밤하늘을 거침없이 베었다. 검끝에 모였던 뇌기가 한줄기 빛이 되어 폭포수처럼 쏟아졌다.

꽈르릉!

왕호진을 향해 벼락이 떨어졌다.

왕호진은 크게 놀랐다. 즉시 쌍장을 위로 휘둘렀다. 그의 손바닥에서 강력한 장력이 뿜어졌다.

장력과 벼락이 충돌했다. 두 힘의 차이가 너무 컸다. 장력은 잠시도 버티지 못하고 바스러졌다.

눈부신 벼락이 왕호진을 뒤덮었다.

"크아아악!"

왕호진의 몸이 강력한 뇌기의 침입을 받아 타 들어갔다. 순식간에 새카만 숯덩이로 변했다.

검게 탄 시체가 바닥에 털썩 쓰러졌다. 그 곁으로 진초운이 서서히 내려왔다. 하늘의 신장이 강림하는 듯한 모습이었다.

무사대장의 이빨이 맞부딪쳤다. 딱딱 소리가 나도록 온몸을 떨었다.

"어, 어떻게 수라진혼권 왕호진이 단 한 수에… 게다가 뇌기를 가진 검기라니……."

그의 눈이 커졌다. 그동안 찾고 있던 것이 떠올랐다.

"서, 설마 그 무공은……."

진초운이 무사들을 스윽 돌아보았다.

"미미를 납치한 것만 해도 죽어 마땅한 놈들이 감히 나까지 죽이겠다고? 내가 가만히 있으니까 가마니로 보이지? 나도 그동안 세상에 쌓인 게 많았는데 니들 잘 걸렸다."

무사대장은 싸울 의지를 잃었다.

'우리 힘으로는 상대가 불가능한 고수다! 도망쳐야 해! 엄청난 변수가 등장했다. 이 사실을 보고해야만 한다!'

정말로 도망치려고 했다. 하지만 기회가 없었다.

진초운은 수라진혼권 왕호진 하나의 목숨으로는 치밀어 오르는 분노를 삭일 수 없었다.

그가 검을 들었다. 옛날부터 악을 벌하는 데 망설임은 없었다.

그는 자기 목숨을 노리는 자에게는 자비를 베풀지 않는다. 까맣고 투박한 칼끝에서 뇌기가 파지직 소리를 내며 튀었다.

진초운이 살기를 뚝뚝 흘리며 말했다.

"니들 뒤에 누가 있는지 몰라도, 실수한 거야."

유미미는 창고에 앉아서 훌쩍거렸다.

"흐윽. 흑. 불쌍한 우리 오라버니 이제 어떻게 해……."

갑자기 창고 밖에서 천둥이 치는 듯한 굉음이 터졌다. 유미미가 움찔거렸다.

"무, 무슨 일이야?"

천둥소리는 딱 한 번 울리고 나서 잠시 조용해졌다. 그녀가 귀를 기울이는 찰나 갑자기 아홉 번의 천둥소리가 연달아 터졌다. 그 소리를 따라 우르릉거리는 진동이 이어졌다.

유미미는 너무 놀라 손으로 입을 막았다. 비명도 지르지 못

했다. 무서웠다. 안 무서운 척하고 있었지만 시장에서 왕호진
의 무사들을 만났을 때부터 계속 무서웠다.

이윽고 진동이 멎었다. 유미미는 숨을 죽이고 귀를 기울였
다.

더 이상 아무런 소리도 들리지 않았다. 그녀에게는 긴 시간
이 흐른 것으로 느껴졌다. 실제로는 아주 약간의 시간이 흘렀
다.

유미미가 조그맣게 중얼거렸다.

"번개가 왕가 놈에게 떨어졌으면 좋겠네."

그 말을 하자마자 갑자기 창고 문이 벌컥 열렸다. 유미미는
자기 말을 왕호진이 들은 건가 싶어서 움찔거렸다.

진초운이 뛰어들며 소리쳤다.

"미미야!"

유미미가 벌떡 일어섰다. 진초운을 향해 달려갔다. 그의
품에 폭 안겼다.

"오라버니!"

그가 유미미를 꼭 안아주었다.

"다친 곳은 없고?"

"전 괜찮아요."

그녀가 급히 진초운에게서 떨어졌다.

"오라버니, 달아나야 해요."

"그럴 필요 없다."

그녀는 마음이 급했다. 진초운의 팔을 잡아당기며 설명했다.

"왕가 놈은 무사를 열 명이나 거느리고 있어요. 십원문이나 오할파도 왕가 놈은 건드리지 않아요. 그런 놈이 오라버니를 죽이려고 하고 있어요."

"날 죽여? 불가능한 일이야."

"아이참. 무사가 열 명이라니까요. 오라버니는 상대가 되지 않아요. 어서 도망쳐요."

진초운이 유미미를 품에 안아주었다. 그 상태로 창고 바깥으로 나갔다.

"그럴 필요 없다. 보렴."

왕호진의 집은 이미 폐허로 변해 있었다.

유미미가 놀라서 입을 떡 벌렸다.

"이, 이게 어떻게 된 거예요?"

"천벌."

"예?"

"너처럼 착한 아이를 납치한 놈들에게 하늘이 천벌을 내렸어. 번개가 이 집에 열 번이나 꽝꽝 쳤다. 번개 맞은 건물은 폭삭 무너졌다."

유미미는 천둥소리를 들었다. 벼락이 떨어졌다고 하자 의심하지 않고 믿었다.

"마른하늘에 날벼락이었네요? 그 우르릉거리던 게 건물 무너지는 소리였구나.”

그녀가 급히 주변을 살피며 질문했다.

“그런데 왕가 놈은요?”

진초운이 얼굴빛도 안 바꾸고 거짓말을 했다.

“무사가 몇 놈 있었나 본데, 모두 건물에 깔려 죽었어.”

그녀의 얼굴이 환해졌다. 그동안 왕호진과 그의 부하들에게 쌓인 것이 많았다.

“와아, 정말 잘 돼졌…….”

진초운이 듣고 있음을 깨닫고 급히 말을 바꾸었다.

“아니, 그게 아니라… 어머, 안됐다.”

“안되기는. 너를 납치한 놈들이다. 나까지 죽이려고 했다며? 그런 놈들은 죽어도 싸.”

유미미가 얼른 고개를 끄덕였다.

“그건 그래요. 감히 오라버니를 죽이려고 한 놈들이에요. 천벌을 받아 죽는 게 당연해요.”

다음날 아침이 밝았다. 진초운은 옆방에서 나는 부스럭거림에 잠을 깼다.

방문을 열고 무슨 일인지 확인했다. 유미미는 일 나갈 준비를 하고 있었다.

유미미는 간밤에 잠을 설쳤다. 조금 전까지만 해도 심장이 두근거렸었다. 당분간 집 안에 숨어 있고 싶었다.

하지만 그녀는 지난 삼 년 동안 일을 하지 않으면 얻어먹지 못해 쫄딱 굶는 생활을 했다. 그 습관이 그녀를 움직였다.

진초운이 그녀를 말렸다.

'많이 놀랐을 텐데…….'

"어제 일도 있는데 무리하지 마라. 당분간 푹 쉬어라."

그녀가 진초운을 돌아보았다. 그의 얼굴을 보고 있으니 뭔지 모르게 마음이 편해졌다.

'오라버니, 돌아와 줘서 고마워요.'

그 마음을 담아 예쁘게 웃었다. 다 떨어진 신발을 찾으며 말했다.

"오라버니, 겨우 그런 일로 놀면 우린 굶어 죽어요."

"그게 어떻게 겨우 그런 일이냐?"

"세상이 얼마나 험한데요. 오라버니도 며칠 쉬신 후에는 일자리 알아보셔야 해요."

"일자리?"

"네. 오라버니는 재주가 많으니까 좋은 일자리가 나올 거예요. 우리 열심히 벌어서 얼른 빚을 갚고 밥도 배부르게 먹으면서 살아요."

유미미가 상상하는 최고의 성공은 배부르게 먹고사는 것이다. 그 이상은 이뤄질 수 없는 욕심이라고 믿고 포기한 지 오래다.

진초운이 유미미에게 다가가서 그녀의 머리를 살짝 눌렀다.

“하여간 오늘은 가지 마. 아직 돈에 여유가 있잖아.”

유미미가 일어서기 위해서 안간힘을 쓰며 대답했다.

“안 돼요. 오할파 문제가 아직 해결되지 않았잖아요. 그 정도 돈으로는 그놈들을 막을 수 없어요.”

그녀의 얼굴에 걱정이 떠올랐다.

“오라버니, 그놈들하고 이야기가 잘 안 될 것 같으면 제가 슬슬 우리 집 살 사람을 알아볼까요?”

도망치자는 뜻이다. 진초운은 웃음이 나왔다.

‘그놈들이 죽고 싶지 않으면 시키는 대로 하겠지.’

“하하. 녀석. 내게 좋은 생각이 있으니 나만 믿으라니까. 여하튼 오늘은 나랑 노는 거다.”

유미미가 망설였다.

‘오라버니와 놀고 싶어. 하지만 돈을 벌어야 하는데…….’

그녀는 신발처럼 생긴 것을 만지작거리다가 진초운을 올려다보며 웃었다.

“헤헤. 그럼 오늘 하루만 더 놀게요.”

“앞으로 쭉 놀아도 괜찮아. 일단 네 옷이라도 좀 사러 가자. 여자애가 옷이 그게 뭐냐?”

유미미가 단호하게 거절했다.

“안 돼요. 아직 입을 만해요.”

“그건 내가 어제까지 입었던 옷보다 더하잖아. 난 그걸 버렸는데 넌 왜 그 옷을 계속 입겠다는 거야?”

유미미가 자기 방으로 쪼르르 달려가더니 여기저기 잔뜩
기워진 옷을 들고 나왔다.

"이것 보세요. 오라버니가 버린 거 제가 주워서 빨아놨어
요. 바느질도 다 해놨으니까 걱정하지 마세요. 이것도 아직
입을 만해요."

진초운의 옷은 워낙에 떨어진 부분이 많아서 정상적으로
복구시킬 방법이 없었다. 유미미는 그 옷의 닳은 부분들을 잘
라내고 다시 꿰매놓았다. 옷은 잘려 나간 만큼 크기가 줄어들
었다. 성인 남자는 입을 수 없을 만큼 작았다.

"제가 입으면 딱 맞을 거예요."

진초운이 이마를 짚었다.

"크. 미치겠군."

그는 다짜고짜 유미미의 손을 잡았다. 무작정 집 밖으로 끌
고 갔다.

"내가 시키는 대로 해. 옷 사러 가자."

유미미는 두 다리를 쭉 뻗고 버텼다. 하지만 힘에서 상대가
되지 않았다.

질질 끌려가며 외쳤다.

"저도 이제 옷이 두 벌이나 있어요! 그러니까……."

"시끄러!"

진초운은 유미미를 데리고 옷가게를 찾아갔다. 가게에 있

는 옷들을 죽 둘러보았다.

다른 옷들보다 눈에 띄게 고운 옷이 보였다.

그가 그 옷을 가리키며 옷가게 주인에게 말했다.

"저 옷 주세요. 우리 미미한테 딱 어울리네."

옷가게를 하고 있는 중년 여인은 진초운과 유미미가 입은 옷을 쳐다보았다. 그 형편없는 값어치를 한눈에 알아보았다.

'옷이 아니라 걸레를 입고 있어. 돈이 거의 없는 사람들이구나. 무리해서 옷을 사려고 하다니. 사정을 모르지만 안됐네. 하지만 장사는 장사니까.'

그녀는 난처한 표정을 짓고 말했다.

"그 옷은 은자 한 냥짜리예요. 워낙 고급품이라 비단이 많이 들어갔거든요."

진초운의 얼굴빛이 확 변했다.

'뭐가 그렇게 비싸?

유미미는 아예 비명을 질렀다.

"아악! 오라버니, 안 돼요. 옷 한 벌 사려고 전 재산을 쓸 수는 없어요!"

진초운이 유미미를 보고 미소를 지었다. 입꼬리가 가늘게 떨렸다.

"그, 그렇지? 조금 비싸지?"

진초운이 그 옆쪽에 조금 덜 고운 옷을 골랐다.

"그럼 저 옷은 얼마죠?"

“그건 철전 스무 개예요.”

“그럼 저건⋯⋯.”

“철전 열 개.”

진초운의 손가락이 떨렸다.

‘철전 열 개, 열 개는 쓸 수 있어. 옷 한 벌에 철전 열 개는 쓸 수 있어.’

그런 말로 스스로를 설득하려고 했지만 손가락은 이미 그 옆의 옷을 가리키고 있었다. 화려한 무늬는 조금도 들어 있지 않았다. 척 보기에도 싸 보였다.

“그럼 저건⋯⋯.”

“그거라면 철전 다섯 개에 드릴게요.”

진초운의 얼굴이 좀 밝아졌다.

‘그래. 우리 미미를 위해서 철전 다섯 개 정도는 쓸 수 있어.’

유미미는 비명까지 지르지는 않았다. 하지만 표정은 밝지 않았다.

“오라버니, 옆집에서 입던 옷은 철전 한 개로도 살 수 있어요. 그러니까 그냥 돌아가요. 네?”

그 말이 진초운을 결심하게 했다.

“이 옷 주세요.”

유미미는 반항했다.

“그럼, 그럼 조금 깎기라도 해요. 예?”

옷가게 주인이 난처한 표정으로 말했다.

"아가씨, 이거 싸게 주는 거야. 진짜야."

"그래도 조금만 깎아주세요."

"이런 옷 한 벌에 철전 다섯 개면 비싼 거 아냐. 헐값이야, 헐값. 더 싸게 주면 나도 남는 게 없어."

그녀의 말은 거짓말이 아니다. 진초운과 유미미의 옷이 하도 낡아 보여 선심 쓰는 셈치고 원가에 넘겨주려고 했다.

진초운은 다른 생각을 하느라 바빠서 깎아달란 말을 꺼내보지도 못했다.

'우리 미미 비싼 옷 사주려고 했는데. 젠장. 난 왜 열 개짜리나 스무 개짜리를 못 사주는 거야?'

그는 가난하게 자랐다. 어려서부터 열심히 일해서 집안을 먹여 살렸다. 평생을 아끼고 아끼며 살아왔다.

돈이라도 많으면 상황이 달라졌을지 모른다. 하지만 아무리 절세의 무공을 가지고 있다 해도 지금 수중에 가진 돈은 거의 없다. 당장 돈주머니가 가벼운 처지에 빠지자 지금까지 허리띠 졸라매고 살아온 습관이 그의 뇌리를 지배했다.

진초운이 다짐했다.

'그래. 지금 당장은 내가 돈이 없으니까 철전 다섯 개로 참자. 하지만 나중에 돈 많이 벌면 상황이 달라질 거야. 그때는 미미에게 한 냥짜리 옷을 사줄 거야. 기필코!'

그렇게 생각을 하자 마음이 조금 안정되었다. 그는 철전 다섯 개를 내밀었다.

"주세요."

유미미가 그 손을 붙잡고 반항했다.

"난 이렇게 비싼 거 안 입어도 돼요."

진초운은 물러서지 않았다. 그녀를 보며 생각했다.

'나는 철전 한 개짜리를 입어도 괜찮지만 너는… 여자애는 적어도 다섯 개짜리는 입어야지.'

"그냥 입어. 내 소원이다."

결국 진초운은 유미미에게 사정사정해 가며 새 옷을 한 벌 사 입혔다. 유미미는 어쩔 수 없이 그 옷을 받았다.

돌아오는 길에, 유미미는 입이 헤벌어져서 다물 줄을 몰랐다. 그렇게 싫다고 했으면서도 일단 옷을 입혀놓자 여기저기를 만져 보느라 정신이 없었다.

진초운은 뿌듯했다.

'돈 쓰기를 잘했어.'

"좋으냐?"

유미미가 고개를 크게 끄덕였다.

"오라버니, 어깨부터 소매까지 천이 하나로 만들어져 있어요. 떨어진 곳도 없어요."

"새 옷은 원래 그런 거야."

"헤헤. 내가 새 옷을 입다니. 이런 거 입어보는 날이 올 줄은 몰랐어요."

그녀의 표정이 갑자기 걱정스럽게 변했다.

"하지만 돈을 너무 많이 썼어요. 철전 다섯 닢이면 조나 수수 같은 것을 얼마나 많이 살 수 있는데……."

그야 유미미의 머리를 쓰다듬었다.

"날 믿어. 내가 돌아왔으니 이제 옛날 같은 고생은 없다고 했잖아."

유미미가 눈을 초롱초롱 빛냈다.

"네. 오라버니만 믿을게요."

"나만 믿으면 머지않아 비단옷을 입게 해줄게."

"헤헤. 그 말도 믿어요."

속으로는 믿지 않았다.

'오라버니도 참, 비단옷은 부자들이나 사는 건데.'

진초운은 마음이 조금 급해졌다.

'미미가 돈을 좀 쓰게 만들려면, 일단 돈을 보여줘야 할 거야. 그러고 보니 오할파 놈들 왜 이렇게 늦어? 아예 가서 두들겨 패고 돈을 확 빼앗아올까?

그는 고개를 가로저었다.

'아니야. 내가 다른 건 몰라도 도둑질이나 강도 짓은 할 수 없지. 더구나 그 돈은 오할파 놈들 것이 아니라 다른 사람들 것이니까. 나중에 제대로 돌려줬는지 확인만 하자. 나는 미미와 함께 조용히, 평화롭게 살자.'

그들이 집으로 돌아가는 길에 여자애 하나가 후다닥 달려왔다. 양소화였다.

"미미야!"

유미미도 손을 흔들었다.

"소화야!"

"미미야, 무사했……."

양소화가 달려오다 걸음을 멈추었다. 그녀는 진초운을 물끄러미 바라보다가 고개를 뒤로 돌렸다. 그리고 다시 진초운을 돌아보았다.

"사라지지 않네?"

진초운은 뜨끔했다. 모르는 척 질문했다.

"무슨 소리냐?"

양소화가 자기 머리를 주먹으로 콩 때렸다.

"아녜요. 어제 헛것을 봐서 그래요. 오늘은 진짜 초운 오라버니니까 안심이에요."

유미미가 질문했다.

"소화야, 그런데 왜 달려온 거야?"

"아, 미미야. 큰일 났어."

"큰일?"

"오할파 놈들이 널 찾아왔었어."

유미미의 얼굴이 창백해졌다. 눈물이 그렁거렸다. 그녀가 진초운을 보고 울먹였다.

"오라버니. 그러게 집 미리 팔아버리자고 했잖아요. 이제

다 틀렸어요."

진초운이 유미미의 머리를 꾹 누르고 양소화에게 질문했
다.

"찾아와서 뭐라든?"

"그동안 이자로 받아간 돈을 다 돌려준대요."

유미미는 돈 돌려준다는 소리가 들리자마자 즉시 반응했
다. 진초운이 뭐라고 하기도 전에 그의 손에서 빠져나와 고개
를 들이밀었다.

"뭐? 그게 진짜야? 거짓말 아니지? 너 거짓말이면 밤에 오
줌 싼다고 맹세해."

양소화가 고개를 크게 흔들었다.

"거짓말 아니야. 다른 사람들 빚도 다 탕감해 줬어. 앞으로
는 착하게 살기로 했다면서, 그 기념으로 다 탕감해 준대."

"진짜?"

"진짜라니까. 진짜 진짜 진짜야."

양소화는 말을 해놓고 나서 고개를 갸웃거렸다.

"하지만 오할파는 그럴 놈들이 아닌데 뭔가 좀 이상해. 왜
안 하던 짓을 할까?"

유미미의 얼굴이 환해졌다.

"죽을 때가 됐나 보지. 상관없어. 난 돈만 돌려받으면 돼."

진초운이 유미미의 머리를 쓰다듬었다.

"우리 미미 좋겠구나?"

그녀가 활짝 웃었다.

"그럼요. 엄청 좋아요."

"그동안 이자로 준 돈이 얼마나 되는데?"

유미미는 그가 묻자마자 대답했다.

"은자 마흔두 냥에, 철전 스물다섯 개요."

이번에는 진초운의 얼굴이 보름달처럼 환해졌다.

'엄청나게 많다! 상상초월이다!'

"그렇게 많아?"

"삼 년 동안 번 돈 다 빼앗겼어요. 원금보다도 훨씬 많이 줬다고요."

진초운은 마음이 아팠다.

'이 녀석. 돈을 빼앗길 때마다 그걸 마음에 담아뒀구나. 항상 계산하고 있었어. 그나저나 이 어린 나이에 그런 돈을 벌다니. 그동안 얼마나 죽도록 일했을까?'

쓴웃음을 지으려고 했다. 하지만 돈 생각을 하자 입이 자꾸 헤벌쭉 벌어졌다.

"흐흐흐. 은자가 마흔 냥이 넘다니."

"호호호. 우린 이제 부자예요, 부자!"

"이제 고기도 실컷 먹을 수 있겠다."

유미미가 입을 딱 다물었다. 진초운이 질문했다.

"왜 그러니?"

그녀가 머릿속으로 계산하더니 대답했다.

“고기 매일 배부르게는 못 먹어요.”

“응? 왜?”

“고기는 값이 너무 비싸요.”

“그, 그래도 돈이 그렇게 많은데…….”

유미미가 고개를 잘래잘래 흔들었다. 돈 쓰는 문제에 대해서는 단호했다.

“주인 어른과 마님이 왜 거지가 돼서 도망쳤는지 알아요? 돈을 함부로 써서예요. 오라버니도 그런 건 물려받지 마세요. 매일 고기를 먹으면 우리 둘이서 돈을 벌어도 들어오는 돈보다 나가는 것이 더 많아져요. 나중에는 돈이 다 떨어져 버린단 말예요. 그러니까 안 돼요.”

진초운은 할 말이 없었다.

‘쩝. 빨리 돈 많이 벌어다 줘야겠군.’

그가 입을 다물자 미안해진 유미미가 환히 웃으며 말했다.

“그래도 닷새에 한 번 정도 닭 한 마리쯤은 먹을 수 있을 거예요.”

닭 이야기를 하자 진초운의 입에 침이 고였다.

“어제 먹은 닭죽은 정말 맛있었지.”

뭘 먹어도 돌이끼보다는 맛있다. 그에게 전날 먹은 닭죽은 삼 년 만에 맛본 진수성찬이다.

유미미는 진초운이 기뻐하는 모습을 보자 자기도 기분이 좋아졌다.

'오라버니를 위해서니까.'

그녀는 돈 계산을 다시 한 후 큰마음 먹고 말했다.

"그리고 한 달에 한 번은 돼지고기도 먹을 수 있어요."

진초운이 두 손을 번쩍 들었다.

"돼지고기!"

삼 년 동안 동굴에서 돌이끼를 뜯어 먹고 곤충을 씹어 먹으며 살았다. 그것들을 씹으며 맛있는 것을 먹는 상상을 했다. 틈틈이 먹은 영약의 경우는 맛은 고사하고 고통이나 주지 않으면 다행이었다.

그런 것을 먹을 때 하는 상상 중의 백미는 돼지고기였다. 소고기는 한 번도 먹어보지 못해 도무지 그 맛을 상상할 수가 없었다.

"흐흐. 돼지고기."

입에서 침이 주르륵 흘렀다.

진초운. 그는 무공으로 세상을 지키고자 했다. 그 과정에서 들어오는 돈으로 부자가 될 거라 믿었었다. 그 돈을 마음껏 쓸 궁리만 했다.

세상에 나온 것이 이틀 전이고, 그날 바로 은거 결정을 했다. 워낙 갑작스러운 은거 결정으로 앞으로 어떻게 먹고살아야 하는지에 대해서 제대로 생각하지 못했다. 그나마 지난 이틀간은 여러 사건이 터져 다른 생각을 하지 못했다.

무공을 익히면 틀림없이 떼돈이 들어올 거라고 믿었는데

그것이 날아갔다. 이젠 사냥을 하더라도 고기는 팔아서 돈으로 만들어야 한다고만 생각했다.

사냥한 걸 팔지 않고 그냥 먹으면 된다는 걸 아직 깨닫지 못했다. 지금은 그저 한 달에 한 번이나마 돼지고기를 먹을 수 있다는 사실에 감사했다.

그들은 오할파의 사람들을 찾아 움직였다. 돈을 빨리 받기 위해서 서둘렀다.

찾는 것은 어렵지 않았다. 진초운이 작정하고 감각을 활성화시키자 그들의 위치는 순식간에 드러났다.

'은자가 짤랑거리는 소리. 저쪽이다.'

그들이 찾아간 곳에서는 오할파의 무사들이 장부를 대조하며 돈을 돌려주고 있었다.

유미미가 그들 앞으로 걸어가서 손을 쭉 내밀었다.

"내 돈도 돌려줘요."

당당하게 요구했다. 그녀의 당당함은 상황 판단을 정확히 했기에 나왔다.

'돈을 돌려주라는 결정을 누가 했는지 몰라도 수금원이나 하던 이 사람들은 아니야. 내가 숙이고 들어갈 필요는 없어.'

오할파 무사들은 삼 년 동안이나 유미미에게서 돈을 받아 왔다. 그녀가 누군지 너무 잘 알았다.

"끄응. 유미미. 어디 보자. 은자 서른아홉 냥이군."

유미미가 발끈했다.

"무슨 소리예요? 마흔두 냥에 철전 스물다섯 개."

"이 녀석, 어디서 거짓말을 하고 있어? 장부에는 분명히 서른아홉 냥이다."

"지난 삼 년 동안 어느 날 몇 시에 얼마를 줬는지 다 말해줄까요?"

그녀는 돈을 빼앗길 때마다 그것을 모두 마음에 담아두었다. 얼마를 빼앗겼는지 잊을 수가 없다.

무사가 움찔했다.

'쳇. 이년이 돈 문제에 대해서는 기억 못하는 게 없었지. 장부를 고쳐 빼돌린 돈을 다 토해내야겠군.'

"알았다. 옜다, 마흔두 냥."

"철전 스물다섯 개는요?"

"그 정도는 넘어가면 안 되냐?"

유미미에게는 어림도 없는 소리다.

"이자 안 받는 걸 다행으로 아세요."

그녀는 결국 은자 마흔두 냥에 철전 스물다섯 개를 모조리 챙겼다. 신이 나서 집으로 돌아가던 그녀가 진초운에게 질문했다.

"오라버니, 그런데 이상해요."

"뭐가?"

"오할파는 절대로 좋은 사람들이 아녜요. 그 사람들 사파예요, 사파."

"알아. 죽어도 싼 놈들이지."

"그런데 왜 돈을 돌려줄까요?"

"죽을 때가 돼서라며?"

유미미는 궁금했다. 하지만 돈은 이미 수중에 들어왔다. 속 편하게 생각하기로 했다.

"에라. 이제 그 사람들은 어떻게 되든 상관없어요. 돈 다 돌려받았는데요 뭐. 내가 거기 가서 돈을 꿀 리도 없고요. 될 대로 되라지요."

진초운은 유미미의 등을 탁탁 두드리며 호쾌하게 말했다.

"그래! 바로 그 정신이야! 까짓 세상 될 대로 되라 그래. 우리는 우리끼리 행복하게 살면 돼!"

유미미도 힘차게 대답했다.

"네!"

개천 마을은 크다. 그래도 왕호진의 저택이 무너진 것은 사람들의 관심을 집중시킬 만한 사건이다. 마을 사람들이 그곳 주변을 배회하며 구경했다.

저택에 머무는 사람은 원래 무사들밖에 없었다. 그들은 본래 일꾼조차 부리지 않고 지냈다. 비밀 유지를 위해서였다.

그리고 사건 당일 다른 곳에 심부름 갔다가 돌아온 무사 두 명이 하루가 지난 후에야 돌아왔다.

그들은 무너진 저택을 보며 입을 떡 벌렸다.

"이, 이게 무슨……."

"도대체 왜……."

그들은 한참 후에야 정신을 차렸다.

무사 중 한 명이 말했다.

"넌 사람들을 모아 일단 저 잔해를 들어내라. 누가 어떻게 깔려 죽었는지 확인해야 한다."

"그럼 넌 뭘 하려고?"

"난 이 일을 보고해야겠다. 여기서 키우던 전서구들도 다 죽었을 테니 전서상회가 있는 마을에 다녀오겠다."

"알았다. 뒷일은 내게 맡겨라. 아, 그리고 전서는 잘 써라."

"걱정하지 마라. 우리 책임은 없도록 처리할 테니까."

남은 무사는 구경하는 사람들에게 다가가서 말했다.

"구경만 하면 어떻게 하나? 저걸 들어내야 할 거 아냐!"

구경하던 사람들이 우르르 물러섰다.

"평소에 인심을 곱게 썼어야지."

"저것도 어떤 여자 아이를 납치하려다가 천벌을 받은 거라던데?"

"그런 거 도와주면 우리까지 벌받을지 몰라."

무사는 당황했다.

'칼을 뽑아서 경고를 할까?'

하지만 그 생각은 떠올림과 동시에 버렸다. 구경꾼들 사이에 무사가 몇 명 보였다.

'십원문과 오할파의 무사들이다. 싸움이 붙으면 불리하다. 일 대 일이라면 손쉽게 제압하겠지만 지금은 숫자 차이가 너

무 많이 나. 이기는 거야 문제가 없지만 남들의 이목을 끌게
된다.'

포기한 그가 할 수 없다는 듯이 말했다.

"일을 하는 사람에게는 돈을 주겠다."

사람들이 그때서야 서로 눈치를 보았다. 한 사람이 질문했
다.

"일당이 어떻게 됩니까?"

"철전 다섯 개를 주마."

사람들이 망설였다.

"철전 다섯 개에 일을 했다가 벌을 받으면……."

무사는 마음이 급해졌다.

"좋다. 일당으로 철전 열 개를 주겠다."

돈의 액수가 입맛에 맞을 만큼 올라가자 사람들이 하나둘
씩 나서기 시작했다.

"그렇다면야……."

일단 누군가가 나서자 손이 노는 사람들이 너도나도 그 일
에 참여했다.

"그럼 나도……."

진초운과 유미미는 집에서 닭을 뜯고 있었다. 푹 삶은 닭을
소금에 찍어 먹으며 히히덕거렸다.

"미미야, 고기 씹어보는 게 얼마 만인지 모르겠다."

"저도요. 그것도 따뜻한 고기예요."

"맛있지?"

그녀가 고기를 조금씩 아껴먹으며 말했다.

"끝내줘요."

그곳으로 양소화가 찾아왔다.

"미미야!"

유미미가 멈칫했다. 양소화를 보고 심하게 갈등했다.

'닭고기를 좀 먹어보라고 권해야 할까? 하지만 이거 비싸게 주고 산 건데. 그래도 나만 먹기 미안한데. 그래도 이런 고기는 삼 년 만에 먹어보는 건데. 그래도 소화는 친구인데.'

그녀는 머뭇거리다가 살짝 떨리는 손으로 닭고기를 조금 내밀었다.

"소화야, 맛이라도 좀 봐."

양소화가 냉큼 다가왔다. 닭고기를 크게 쭉 찢어서 입에 가득 넣고 씹었다.

"냠냠. 맛은 좋은데 고기가 양이 좀 작은 거 아냐?"

유미미가 바들바들 떨었다.

'하, 한번에 그렇게 많이 먹다니. 맛만 보라고 했는데……'

양소화가 닭고기를 한 점 더 집어먹으면서 말했다.

"그런데 미미야, 너 여기 있으면 어떻게 해?"

유미미가 떨리는 손을 꼭 누르고 질문했다.

“왜?”

“저기 왕가네 집 무너진 데 말이야. 그거 들어낸다고 마을 사람들이 여럿 일하고 있어.”

“그래서?”

“너 그런 일 있으면 무조건 했잖아.”

유미는 그 집에서의 안 좋은 기억이 있었다. 겉으로는 당당하게 굴었지만 속마음까지 괜찮은 건 아니다.

“이번엔 안 해.”

“일당이 철전 열 개라던데.”

평소라면 사정을 해서라도 일할 건수다. 하지만 그쪽으로 가는 것은 정말 싫었다. 소리를 빽 질렀다.

“안 해!”

“쳇, 계집애. 애써 알려줬더니 왜 짜증이야?”

그녀가 손가락을 쪽쪽 빨고 일어서며 말했다.

“잘 먹었다. 근데 다음엔 좀 큰 닭으로 사.”

유미미가 솥으로 고개를 돌렸다. 그녀 몫의 닭이 어느새 뼈만 남아 있었다.

그녀가 울상을 지었다.

‘다, 다 먹었어.’

진초운이 일어섰다.

“철전 열 개란 말이지?”

유미미가 깜짝 놀라서 질문했다.

“오라버니, 그 일을 하시게요?”

진초운은 겁먹을 이유가 없다. 그는 가해자이지 피해자가 아니다. 세상 무서운 것 없다.

“기다려. 돈 벌어올게.”

그는 그날 일에 대해 후회가 있었다.

‘그날은 내가 너무 흥분했어. 조용히 잡아다가 처리했어야 했는데 단칼에 죽여 버렸잖아. 성질대로 무공을 펑펑 썼으니 잘못하면 뒤탈이 있겠지. 왕가 놈을 박살 낸 다음부터는 증거 없앤다고 무공 가려 쓰고 집도 무너뜨렸지만 부족해.’

후회만이 아니라 찜찜한 것도 있었다.

‘그리고 그놈들, 이런 시골에 머무르는 무사들 수준의 무공이 아니었어. 게다가 위에서 싫어하느니 뭐니 했단 말이지. 어떤 조직에 소속된 놈들이 분명해. 조심하자. 혹시 실수로 단서를 남겨놨다가 무림 일에 말려들면 귀찮아지니까.’

그래서 이 일을 맡았다.

‘가서 일하는 척하면서 단서가 될 만한 걸 찾자. 보이는 족족 싹 제거해 버려야겠다.’

그가 신발을 신고는 유미미에게 말했다.

“남은 고기는 네가 다 먹어라.”

유미미의 눈이 동그래졌다.

“예? 오라버니 고기 많이 남았는데요? 남겨둘 테니 돌아오셔서 드세요.”

"그런 일 하러 가면 중간에 밥 줄 거야. 안 주면 내놓게 만들어서 실컷 먹고 올 테니 걱정하지 마라."

그가 집을 나서고 나자 혼자 남은 유미미가 솥을 보았다. 먹음직스러운 닭고기가 잔뜩 남아 있었다.

침이 꼴깍 넘어갔다.

그녀가 저도 모르게 손을 뻗어 고기를 집었다. 고기를 씹으면서도 죄책감에 몇 번이나 깜짝깜짝 놀랐다.

'오라버니 드려야 하는데……'

멈추려고 했지만 멈출 수가 없었다. 손이 자동으로 움직였다. 이성을 반쯤 잃었다.

정신을 차리고 보니 남은 것은 뼈밖에 없었다. 국물까지 몽땅 마셨다. 잔뜩 부른 배를 만져 보았다.

포만감에 만족한 그녀가 웃었다.

"헤에. 맛있다."

진초운은 설렁설렁 일했다. 딱 일당을 받을 만큼만 일했다. 그러면서 남겨놓은 흔적이 없는지 꼼꼼히 찾았다. 자신의 무공 흔적이 보이는 것은 모조리 찾아 제거했다.

증거를 없애던 그가 부러진 기둥 앞에 섰다. 집을 무너뜨리기 위해 날려 버린 기둥이다. 부러진 부분이 검게 타 있었다. 그곳을 손으로 만져 보며 생각했다.

'이걸 번개가 친 거로 봐줄까?

*   *   *

작은 연못 앞 정자에서 한 남자가 차를 마시고 있었다. 중년인 한 명이 그의 앞으로 달려왔다.

"문주님, 호대곡입니다."

단백호가 그를 보고 찻잔을 내려놓았다.

"무슨 일이냐?"

호대곡이 머뭇거렸다. 단백호는 그 이유를 짐작하고 말했다.

"지금은 비밀호위들밖에 없으니 걱정하지 마라. 그들을 믿지 못한다면 아무도 믿을 사람이 없으니……."

호대곡은 그 말을 듣고서야 입을 열었다.

"왕호진이 죽었습니다."

단백호의 얼굴이 딱딱하게 굳었다.

"수라진혼권 왕호진이?"

"그렇습니다. 그가 죽었습니다."

"왕호진은 쉽게 죽을 놈이 아니다. 게다가 딸려 보낸 놈들은 전투조였다. 그놈들은 왕호진이 죽을 때까지 뭐 하고 있었나? 넋 놓고 구경했나?"

"죄송스럽게도 그에게 딸려 보냈던 전투조 역시 두 명을 제외하고 전부 죽었습니다."

단백룡의 목소리가 커졌다.

"당했구나! 도대체 어떤 놈들의 짓이냐? 왕호진을 죽일 정도라면 이름 없는 자일 리 없다. 두 명이나 살아남았으면 범인의 정체를 알겠지?"

"죄송합니다. 그 두 명도 사건 당일 그곳에 없었기에 살아남았을 뿐입니다. 정황으로 보아 왕호진과 같이 있었다면 그들도 죽었을 겁니다."

단백호가 입을 다물었다. 무거운 침묵이 흘렀다.

그가 마침내 입을 열었다.

"무황성이나 사혈련에서 눈치를 챈 걸까?"

"그건 아닌 것 같습니다."

"어떻게 그렇게 확신하지? 왕호진은 수라진혼권이라는 무림명을 가진 고수. 간단히 당할 놈이 아니다. 더구나 딸려 보낸 녀석들은 전투조, 모두 싸움귀신들이다. 그 근처에 있다는 손바닥만 한 문파 놈들에게 당할 리는 없다."

"물론 십원문이나 오할파의 능력으로 그들을 해칠 수는 없습니다. 하지만 적어도 무황성이나 사혈련은 아닙니다."

단백호는 눈살을 찌푸렸다.

"네가 이렇게 확신을 하고 말한다면 이유가 있어서겠지. 알겠군. 흉수의 무공이 특별하구나."

"사인이 특별하기는 합니다만……."

"특별한 수법으로 죽었다면 용의자의 폭은 좁아진다. 죽은

자가 왕호진 같은 고수라면 범인은 밝혀진 것이나 다름없어.
왕호진은 어떤 무공에 당했지? 누구의 독문무공이지?”
　호대곡이 망설였다.
　“그게…….”
　“왜 말을 못하는가?”
　“소리를 들은 주민들의 말에 의하면…….”
　“싸움 소리?”
　“천둥 치는 소리가 십여 차례 울렸다고…….”
　단백호가 벌떡 일어섰다.
　“뭐? 천둥?”
　“예. 마른하늘에 날벼락을 맞아 죽었다고 다들 수군거리고
있다 합니다.”
　단백호는 믿어지지 않는다는 듯이 재차 질문했다.
　“정말 벼락에 맞아 죽었다는 건가? 거기 있던 열한 명이,
아니, 둘이 빠졌다고 했으니 아홉 명이지. 그들 전부가?”
　“조사 결과 그들 대부분은 벼락에 맞은 것이 아니라 무너
지는 건물에 깔려 죽은 것으로 추정됩니다. 조사한 놈들이 전
문가들이 아니긴 하지만 아마 틀림없을 겁니다.”
　단백호는 호대곡이 한 말에서 이상한 것을 잡아냈다.
　“대부분?”
　“왕호진만은 벼락에 직격당해 죽은 듯하다는 보고입니
다.”

단백호의 얼굴이 심각했다. 그는 일어선 채로 고민에 빠졌다. 한참을 생각하던 그가 질문했다.

"정말 벼락이 틀림없나?"

"무너진 건물 곳곳에서 벼락에 맞은 듯한 자국을 찾아냈습니다. 왕호진의 몸은 까맣게 타 있었습니다. 천둥소리까지 생각하면 의심의 여지가 없습니다."

단백호는 고개를 가로저었다.

"너무 공교로워."

"뭐가 말씀이십니까?"

"미련한 놈. 그들의 임무를 생각해 보아라. 내가 그들을 개천에 보낸 이유가 무엇이냐?"

"그야 당연히 이백 년 전의 천하제일고수, 검제 진양백이 무공을 숨겨둔 곳을 찾기 위해서 아니겠습니까?"

"그래. 우리는 그것 때문에 광산 개발로 위장해서 그 근처 땅을 파헤치고 있지. 막대한 돈을 쏟아 부으며 맨땅을 파고 있잖아. 그리고 왕호진이 맡은 일은 광산 쪽 책임자인 광인평을 지원하는 것이다."

호대곡은 단백호의 말을 이해할 수 없었다.

"하지만 진양백은 이백 년 전에 죽었습니다. 그가 신선이라도 돼서 하늘에서 벼락을 내리쳤다는 말씀이십니까?"

"아니, 그가 직접 한 것은 아니다. 하지만 검제의 무공 중에 벼락과 비슷한 것이 있지."

“진양백의 무공… 헉! 설마 벽력검법?”

“그렇지. 그가 가진 무공 중에 분명히 벽력검법이 있다. 그
건 그가 직접 창안했고 그가 죽은 후에 실전됐다. 이 세상에
서 오직 그만이 펼친 검법이지.”

“무슨 말씀이신지 알겠습니다. 진양백이 그것을 펼치면 마
치 벼락이 떨어진 것과 같은 흔적이 남았다고 들었습니다.”

“그래. 그것을 썼다면 마른하늘에 날벼락이 떨어진 것처럼
위장할 수 있었을 거야.”

호대곡이 반론을 제기했다.

“하지만 그건 말이 되지 않습니다. 그의 무공이 실전된 지
이미 이백 년이 지났습니다. 실전되지 않았다면 벌써 예전에
그것이 드러나야 했습니다. 드러나지 않았기에 우리는 그가
남긴 것을 찾는 것이잖습니까?”

단백호가 자리에 앉아 다시 찻잔을 잡았다. 그의 눈이 반짝
거렸다.

“만약 최근에 누군가가 찾아냈다면?”

“그의 무공은 하루아침에 이룰 수 없는 것입니다. 벽력검
법을 완전히 펼칠 정도로 익혔다면 이미 무공의 대부분을 이
루었다는 뜻입니다.”

“최근이 아니라 오래전에 찾아냈다면 가능한 일이지.”

“아닙니다. 누가 됐든 그 경지에 이르기 전에 무림에 나타
나서 자신의 실력을 드러냈어야 합니다. 진양백의 무공을 이

었다는 것은 자랑이 되면 됐지 숨길 일이 아닙니다."

"드물지만 심심산골에 숨어서 평생 무공만 수련하는 사람도 있는 법이다."

"억측이십니다."

"호대곡, 나는 진양백이 무공과 함께 꽤 많은 영약을 숨겨두었다고 생각한다. 누군가 그걸 혼자 먹고 무공을 익혔다면 생각보다 빨리 벽력검법을 완성했을 거다."

호대곡은 물러서지 않았다.

"그렇다 하더라도 말이 되지 않습니다. 영약으로 얻는 내공은 한계가 있습니다. 벽력검법은 내공 소모가 극심해 검제 진양백조차 연달아 다섯 번을 펼친 적이 없다고 합니다. 그날 내리친 번개는 무려 열 번이었습니다."

"흐음. 듣고 보니 그것도 그렇군. 진양백의 무공을 이은 자가 있을 수는 있지만 그가 두 배 이상의 공력을 가졌다고 보는 건 다소 무리가 있어. 정상적인 경우라면 영약만 가지고 이룰 수 있는 경지가 아니야."

"게다가 왕호진이나 전투조원들은 벽력검법을 열 번이나 받을 가치가 없습니다."

단백호가 무릎을 쳤다.

"그렇지! 그걸 생각하지 못했군. 그래, 설사 흉수가 진양백의 모든 무공을 완성했다고 해도 벽력검법을 열 번이나 쓸 필요는 없지. 그건 그야말로 소 잡는 칼로 닭을 잡는 격이니까.

호대곡, 네 말이 맞다."

단백호와의 말싸움에서 이긴 호대곡이 하는 김에 한마디 덧붙였다.

"이건 사람의 짓이 아닙니다. 하늘이 벌을 내린 것입니다."

단백호의 얼굴에 경련이 일어났다.

"하늘이 벌을 내려? 내가 뭘 잘못해서 하늘이 벌을 내려?"

호대곡의 얼굴이 하얗게 질렸다.

'실수다. 분위기가 좋다고 너무 막말을 했다.'

그가 급히 땅에 머리를 박았다.

"제, 제가 그만 말실수를… 제가 어찌 감히 문주님을 비유한 것이겠습니까? 저는 단지 번개가 쳤다기에 아무 생각 없이 말한 것뿐입니다. 믿어주십시오."

단백호가 손을 휘저었다.

"됐다. 다른 사람은 몰라도 네가 나를 배신할 리는 없으니까."

"믿어주서서 감사합니다!"

"하여간 이번 일은 조사할 필요가 있어. 우연이라고 치부하기에는 너무 공교로워. 게다가 한 자리에 번개가 열 번이나 치다니. 정상적인 자연현상이 아니야."

호대곡이 분위기를 바꾸기 위해서 새로운 의견을 내놓았다.

“어쩌면……."

“어쩌면 뭐?"

“어쩌면 왕호진이 번개를 이끄는 어떤 보물을 얻은 게 아닐까 합니다."

“보물?"

“그렇지 않고서야 어찌 한 자리에 열 번의 번개가 내리치겠습니까? 그중 한 번은 왕호진에게 정통으로 떨어졌습니다."

단백호는 고개를 끄덕였다.

“흐음. 그것도 그럴 수 있군."

호대곡이 아부를 했다.

“왕호진은 그런 보물을 얻었으면서도 문주님께 바치지 않았습니다. 그래서 천벌을 받았나 봅니다. 제 천벌이란 말은 그런 뜻이었습니다."

단백호는 더 이상 천벌에 신경 쓰지 않았다.

“하지만 번개를 부르는 물건이라니. 주인을 해하는 물건을 보물이라고는 할 수 없지. 그건 마물이라고 하는 게 나아."

“듣고 보니 그것도 그렇습니다."

“그래도 쓸모가 없는 건 아니야. 죽이고 싶은 자에게 선물한다면 그는 언젠가 번개에 맞아 죽을 테니."

“제 말이 바로 그 말입니다. 여러 선물 속에 은밀히 끼워 넣으면 귀신도 모르게 죽일 수 있습니다."

단백호는 갑자기 입맛이 당겼다.

"정말로 그런 것이 있다면 탐이 나는 물건이기는 해. 어쨌든 이번 일은 검제의 후인이 나타났거나 아니면 보물이 있다는 거겠지. 어느 쪽이 됐든 이번 일은 그냥 넘길 수 없다. 그곳을 자세히 조사해 보도록 해라."

호대곡이 다시 망설였다. 무조건 옳다고 하던 조금 전과는 다른 태도였다.

"저……."

"또 뭔가?"

"이번 일에 무황성과 사혈련이 관심을 가질지 모릅니다."

"어쩌면 이게 보물 때문이 아니라 그놈들이 직접 손을 써서 생긴 일일지도 모르지. 그렇다면 그놈들이 이미 관심을 가지고 있다고 봐야겠지. 그게 사실이라면 꼬리를 잘라 버린 셈 치자."

"그게 아니라… 그곳에서는 인근에 있는 정파 하나와 사파 하나가 영역 싸움을 하고 있었습니다."

"알아. 그들의 배후에 한 다리 걸쳐서 무황성과 사혈련이 있다면서? 어차피 직접 연결된 건 아니다."

"하지만 그들의 뒤를 봐주는 문파들은 육검문과 천랑파입니다. 둘 다 무황성과 사혈련의 외부 일을 처리하는 손발과 같은 문파입니다."

"그래서?"

"무황성과 사혈련이 직접 나서지는 않을 겁니다. 하지만 육검문과 천랑파 정도라면 이번 일을 조사할지 모릅니다."

"그놈들이 무서워서 보물을 포기하자는 건가?"

"만약 보물이 있다면 지금 잔해를 치우고 있는 아랫것들이 알아서 챙겨올 겁니다. 그러니 조사는 그냥 접어두심이……."

단백호가 손을 흔들었다.

"조심해서 조사하면 되잖아. 그들의 눈을 피해 일한 것이 어디 한두 해더냐? 그냥 버려두기에는 아무래도 예감이 좋지 않아. 놈들을 자극하지 말고 신경 써서 조사해라. 이건 명령이다."

명령이라는 말이 떨어졌다. 더 이상의 조언은 의미가 없었다. 호대곡은 즉시 머리를 땅에 박았다.

"알겠습니다!"

*　　　*　　　*

한연홍은 십원문의 소문주 염대충에게 애교를 부렸다.

"오라버니이, 소녀가 아주 작은 부탁이 있어요."

염대충이 입을 헤벌레 벌렸다.

"그래, 그래. 우리 착한 연홍이. 무슨 부탁인데?"

한연홍이 벼랑 위의 꽃을 가리켰다.

"따다 주세요."

벼랑은 깎아지른 듯했다. 염대충이 멈칫했다. 하지만 곧바로 크게 웃었다.

"하하하. 우리 연홍이가 원한다면 따다 줘야지."

그가 자기를 따라온 무사에게 고개를 돌렸다.

"전충, 저 꽃을……."

한연홍이 그의 말을 끊었다.

"오라버니는 강하시잖아요. 직접 따다 주세요."

염대충의 얼굴이 살짝 굳었다. 벼랑의 상태를 대충 가늠해 보았다. 꽃은 십 장 높이에 자라고 있었다.

십원문이 작다고는 하지만 그래도 명색이 무림문파다. 소문주인 염대충의 체면상 못한다고 할 수가 없었다. 더구나 애인 앞이다.

염대충이 큰소리를 쳤다.

"알았다. 이 오라비가 따 올 테니 조금만 기다려라."

그는 그녀가 시키는 대로 절벽을 타기 시작했다.

한연홍은 그가 어느 정도 높이로 올라가자 전충을 돌아보지도 않고 작은 목소리로 속삭였다.

"전 무사님, 제 부탁 하나만 들어줘요."

전충 역시 절벽을 타는 염대충을 올려다보며 작은 목소리로 대답했다.

"말씀만 하십시오."

"진초운이라는 사람이 최근에 마을에 돌아왔어요."

"그에 대해 조사해 드리면 됩니까?

"아뇨. 아무것도 조사하지 마세요. 그냥 그를 이곳에서 쫓아내 주세요."

"쫓아내기만 하면 되는 겁니까?"

"최대한 조용히 쫓아내야 해요. 오라버니가 모르시게 하는 게 중요해요. 별것 아닌 일로 귀찮게 해드리고 싶지 않아요."

"알겠습니다. 가서 잘 타이르겠습니다."

한연홍은 무림인이 타이른다는 말이 무슨 뜻인지 안다.

"그는 무공을 조금 익히고 있어요. 전 무사님의 상대가 되지는 않겠지만 순순히 당하지 않을 만큼은 될 거예요. 직접 손을 쓰시면 시끄러워지고 결국 오라버니가 알게 돼요. 그렇게 될 거라면 아예 다른 쪽으로 사람을 찾아보겠어요."

"그럼 제가 적당한 놈들을 사서 처리하겠습니다. 마침 우리 문파와 상관없는 적당한 놈들이 있습니다. 그놈들을 쓴다면 뒤탈은 없을 겁니다."

"건달 몇 명으로는 어림도 없어요. 그는 삼 년 전만 해도 우리 마을에서 가장 강한 남자였어요."

"건달 수준이 아니니 걱정하지 마십시오."

"그럼 그 비용은 얼마나……."

"저에게 모든 것을 맡겨두십시오. 제가 다 알아서 처리하겠습니다."

한연홍이 작은 미소를 지었다.

"고마워요. 제가 오라버니와 결혼하고 나면 이 신세는 잊지 않겠어요."

전충도 그것을 기대하기에 그녀의 부탁을 순순히 들어주는 것이다.

'내가 아는 소문주라면 절대로 이 여자를 버리지 않는다. 언젠가 우리 문파의 대부인이 되는 건 결정된 사항이나 다름없어. 자고로 베갯머리에서 하는 청탁은 거절하지 못하는 법이지. 내가 들어준 청탁들이 나중에 힘이 돼서 돌아오겠지. 이건 투자야, 투자.'

그가 고개를 살짝 숙였다.

"감사합니다."

그때 염대충이 벼랑 위에서 꽃을 손에 들고 소리쳤다.

"하하하. 연홍아, 내가 꽃을 땄……."

발을 디딘 돌이 툭 빠졌다. 그의 몸이 벼랑 아래로 미끄러져 내렸다.

"으아아악!"

한연홍이 비명을 질렀다.

"꺄악! 오라버니!"

염대충은 벼랑을 발로 걷어차며 속도를 줄였다. 충분히 감속되지가 않았다.

전충이 즉시 튀어 올랐다.

그는 염대충의 몸을 받아 충격을 줄여주었다. 그래도 부족했다. 염대충이 바닥에 호되게 나뒹굴었다.

"아이쿠!"

한연홍이 놀라서 그에게 달려갔다.

"오라버니, 괜찮아요?"

염대충의 손에는 꽃이 한 송이 들려 있었다. 온몸이 흙투성이였지만 꽃만은 멀쩡했다. 꽃을 다치지 않게 하기 위해서 품에 안고 떨어진 덕분이다.

그가 씩 웃으며 꽃을 내밀었다.

"연홍아, 오라비가 꽃 따 왔다."

한연홍이 멈칫했다. 미안했다. 전충에게 청탁을 할 시간을 벌기 위해 염대충에게 직접 꽃을 따라고 한 것이 미안했다.

어쩐지 주변이 짙은 꽃향기로 채워지는 것 같았다.

그녀는 바라는 것이 많은 여자다. 하지만 적어도 지금 이 순간에는 꽃 한 송이가 황금보다 좋았다.

그녀가 얼굴을 붉혔다.

"오라버니도 참……."

딱 한 시진이 지나자 다시 꽃보다 황금이 좋아졌다.

진초운과 유미미가 실랑이를 벌였다.

진초운이 졸랐다.

"당분간은 좀 놀자니까."

유미미가 반항했다.

"안 돼요. 우린 이미 사흘이나 놀았어요. 더 놀면 게으름뱅이가 돼서 굶어 죽어요."

진초운은 며칠 전에 왕호진의 무너진 저택을 해체하는 일에 참여해 철전을 벌었다. 증거가 될 것이 남지 않은 걸 확인한 그는 그 일에서 깨끗이 손을 뗐다.

그 후 지난 사흘 동안 진초운과 유미미는 마을을 돌아다니며 펑펑 놀았다. 두 사람 다 이런 여유를 누려본 건 몇 년 만이다.

진초운은 앞으로 굶어 죽지 않을 자신이 있었다.

'내가 가진 무공이 얼마나 높은데 굶어 죽겠어? 무슨 일을 하든 미미 고생은 안 시킬 수 있을 거야.'

그는 그동안 동굴에서 무공 수련을 하느라 고생을 많이 했다. 또한 유미미가 그동안 얼마나 고생했는지도 안다. 그래서 당분간은 같이 놀고 싶었다.

"내가 이번에 벌어온 돈도 있고, 네가 돌려받은 은자도 아직 많이 남아 있잖아. 생각해 보니 메고기 팔아서 번 돈도 남았네. 우리 이제 부자야. 그러니까 일단 놀자."

"놀고먹으면 언제 다 없어질지 모르는 돈이에요. 안 돼요. 전 돈 벌 거예요."

한참을 실랑이를 벌였지만 유미미는 돈 앞에서 요지부동이었다. 진초운이 마침내 항복했다.

“좋아. 그럼 좀 쉬운 일로 해라. 무리하면 쓰러진다.”

유미미도 양보했다.

‘나도 오라버니하고 놀고 싶어요.’

“알았어요. 오전 일만 하고 돌아올게요.”

“그럼 점심은 집에서…….”

“곡식을 사는 것도 다 돈이에요. 점심은 일하는 데서 얻어 먹고 올게요. 오라버니는 제가 올 때까지 기다리세요. 돌아와서 밥을 차려 드릴게요.”

진초운은 다른 생각이 있었다.

“밥 먹지 말고 와라.”

“하지만…….”

“내가 산에 가서 사냥이라도 해올 테니까. 오늘 고기 먹자, 고기.”

어젯밤에 고기가 먹고 싶어서 궁리를 하다가 사냥에 대해서 생각해 냈다. 바보라고 외치며 자기 머리를 한참 두드렸었다.

유미미의 얼굴이 환해졌다.

“고기!”

침을 꿀꺽 삼켰다.

하지만 단호하게 말했다.

“우리 같은 사람들이 고기 자주 먹으면 입 부르터요. 그런 거 생기면 팔아서 돈으로 바꿔야죠.”

"싫어. 고기 먹을 거야. 난 고기가 먹고 싶어. 고기. 고기. 고기. 멧돼지라도 한 마리 잡아와야겠다."

고기 소리가 계속 들리자 유미미의 입에서 한줄기 침이 주르륵 흘렀다.

그녀는 그것을 스윽 닦고 말했다.

"알았어요. 그럼 오늘은 고기 먹도록 해요. 하지만 사냥에 성공했을 때 이야기예요. 뒷산에는 이제 큰 동물이 없어요. 멧돼지나 노루는 꿈도 못 꿔요. 그냥 토끼나 꿩 같은 거라도 한 마리 잡아오세요."

'내일 모레 닭 먹으려던 거 취소하면 되니까. 돈 굳었네.'

진초운이 큰소리를 쳤다.

"하하하. 사냥에 성공하면? 내가 누구냐? 나 진초운이야, 진초운. 내 사냥 솜씨를 믿어라."

그의 무공이라면 다른 산에 가서 동물들 씨를 말릴 수도 있다. 사냥 따위는 일도 아니다.

진초운은 산에 오르자마자 꿩 두 마리를 잡았다. 꿩이 있는 것을 본 순간 즉시 돌멩이를 암기 대신 날려 때려잡았다.

두 마리의 목을 손에 쥐고 콧노래를 흥얼거리며 집으로 걸어갔다.

"오늘은 두 마리나 되니까 미미랑 한 마리씩 뜯을 수 있겠다. 흐흐흐. 닭죽도 좋지만 역시 두툼한 살이 붙은 닭다리를 뜯는 게 최고지.”

고기 먹을 생각만 해도 좋았다.

“맛있겠다.”

그는 어느덧 왕호진의 무너진 집 근처를 걸어갔다. 그가 걸음을 멈추었다.

무너진 집 근처에 처음 보는 사람 몇 명이 어슬렁거리고 있었다.

진초운의 감각이 그들을 잡아냈다.

‘젊은 녀석들인데도 걸음걸이가 극히 가볍고 자세가 안정되어 있다. 어려서부터 무공을 익힌 놈들일까? 누구지? 십원문이나 오할파 놈들일까? 아니면 왕가 놈의 배후에 있는 놈이 조사하러 온 걸까?

별로 걱정하지는 않았다.

‘어떤 놈이 오든 우리를 건드리면 백배로 갚아주면 돼. 신경 끄자.’

다시 집 쪽으로 발걸음을 옮기려고 했다.

그때 어슬렁대던 사람들 중 하나가 그를 불렀다.

“거기 당신!”

진초운이 고개를 돌렸다.

“저요?”

남자 하나가 그에게 손짓했다.

“그래, 너. 이리 좀 와봐라.”

진초운은 순간적으로 기분이 상했다.

'이게 언제 봤다고 오라 가라야?'

하지만 사고 치기 싫었다. 그다지 좋지 않은 표정으로 그들에게 걸어갔다.

"무슨 일이쇼?"

폐허 앞에는 남자 셋과 여자 하나가 있었다. 그중 한 남자, 홍소천이 말했다.

"너 이 건물이 왜 무너졌는지에 대해서 좀 아는 거 있나?"

"뉘신데 초면에 반……."

"우리는 육검문에서 나왔다."

진초운의 얼굴빛이 조금 나빠졌다.

'육검문. 무황성 계열 문파다. 그중에서도 잘나간다는 열두 문파 중 하나다. 이들이 왜 우리 동네에 오는 거야? 어쨌든 개입하지 말자.'

"그다지 잘……."

홍소천이 철전 한 줌을 내밀었다.

"쓸 만한 정보를 준다면 이 돈은 네 거다."

돈을 본 즉시 진초운의 태도가 바뀌었다.

'돈이다, 돈. 미미한테 돈 벌어왔다고 자랑할 수 있겠다.'

"하하하. 사람 잘 고르셨네요. 이 사건에 대해서 저만큼 잘 아는 사람이 없을 겁니다."

홍소천의 얼굴에 의심의 빛이 떠올랐다.

“어째서 그렇지?”

진초운은 뜨끔했다.

‘아차차. 돈에 눈이 멀어 말실수를…….’

즉시 변명했다.

“이곳이 무너진 후 해체 작업을 할 때 저도 참여했으니까
요. 제가 제일 열심히 일했죠.”

홍소천은 진초운의 모습을 살펴보았다.

‘검을 차고 있으나 그건 장식품 수준으로 보이는군. 옷이
낡았으니 잘사는 사람도 아니고. 꿩이 두 마리라. 사냥꾼에게
서 사가는 걸까? 어쨌든 경계할 자가 아니군.’

비로소 의심을 풀었다.

“잘됐군. 그럼 이곳에서 해체 작업을 할 때 네가 무엇을 봤
는지 자세히 설명해 보아라.”

진초운은 자신이 작업을 하면서 본 것을 술술 늘어놓았다.

“마치 번개를 맞은 것 같았어요. 여기저기가 타 들어가 있
고, 건물은 폭삭 내려앉았고…….”

거짓없이 해체 작업 과정에서 본 것 그대로를 계속 설명했
다. 하지만 애초에 어떻게 건물을 무너뜨렸는지에 대해서는
한마디도 하지 않았다.

설명이 끝낸 진초운은 손을 내밀었다.

“그게 다예요. 돈 주시죠?”

홍소천 그의 손에 철전 열 개를 얹어주었다.

“수고했다. 도움이 많이 됐다.”

돈을 받은 진초운은 신이 나서 집으로 걸어갔다. 돈의 감촉이 너무 좋았다.

“돈이다, 돈. 우히히히!”

좋은 건 좋은 거고 걱정도 들었다.

‘난 이놈의 성질머리가 문제야. 미미가 납치됐다는 말을 듣고 성질대로 다 때려 부순 게 벌써 문제가 되네. 육검문의 날파리들은 여기 왜 끼어드는 거야? 이거 곤란한데?

하지만 그런 근심도 금방 털어버렸다.

‘에라. 어떻게든 되겠지. 내가 했다는 증거가 없는데 지들이 어쩔 거야?

진초운이 사라지고 나자 육검문주의 손녀딸 육여경이 홍소천에게 질문했다.

“소천 오라버니, 어때요?”

육검문주의 셋째 제자, 홍소천이 눈썹을 찌푸리며 폐허를 돌아보았다.

“모르겠다. 정말 번개가 한 자리에 열 번이나 떨어진 걸까? 그냥 믿기에는 너무 진귀한 일이구나.”

“할아버지께서는 혹시 무슨 다른 이유가 있을지도 모른다고 하셨어요. 우린 그걸 조사하러 온 거잖아요.”

“하지만 조금 전 그자의 말도 그렇고, 남은 흔적들도 그렇고, 정말 번개에 맞은 것 같단 말이야. 횟수가 한 번이라면 의심할 여지도 없는 번개의 자국인데…….”

육여경이 입술을 내밀었다.

“우웅. 우리 헛걸음한 거예요? 이건 무황성에서도 관심을 가진 일이라기에 잔뜩 기대하고 따라왔는데.”

“하하. 녀석, 그러니까 오지 말라고 했잖아.”

“그래도 성과가 전혀 없는 건 아녜요.”

홍소천이 조금 기대를 했다.

“응? 우리 여경이가 뭔가 발견한 게 있니?”

그녀가 배시시 웃었다.

“헤헤. 좀 전에 그 남자, 잘생겼잖아요. 뭔가 분위기도 있고. 눈이 호강을 했어요.”

홍소천은 실망감에 속으로 혀를 찼다.

‘쳇. 그러면 그렇지. 이 철없는 녀석이 공과 사를 구분하기를 바라다니.’

그녀는 홍소천이 무슨 불평을 하는지 모르고 계속 종알댔다.

“그렇게 잘생긴 남자가 왜 사냥꾼이나 하는지 몰라요.”

홍소천의 눈빛이 조금 가라앉았다.

“그는 사냥꾼이 아니다.”

“네? 하지만 꿩을 두 마리나 가지고 있었는데요? 허리에 칼도 차고 있었고요.”

“그의 피부는 여자처럼 하얗더구나.”

진초운은 동굴 생활을 삼 년이나 했다. 자연히 피부가 창백해졌다. 이제는 내공이 하도 높아져 하루 종일 땡볕에 있어도 살이 타지 않는다.

지금은 여자들이 부러워할 정도로 피부가 좋았다.

육여경은 홍소천의 말을 이해하지 못했다.

"그러니까 더 보기 좋잖아요."

"사냥꾼이라면 까맣게 탔어야지."

육여경이 그때서야 손뼉을 쳤다.

"아, 그렇구나!"

"이제 와서 알았다고 해봐야 늦었다, 우리 둔탱이 여경아."

"흥. 모를 수도 있죠 뭐. 그럼 소천 오라버니는 그 남자의 신분이 뭔지 알아내셨어요?"

"글쎄다. 한번 봐서 어떻게 알겠냐? 외모만 보면 병을 가진 서생이라고 하는 것이 적당하지만……."

육여경의 눈빛이 잦아들었다.

"어머. 그럼 시한부 생명을 가진 슬픈 서생이네요. 분명히 출생의 비밀도 있을 거예요. 어쩐지 분위기가 있더라니……."

홍소천이 피식 웃었다. 지금까지 육여경의 이런 모습을 한두 번 본 게 아니다.

"하지만 병이 있는 약한 자라면 이곳의 해체 작업에 참여했을 리가 없지. 게다가 허리에 차고 있던 검은 사냥용이 아

니야. 무공을 익힌 자일까 생각해 봤지만 그런 기색도 없더구
나. 아마 뭔가 익혔다고 해도 보잘것없는 수준이겠지.”
　“그럼 조금도 이상하지 않다는 거예요?”
　“아니, 뭔지 모르겠지만 조금 이상한 느낌이 드는 녀석이
기는 하다.”
　육여경이 제안했다.
　“그럼 뭐가 이상한지 우리 자세히 조사해 보는 건 어때
요?”
　홍소천이 육여경의 머리에 꿀밤을 때렸다.
　“요 녀석!”
　“아얏!”
　“임무를 받고 온 녀석이 마음은 콩밭에 가 있구나.”
　육여경이 발끈했다.
　“이상하다니까 조사해 보자는 건데 뭐가 나빠요?”
　“그놈 얼굴이 못생겼어도 네가 조사하자고 했을까? 우리는
놀러 온 것이 아니다. 이번 일과 상관없는 자들의 사정 하나
하나를 다 조사할 필요는 없다.”
　“쳇. 할아버지한테 다 일러줄 거예요. 소천 오라버니가 날
때렸다고.”
　오할파의 무사 하나가 구석에서 그들의 모습을 유심히 살
펴보고 있었다. 홍소천이 그를 힐끗 쳐다보았다. 무사는 화들
짝 놀라더니 그대로 도망쳤다.

안내역으로 따라온 십원문의 무사가 홍소천에게 설명했다.

"저놈은 오할파의 무사입니다. 대협을 보고 겁을 먹었나 봅니다."

홍소천은 뭔지 모를 불길한 예감이 들었다.

'오할파 놈이 왜 나를 감시하는 거지?'

전충이 으쓱한 곳에 있는 허름한 건물에 들어섰다. 그가 들어서자마자 안쪽에서 강한 기운이 뿜어져 나왔다.

"누구냐?"

전충이 주변을 둘러보았다. 네 명의 남자가 벽에 등을 기대고 앉아 있었다. 그들의 몸에서 풍기는 기운이 상당히 날카로웠다.

전충이 질문했다.

"전귀사견?"

남자들 중 하나가 으르렁거렸다.

"우리 앞에서 그렇게 부르는 자가 있다니. 죽고 싶으냐?"

살기가 따갑게 전충의 피부를 찔렀다. 전충은 그 기운을 느끼고 감탄했다.

'낮은 실력이 아니다. 만약 넷이 함께 공격하면 내가 진다!'

그는 재빨리 말을 바꿨다.

"미안하오, 금신사호. 의뢰가 있어서 왔소."

"크흐흐흐, 의뢰라. 돈이 되는 의뢰라면 네 무례를 용서해

주지."

전충이 돈주머니를 그 사내의 앞으로 툭 던졌다.

"은자 열 냥이오."

전귀사견 네 명의 눈에서 빛이 뿜어졌다. 그중 하나가 칼끝으로 주머니를 열었다.

"틀림없군. 그래, 의뢰 내용은?"

"한 놈을 이 마을에서 쫓아내 주시오."

"단지 그 정도 의뢰로 이 돈을 준다는 건가?"

"놈이 약간의 무공을 가지고 있소. 삼 년 전에는 이 동네에서 가장 강했다고 하오."

"크흐흐. 누군지 알겠군. 나도 예전에 이름은 들어봤다. 진초운이라는 애송이 이야기겠군."

"그렇소. 그를 이 마을에서 조용히 쫓아내 주시오. 소문나지 않도록 조용히 처리해야 하오. 그리고 가능하면 다시는 돌아오지 못하게 해주시오."

"흐흐흐. 알았다. 우리 금신사호에게 맡겨라. 누가 그놈에게 돌아오라고 사정해도 싫다고 할 정도로 확실히 손을 봐주지."

전충은 비로소 안심했다.

'저축의 상당 부분이 날아갔지만 미래를 위해서 이 정도 투자는 해야지.'

"그럼 금신사호 여러분만 믿겠소."

진초운이 집에 돌아왔다. 유미미가 먼저 와서 기다리고 있었다. 그녀는 진초운의 손에 들린 꿩 두 마리를 보고 손뼉을 치며 좋아했다.

"와아아! 꿩을 두 마리나 잡았어요?"

진초운은 의기양양했다.

"하하하. 이게 전부가 아니지."

유미미의 눈이 기대감을 가지고 반짝였다.

"또 뭐가 더 있어요?"

진초운이 한 손을 내밀어 쫙 폈다.

"철전 열 개. 돈 벌어왔다!"

유미미는 너무 좋아서 팔짝팔짝 뛰었다.

"꺄아악! 돈이다, 돈! 우리 오라버니 최고!"

진초운은 돈을 보고 좋아하는 유미미를 보며 생각했다.

'미미 녀석. 돈에 쌓인 게 많군. 하긴, 나도 남 이야기 할 처지가 아니지. 앞으로 돈을 좀 많이 벌어야겠는데?'

하지만 곧바로 그 생각을 바꿨다.

'마을에 무림인이 늘어난 것 같아. 왕가 놈의 집을 무너뜨린 것 때문이겠지. 당분간 자중하자. 돈은 그놈들이 떠난 후에 벌어도 되니까.'

*　　　　*　　　　*

오할파의 문주 종사동은 금고를 열어보고 한숨을 푹푹 쉬었다.

"이 땅과 건물을 담보로 잡히고 돈을 빌렸는데도 이것밖에 남지 않다니. 큰일이구나."

총관이 옆에서 인상을 썼다.

"이게 다 십원문 놈들 때문입니다. 놈들이 고수를 부리지만 않았어도 이렇게 됐겠습니까?"

"내 말이 그 말이다. 쳐 죽일 놈들. 내가 그냥 넘어갈 줄 알아? 총관, 천랑파에서는 고수를 언제 보내준다고 하나?"

총관이 머뭇거렸다.

“그게……”

“왜? 오래 걸린데?”

“고수는 당장이라도 보내줄 수 있다고 합니다. 추요진이라고 아시지 않습니까?”

“알지. 천랑파의 고수잖아. 실력이 상당하다던데?”

“그자가 현재 여기서 가까운 곳에 여러 무사와 함께 머무르고 있다고 합니다.”

“잘됐군. 그럼 그자에게 당장이라도 와서 놈들을 좀 처리해 달라고 해. 특히 나를 위협한 그놈은 꼭 잡아서 죽여달라고 신신당부를 하라고.”

“그렇게 했는데 그게……”

“왜? 무슨 문제라도 있어?”

“돈을 달랍니다.”

“뭐?”

“고수를 쓰고 싶으면 그에 합당한 돈을 내놓으라고 합니다.”

종사동이 탁자를 내려쳤다.

“돈이라니! 그동안 상납한 돈이 얼만데 이런 일 하나 해주면서 돈을 달래!”

“하지만 어쩌겠습니까? 칼자루를 쥔 건 천랑파인데요.”

종사동은 답답했다.

“젠장. 아무리 사파라지만 해도 해도 너무하는군. 그래서 얼마나 달래?”

총관이 금고를 힐끗거렸다.

"남은 돈을 다 바쳐야 하지 않을까 합니다."

종사동이 화를 버럭 냈다.

"뭐가 어쩌고 어째? 그걸 말이라고 하는 거야?"

"제, 제가 달라고 한 것이 아닙니다. 저에게 화내지 마십시오."

그때 오할파의 무사가 달려왔다.

"문주님, 큰일 났습니다!"

종사동이 소리를 빽 질렀다.

"쫄딱 망하는 것보다 더 큰일이 어디 있어!"

기가 죽은 무사가 더듬거렸다.

"그, 그래도 큰일인데……."

"큰일이 아니면 죽을 줄 알아라. 무슨 일이냐?"

"옆 동네에 왕가 놈이 벼락 맞아 죽은 일 말입니다."

"그놈이 죽든 말든 우리랑 무슨 상관이야? 무사를 잔뜩 거느린 놈이라 거슬렸는데 죽어버렸으니 오히려 잘됐지."

"그 일을 조사한다고 육검문에서 사람이 나왔습니다."

종사동의 얼굴이 굳었다.

"뭐? 육검문?"

"그렇습니다. 거기서 사람이 세 명이나 나와서 그 일을 조사하고 있습니다."

종사동이 투덜댔다.

"젠장. 우리가 줄을 대는 천랑파는 돈을 처먹지 않으면 오지 않겠다고 하는데 저쪽에서는 번개 맞아 죽은 놈까지 조사하겠다고 사람이 찾아오네. 이래서야 어디 경쟁이 돼?"

총관이 급히 말했다.

"지금 그게 문제가 아닙니다. 우리 아이들 철수시켜야 합니다. 잘못하다 육검문 놈들이랑 시비라도 붙으면 큰일 납니다."

"젠장. 십원문 놈들도 처리 못했는데 도망부터 쳐야 한다는 거야?"

"문주님, 어쩔 수 없습니다."

종사동이 억울함을 참지 못하고 잔뜩 인상을 썼다. 그러다가 퍼뜩 떠오르는 생각이 있었다.

"아니야. 이걸 이용하자."

"예?"

"내가 천랑파에 전서를 날리겠다."

"육검문이 나타났다는 전서 말입니까?"

"미련한 놈. 그게 아니다. 왕가 놈의 집에 뭔가 보물이 있는 것 같다고 하겠어."

"예? 거기 보물이 있었습니까?"

"알게 뭐야. 중요한 건 육검문에서 나와서 조사하고 있다는 거지. 그 이유가 보물 때문인 것 같다고 하는 거야."

"그것만으로 움직일까요?"

"움직인다. 육검문과 천랑파는 경쟁 관계. 더구나 보물이 걸려 있다. 구경만 한다면 사파가 아니지."

총관이 주먹으로 손바닥을 탁 쳤다.

"그거 정말 좋은 계책이십니다."

종사동이 만족한 얼굴로 말했다.

"흐흐흐. 그게 끝이 아니다. 둘이 싸워 천랑파가 이기면 우리는 더 이상 그 고수 놈을 신경 쓸 필요가 없어지지. 사람들에게 돌려줬던 돈도 다시 회수할 수 있어. 이자까지 붙여서 회수하겠어. 그 죽일 놈. 어디 두고 보자!"

＊　　　＊　　　＊

육검문의 홍소천은 개천 마을의 벼락 사건 조사를 하루 만에 끝낼 생각이 없었다. 그는 다음날 주변 사람들에게 이것저것 물으며 정보를 캐냈다.

사람들은 숨길 것이 없었다. 묻는 대로 솔직히 대답했다. 오히려 과장까지 섞여들었다.

"아, 글쎄 하늘에서 신장이 내려와서는 손짓을 하니까 천둥 번개가 쩍쩍 떨어졌다니까요."

마을 사람의 말에 홍소천이 이마를 짚었다.

"끄응. 신장이 내려와? 선녀들은 안 따라왔고?"

마을 사람이 잠시 생각하는 듯하더니 말했다.

"그러고 보니 선녀를 본 것도 같네요. 그 뒤로 천군 십만 명이 새를 타고 내려오는데……."

"됐으니까 가쇼, 가."

"아니, 아직 드릴 말씀이 더 많이 남았는데요."

홍소천이 소리를 버럭 질렀다.

"아, 그냥 가라니까!"

마을 사람이 찔끔해서 물러섰다. 자존심이 상했다. 조그마한 목소리로 불평했다.

"쳇. 물어볼 땐 언제고 성질은……."

홍소천이 그를 쏘아보았다. 마을 사람이 깜짝 놀라 도망쳤다.

육여경이 그에게 질문했다.

"소천 오라버니, 어때요?"

홍소천이 고개를 가로저었다.

"사람들마다 이야기가 서로 너무 다르고 과장이 심하구나. 지금 저 사람이 그중에 발군이다. 신장이 천군 십만을 데리고 오다니. 말이 되지 않아."

"우웅. 왜 하필 신장일까요?"

"이 마을은 이백 년 전의 고수인 검제 진양백의 고향이다. 그에 관한 전설 중 하나로 저것과 비슷한 이야기가 있다. 진 양백이 하늘에서 신장처럼 내려와 번개를 때렸다던가? 뭐 그 런 이야기였지. 천둥소리가 들렸다고 하니까 그 이야기를 떠올리고 거짓말을 하는 게 틀림없다."

"아, 그렇구나. 그래도 사람들이 돈을 안 줘도 쉽게 이야기해 주네요? 어제 그 사람에게 돈을 괜히 줬나 봐요."

"아니, 어제 그 사람은 돈을 주지 않았다면 협조하지 않았을 거야. 그런 눈치가 보이기에 돈을 준 거란다."

"그래도 다른 사람들은 공짜인데……."

"그리고 그의 말은 과장이 없었어. 돈값은 충분히 했다."

그때, 걸쭉한 목소리가 그들에게 말을 걸었다.

"여어, 이게 누구야? 육검문의 홍소천 아닌가?"

홍소천의 고개가 획 돌아갔다. 그의 얼굴빛이 나빠졌다.

"추요진, 오랜만이군. 네가 여긴 무슨 일이냐?"

천랑파 문주의 넷째 제자 추요진이 대답했다.

"당연한 것을 묻는군. 무황성이 이 일에 육검문을 투입했으니 사혈련에서는 우리 천랑파를 움직여야 격이 맞겠지."

천랑파가 움직인 것은 보물과 육검문 때문이다. 하지만 추요진은 상관없는 사혈련을 아낌없이 팔았다.

홍소천은 의심이 들었다.

'무황성이야 무림의 소소한 사건에도 관심이 많지. 혹시 마두가 개입한 것이 아닌지 조사해야 하니까. 하지만 사혈련은 누가 죽더라도 신경 쓰지 않는 곳인데…….'

"끄응. 사혈련은 단지 번개가 떨어진 일 정도에 예민하게 반응하는군. 이유가 뭐지?"

"너희들과 같은 이유겠지."

"우리는 단지 같은 자리에 번개가 열 번이나 떨어진 것이 이상해서 조사하고 있을 뿐이다."

추요진이 홍소천을 따라 말했다.

"우리도 마찬가지야. 단지 번개를 조사를 하고 있을 뿐이다. 그래, 성과는 좀 나왔나?"

"흥. 네놈에게 이야기해 줄 의무는 없다."

"뭐, 그거야 나도 조사해 보면 알 수 있는 거니까 상관없다. 어차피 네 도움은 기대하지 않았으니까. 그보다……."

그의 눈이 음흉한 빛을 띠었다. 눈으로 홍소천의 곁에 서 있는 육여경의 몸매를 훑었다.

"미모가 상당한 아가씨로군. 애인이냐?"

육여경이 겁을 먹고 홍소천의 뒤로 숨었다. 홍소천은 발끈해서 검을 잡았다.

"여경이는 문주님의 손녀딸이다!"

추요진이 두 손을 들고 말했다.

"아아, 진정하라고. 그냥 궁금해서 물어본 거다. 알고 보니 육검문 제일의 미녀 육여경 소저셨군. 역시 명성대로야."

홍소천은 기분이 상했다. 육여경이 모욕당하는 것이 싫었다. 당장 검을 뽑아 추요진의 목을 치고 싶었다.

하지만 그럴 수가 없었다.

'끄응. 놈들의 숫자가 더 많다. 우리 편은 나까지 넷. 십원

문에서 보내준 안내역은 무공이 별 볼일 없고, 장구 이 녀석
은 제 몸 지키기도 버겁겠지. 내가 추요진을 상대하는 동안
여경이가 위험해진다.'

그는 손보다 머리가 빨리 도는 남자다. 곰같이 미련했다면
이런 일에 투입되지 않는다. 계산을 끝내고 나자 도저히 싸울
수가 없었다.

"칫. 추요진, 이번 한 번은 그냥 넘어가겠다."

추요진이 눈알을 굴렸다.

'저년은 육검문주의 손녀. 함부로 삼켰다가 들키면 뒷감당
을 할 수 없다. 더구나 지금은 임무를 받아온 상태. 아깝지만
할 수 없지. 나중에 혹시라도 증거를 남기지 않을 만한 기회
가 온다면 그때 잡아먹어야겠다.'

추요진 역시 손보다 머리가 빨리 돌기는 마찬가지다. 천랑
파에서 그의 위치는 육검문의 홍소천과 비슷했다.

계산이 선 그가 당당히 말했다.

"나는 싸우러 온 것이 아니다. 그냥 정보나 좀 얻어볼까 한
거지."

홍소천이 차갑게 말했다.

"네게 줄 정보 따위는 없다. 그냥 조용히 조사나 하다 가
라."

"아, 그럴 참이다."

이미 구경꾼들은 잔뜩 몰려 있었다. 혹시 무림인들 사이에

싸움이 벌어지지 않나 해서였다. 그들은 싸움이 일어나지 않고 일이 정리되자 상당히 실망했다.

"쳇! 싸울 것처럼 하더니."

"모처럼 좋은 구경거리였는데."

구경꾼들 사이에서 진초운이 인상을 썼다. 그는 두 사람의 대화만 듣고 약간의 오해를 했다.

'젠장. 겨우 그 정도 일에 무황성과 사혈련이 개입한 거야? 이거 정말 난처하게 됐군.'

추요진이 구경꾼들을 두리번거렸다. 홍소천의 앞에서 정보를 캐는 척하기 위해서였다.

그의 눈이 번쩍 뜨였다.

'호오. 이런 시골에 저런 미녀가?

그가 발견한 사람은 바로 유미미다. 그녀는 요새 잘 먹은 덕분에 벌써 살이 오르기 시작했다. 그래도 마른 정도가 정상인에 비하면 상당히 심했다.

하지만 불쌍할 정도로 바짝 말랐을 때도 수라진혼권 왕호진이 군침을 삼키던 유미미다. 그녀 나이 열여섯. 살이 붙기 시작하자 어린 듯하면서도 성숙한 미모가 본격적으로 빛을 내기 시작했다.

그리고 그녀의 곁에는 진초운이 서 있었다.

유미미는 추요진이 음탕한 눈으로 자신을 쳐다보자 겁이 났다. 얼른 진초운의 팔을 잡았다.

추요진의 눈썹이 꿈틀거렸다.

'벌써 남자가 있다 그거지? 얼굴값을 하는군. 상관없다. 남자 놈은 겁을 줘서 쫓아버리면 그만이니까.'

그가 진초운을 가리켰다.

"거기 너!"

진초운은 뜨끔했다.

'혹시 이놈이 내 짓인 걸 알고 온 걸까? 말로만 듣던 사혈련의 정보력이 그 정도로 대단한 걸까? 아니야. 그럴 리가 없어. 지들이 무슨 귀신도 아니고.'

홍소천과 육여경은 진초운을 알아보았다. 육여경이 홍소천에게 소곤거렸다.

"소천 오라버니, 저 사람은 어제 돈 먹고 이야기해 준 사람이잖아요?"

홍소천의 얼굴이 굳었다.

"나도 봤다."

추요진이 진초운에게 손가락을 까닥였다.

"너 말이다, 너!"

진초운은 울컥했다.

'이게 죽을라고.'

꾹 참고 대답했다.

"왜 그러십니까?"

추요진이 호통을 쳤다.

"이놈! 내가 불렀으면 냉큼 달려와야지 뭐가 그리 말이 많아? 죽고 싶으냐?"

진초운은 어이가 없었다.

'누굴 죽여? 날? 돌아가시겠네. 이걸 비 오는 날 먼지나도록 한번 패봐?'

하지만 보는 눈이 너무 많았다.

할 수 없이 추요진에게 걸어갔다. 유미미가 그의 팔을 놓지 않고 따라 걸어갔다. 진초운은 굳이 유미미를 떼놓지 않았다. 추요진 한 수레가 와도 그녀를 지킬 자신이 있었다.

"무슨 일이십니까?"

추요진이 시비를 걸었다. 그가 무너진 건물의 잔해를 가리켰다.

"저기서 무슨 일이 있었는지 말해라. 제대로 대답하지 못한다면 나를 무시하는 것으로 알고 검으로 훈계를 하겠다. 네 놈도 검을 차고 있으니 불만은 없겠지?"

밑도 끝도 없는 억지였다.

진초운은 생각을 굴렸다.

'칼로 베는 것까지 맞아줄 수는 없지. 이놈 분위기를 보니 조용히 해결하기는 글렀고. 까짓거 잘못되면 다 조져 버리고 다른 지방으로 튀지 뭐. 미미만 데려가면 돼. 어차피 이 동네 사람들에게는 정이 뚝 떨어졌으니까.'

마음의 정리를 한 진초운이 조금 세게 나갔다.

“철전 열 개.”

추요진은 그게 무슨 소리인지 이해하지 못했다.

“뭐?”

“육검문에선 정보의 대가로 철전 열 개를 줬습니다. 같은 액수의 돈을 주면 같은 정보를 주겠습니다.”

추요진의 얼굴이 붉어졌다.

“이놈이 감히 거짓말을 하다니!”

진초운이 내심 기대를 했다.

‘칼만 빼봐. 개처럼 짖게 만들어주마.’

그때 홍소천이 끼어들었다.

“추요진, 나는 그에게 분명히 철전 열 개를 주었다.”

추요진이 홍소천을 노려보았다.

“그래서?”

“나는 돈을 주었는데 너는 공짜로 듣겠다니. 그러면 공정하지가 않지.”

“그래서 어쩌겠다는 거냐!”

“공정하지 않은 것을 보고 있으면 어찌 정파라 할까? 네가 나의 일을 도운 자를 벤다면 나도 두고 보지는 않겠다.”

추요진이 신음 소리를 냈다.

“끄응.”

‘하여간 이래서 정파 놈들은 재수가 없어. 하찮은 명분으로 우리 일을 방해하지. 건방진 놈들 같으니라고.’

그의 눈빛이 독해졌다.

'그렇다고 방법이 없는 건 아니지. 원래 앞에서는 양보하고 뒤에서 이익을 챙기는 것이 내 수법.'

추요진이 물러섰다.

"좋다, 좋아. 나도 이 마을에서 싸움을 하고 싶지는 않다. 나는 따로 알아보겠다. 흥."

그가 진초운을 보고 한마디 뱉었다.

"한 수 가르쳐 주려고 했더니 홍가 놈이 방해하는군. 네 복이 거기까지라고 생각해라."

'오늘 밤이 되면 나에게 반항한 네 복이 어디까지인지 뼈저리게 느낄 것이다.'

그는 속셈이 있기에 그것을 끝으로 그 자리를 떠나 버렸다.

진초운이 그의 뒷모습을 보며 피식 웃었다.

'운 좋은 놈.'

그리고는 홍소천을 돌아보았다.

'뭐, 저 녀석 덕분에 귀찮은 일을 넘겼으니까.'

고개를 살짝 숙여주었다. 홍소천이 웃으며 손을 흔들었다.

유미미가 하얗게 질린 얼굴로 진초운의 팔을 당겼다.

"오라버니, 죽고 싶어서 환장했어요?"

"뭐가?"

"저 사람은 진짜 무림인이란 말이에요. 그것도 사파의 사람이에요. 그런 사람에게 돈을 요구하다니요!"

"너 나 못 믿어?"

"오라버니의 실력은 옛날에나 통했죠. 진짜 무림인에게는 먹히지 않아요."

"미미야, 옛날에도 삼류무사들 정도는 내 상대가 아녔어."

"저 사람은 척 보기에도 되게 세게 생겼잖아요. 오라버니는 상대도 안 돼요."

"니가 잘 몰라서 그러나 본데 나 꽤 세다."

"시끄러워요. 어서 가욧!"

진초운은 화가 난 유미미에게 끌려갔다.

육여경이 그들의 뒷모습을 보다가 홍소천에게 따졌다.

"소천 오라버니, 왜 그러셨어요?"

"뭐가?"

그녀는 잔뜩 삐쳐 있었다. 목소리도 날카로웠다.

"그놈이 저를 음탕하게 쳐다볼 때에 오라버니는 싸움을 마다하셨잖아요. 그런데 겨우 저런 사람이 위기에 처했을 때는 왜 나서셨어요?"

"정파의 무사로서 당연한 일이지."

육여경이 의심스러운 눈초리로 그를 보았다.

"흐음. 손해 보는 일을 할 소천 오라버니가 아닌데……."

그녀가 멀어지는 유미미를 가리켰다.

"혹시 저 여자가 마음에 들어서 그런 거예요?"

“하하하. 그렇게 보이니?”

“그렇게 보여요. 흥. 내 경우는 참고 저 여자 경우는 화내고. 너무해요!”

“너 지금 질투하냐?”

“흥. 흥. 흥. 내가 왜 오라버니한테 질투해요? 오라버니 얼굴은 내 눈높이에서 한참 못 미치네요.”

홍소천이 웃으며 설명했다.

“네가 조금만 주의 깊게 봤다면 눈치 챘을 텐데. 그건 추요진 녀석의 일을 방해하기 위해서였다.”

“예?”

“여기 사람들은 내가 저 녀석에게 돈을 주고 이야기를 들었다는 걸 알게 됐다. 이제 그 사건에 대한 정보를 얻기 위해서는 돈을 받아야 한다고 생각할 거다. 지금 대화를 들었다면 당연히 그렇게 믿겠지.”

“하지만 천랑파는 사파예요. 돈을 쉽게 줄 리가 없어요.”

“물론이지. 대신에 마을 사람들은 받아야 할 돈을 못 받는다고 생각하니 손해 본 느낌이 들겠지.”

“그건 그렇겠죠.”

“그럼 제대로 된 정보를 내놓을 리 없다. 우리가 들은 것보다 훨씬 더 허황된 이야기나 떠들겠지. 추요진도 바보는 아니니 머지않아 자기가 헛짓하고 있다는 것을 깨닫겠지.”

육여경은 그때서야 이해하고 마음을 풀었다.

"아하. 그래서 그랬구나."

홍소천이 얼굴을 살짝 굳혔다.

"그리고 하나 더. 좀 전의 그 남자."

"그 남자가 왜요?"

"그는 유일하게 제대로 된 이야기를 전해준 남자다. 나는 그의 말을 기준으로 삼았다. 다른 사람들의 이야기에서 과장된 것을 제거하는 기준이 됐지. 성과가 조금은 있었어."

"그래서 돈값은 했다고 한 거네요?"

"그래. 그리고 내가 나섰기 때문에 추요진은 이제 그의 이야기를 못 듣게 됐지. 그놈은 이제 정말 헛소문만 잔뜩 듣게 될 거야."

육여경이 손뼉을 쳤다.

"역시 소천 오라버니. 머리 돌아가는 건 정말 우리 문파에서 최고예요."

홍소천이 웃었다.

"설마 내가 최고일 리가 있느냐? 장로님들에 비하면 아직 멀었다."

그러면서 진초운이 사라진 쪽을 돌아보았다. 그는 육여경에게 말하지 않은 것이 있었다. 약간 미심쩍었다. 생각을 집중하다 보니 눈이 가늘어졌다.

'그런데 저 남자, 추요진의 앞에서 지나치게 당당했어. 뭘 믿은 거지? 설마 별 볼일 없어 보이는 무공을 믿은 건 아닐 테고.'

그의 눈이 번쩍 뜨였다.

'혹시 날 믿은 건가? 내가 개입할 것을 예상했던 걸까? 만약 그렇다면 그는 상당한 책사라는 소리. 피부가 하얀 것은 집 안에서 책만 읽었다면 그럴 수 있는 일.'

길을 가다 돈을 주운 기분이 들었다.

'좋은 인재는 언제나 귀하지. 이거 잘하면 쓸 만한 문사를 하나 구하겠는데?'

어떻게 고용할지는 걱정하지 않았다.

'돈 좋아하는 녀석 같았어. 돈을 준다고 하면 즉시 내 밑으로 들어오겠지.'

그날 밤, 배를 드러내 놓고 잠을 자던 진초운이 졸린 눈을 억지로 떴다. 기지개를 켜며 크게 하품을 했다.

"하아암. 젠장. 어떤 자식이 잠도 못 자게 하는 거야?"

그 시간, 천랑파 문주의 넷째 제자 추요진이 진초운의 집을 쳐다보고 있었다.

"그 건방진 놈의 집이 여기란 말이지? 오냐? 철전 열 닢을 원했으니 그 대신으로 몸에 칼침 열 방을 놔주마."

그는 복면을 뒤집어썼다.

"흐흐흐. 그리고 그년, 이런 시골에서 썩을 미모가 아니야. 한번 데리고 놀고 끝낼 게 아니라 아예 잡아가서 내 첩으로

삼아야겠다. 네년도 그런 촌 녀석보다는 나 같은 진짜 남자의
여자가 되는 걸 더 좋아하게 될 거다.”
그의 뒤에서 진초운이 말했다.
“꿈이 참 야무지구나.”
추요진은 심장이 튀어나올 것처럼 놀랐다.
‘누군가 내 이목을 속이고 뒤를 잡다니!
뒤를 돌아보며 고함을 쳤다.
“누구… 켁!”
턱을 얻어맞고 고개가 앞으로 돌아갔다.
진초운이 추요진의 복면을 확 잡아당겼다. 복면이 단숨에
벗겨졌다.
‘공짜로 복면이 생겼다. 이거도 사려면 다 돈인데.’
그는 즉시 빼앗은 복면을 머리에 썼다. 추요진이 비틀거리
다가 겨우 뒤돌아섰다. 이미 진초운의 얼굴은 복면에 가려진
후다.
추요진이 검을 뽑았다.
“네놈은 누구냐!”
“알면 넌 죽어.”
“뭐, 뭣이? 이놈, 내가 누군지 아느냐?”
진초운이 발을 뻗었다. 추요진은 깜짝 놀랐다.
‘발놀림이 예사롭지 않다. 하지만 이쯤이야……’
그는 급히 보법을 밟으며 그것을 피했다.

진초운의 발이 추요진의 뱃속을 파고들었다.

"꺼윽……."

너무 아파 정신이 다 빠져나가는 것 같았다.

'부, 분명히 피했는데…….'

더 이상 깊은 생각은 할 수 없었다. 진초운의 발이 그의 다리를 툭 쳤다.

다리가 부러지는 것처럼 아팠다. 실제로 뼈에 금이 갔다. 중심을 잃은 몸이 호되게 넘어졌다.

일단 자빠지고 나자 발길질이 쏟아졌다. 진초운은 아무 말도 하지 않았다.

추요진은 그 발길질을 막으려고 했다. 하지만 막아지지가 않았다. 자신이 배운 모든 방어 초식을 동원했다. 아무 소용없었다. 단 한 번도 막지 못하고 짓밟혔다.

그는 이해할 수 없었다. 뼈에 금이 가는 고통 속에서 머리를 굴렸다.

'내가 언제 이런 고수와 원한을 쌓았던가?'

생각나지 않았다. 그동안 수많은 죄를 저질렀지만 감당하지 못할 만한 고수와는 원한을 쌓지 않았다.

'오늘도 육여경 그년이 있어서 그냥 물러났는데… 그동안 조심했는데 왜…….'

진초운이 발길질을 멈췄다. 얻어맞던 추요진은 두 팔을 들어 얼른 얼굴을 가렸다.

진초운이 말했다.

"왜 맞는지 알고 싶냐?"

추요진이 팔을 슬그머니 내리며 질문했다.

"그, 그렇습니다. 가르쳐 주십시오."

진초운이 복면 속에서 씩 웃었다.

"싫은데?"

그의 발바닥이 추요진의 얼굴에 작렬했다.

"케엑!"

추요진은 고수다. 내공이 충만하여 외부의 충격에 버티는 힘이 강하고 쉽게 정신을 잃지 않는다.

그래서 그는 더 많이 맞았다. 정신을 잃지 않고 버티는 동안 계속 두들겨 맞았다.

하지만 그것도 한계가 있었다. 연이은 타격으로 몸의 혈도가 손상되고 단전의 내공이 흐트러졌다.

마침내 추요진이 더 이상 버티지 못하고 뻗었다.

"끄르륵……."

진초운은 혀를 찼다.

"생각보다 약해 빠진 놈이네."

그는 기절한 추요진의 다리를 잡고 걸어갔다. 추요진의 뒤통수가 땅바닥에 질질 끌렸다.

진초운은 추요진을 멀찌감치 떨어진 곳에 내다 버렸다. 손까지 털고 돌아온 그의 눈빛이 차가워졌다.

“저놈은 또 뭐야?”

복면조차 쓰지 않은 자 하나가 그의 집 담벼락을 기웃거렸다. 진초운은 그의 얼굴을 알고 있었다.

“육검문에서 나온 사람이군.”

육검문에서는 이번 일에 세 명을 보냈다. 홍소천과 육여경 외에 문장구라는 무사가 따라왔다. 진초운은 이미 그의 얼굴을 두 번이나 본 적이 있다.

그 문장구가 담장 너머에서 침을 삼키며 진초운의 집을 살피고 있었다.

진초운은 조금 긴장했다.

‘육검문은 어제부터 조사를 시작했지. 하루 만에 우리 집까지 쫓아오다니. 대단해.’

그는 문장구의 뒤에 서서 갈등했다.

‘죽여 없앨 수는 없고. 역시 미미를 데리고 이 동네를 떠나야 할까?’

문장구는 뒤에 진초운이 있는지도 모르고 기웃거리다가 혼잣말을 중얼거렸다.

“그 예쁜 여자애 방이 어딘지 알아야 들어갈 텐데… 겉으로 봐서는 알 수가 없으니…….”

진초운의 얼굴이 구겨졌다.

‘이놈도 미미를 노린 거야?’

그는 조용히 복면을 뒤집어썼다.

문장구가 입술을 핥았다.

"조용히 덮치고 나오려면 그 남자 놈이 모르게 해야 하는데. 소란 피웠다가 들키면 뒷감당이 안 되니까. 아, 이거 정말 고민되는 밤이구나."

진초운이 말했다.

"고민하지 마."

문장구가 고개를 휙 돌렸다.

"누구… 컥!"

그의 턱이 돌아갔다.

진초운이 주먹을 단단히 쥐었다.

"너, 사는 게 지루하지?"

"그, 그게 무슨 말……."

그의 주먹이 문장구의 배에 꽂혔다.

"끄어어……."

문장구까지 내다 버리고 온 진초운이 다시 한 번 다짐했다.

"정파건 사파건 하는 짓이 똑같아. 이놈의 무림인들은 도대체 지켜줄 필요가 없어."

짜증이 나서 고함을 질렀다.

"망할 놈의 세상! 절대로 안 지켜!"

그의 목소리를 들은 유미미가 잠을 깨서 문을 열었다. 졸린 눈을 깜빡이다가 진초운을 알아보고 말했다.

"오라버니, 안 주무시고 뭐 하세요? 혹시 또 배고프세요?"

그녀는 문을 열고 나왔다.

"뭐 좀 끓여 드릴까요?"

진초운이 급히 말렸다.

"아니다. 목이 말라서 나왔던 거야. 그냥 자라."

유미미가 졸린 눈으로 웃었다.

"헤헤. 그럼 전 잘게요."

그녀가 다시 문을 닫고 들어갔다. 진초운은 화가 났다.

"저렇게 착한 미미를 노리다니. 이 죽일 놈들. 깨워서 좀 더 밟아주고 와야겠다."

그의 몸이 그곳에서 꺼지듯 사라졌다.

다음날 홍소천과 육여경은 문장구가 없어졌음을 깨달았다.

홍소천은 불안했다.

"혹시 추요진 그놈이 손을 썼을까?"

홍소천은 즉시 문장구를 찾아 나섰다. 그 마을에 있던 십원문의 무사들을 모조리 동원했다.

문장구는 쉽게 찾아냈다. 그는 비틀거리며 홍소천에게 걸어오는 중이었다.

그의 모습을 본 육여경이 비명을 질렀다.

"꺄악!"

문장구의 얼굴은 퉁퉁 부어 제대로 알아보기 힘들 지경이었다. 그 부은 곳들은 모두 화려하게 멍이 들어 있었다. 일부러 그렇게 그리기도 힘들 정도로 다채로운 모양이 그의 얼굴에 가득했다.

몸도 마찬가지였다. 하도 얻어맞아 서 있기도 힘들어했다. 옷이 다 너덜너덜했다.

육여경은 무림문파의 여자다. 그럼에도 불구하고 이렇게 처참하게 맞은 사람을 본 기억이 없다.

"사람을 어떻게 이 지경으로……."

홍소천이 급히 문장구에게 질문했다.

"누구 짓이냐!"

문장구의 목소리가 떨렸다.

"복면인에게 당했습니다."

"복면인! 추요진 그놈 짓이군. 그놈이 너를 이렇게 만든 것이구나!"

화를 내려고 했으나 의문이 먼저 들었다.

"그가 지난밤에 우리 거처에 침입해 왔느냐? 하지만 그랬다면 내가 모를 리가 없을 텐데? 넌 어떤 수법에 당해서 그에게 붙잡힌 것이냐?"

문장구는 사실대로 말할 수가 없었다.

'남의 여자를 덮치러 갔다고 말하면 홍소천의 성격상 나를 가만두지 않을 거야.'

재빨리 거짓말을 만들어냈다.

"술 생각이 나서 잠시 나갔다가 그만……."

홍소천은 그의 말을 믿었다. 이미 추요진을 범인으로 확신하고 있기에 문장구가 적당한 핑계를 대자 그대로 믿어버렸다.

"흥. 그랬군. 어쨌든 추요진의 짓이 틀림없다. 가자. 놈에게 단단히 따져야겠다."

어제와는 상황이 달랐다. 어제는 육검문에서 온 그들 셋과 십원문의 안내역 한 명밖에 없었다. 오늘은 이 마을에 있던 십원문의 무사 여섯이 함께 있었다.

머릿수가 늘어나자 홍소천은 겁나는 게 없었다.

"가자! 가서 정파의 무서움을 보여주자!"

추요진을 찾아간 홍소천은 입을 떡 벌렸다.

"추… 요진?"

추요진은 몸의 뼈가 몇 개나 부러져 부목을 대고 있었다. 제대로 일어나지도 못하고 의원의 치료를 받았다. 그의 얼굴은 문장구보다 몇 배는 더 부어 있었다. 코가 삐뚤어졌고 눈은 제대로 떠지지 않았다.

추요진이 부어터진 눈으로 홍소천을 보고 부들부들 떨었다.

"네, 네놈이 고수를 보내 나를 이 꼴로……."

홍소천은 자기가 잘못 생각했음을 깨달았다.

"추요진, 너도 당하다니… 네가 우리 문장구를 저렇게 만든 것이 아니구나."

추요진이 욕을 했다.

"이 개자식아! 네가 저지른 짓을 누구에게 덮어씌… 컥!"

소리를 지르던 그가 고통을 참지 못하고 기절했다.

홍소천이 입맛을 다셨다.

"쩝. 꼴좋게 되기는 했지만… 누가 이랬을까?"

불길한 느낌이 들었다.

'길 가던 고수가 손을 썼을 수 있다. 하지만 그 가능성은 극히 낮아. 이 마을에 뭔가 있다. 이건 단순히 번개가 떨어진 정도의 일이 아니다. 좀 더 철저히 조사할 필요가 있어.'

홍소천이 뒤돌아서 걸어가며 말했다.

"전서구를 준비해라."

십원문의 무사가 질문했다.

"전서구라니요?"

"본 문에서 지원을 받아야겠다. 일이 심각해졌다."

남자 두 명이 멀찍이서 그들의 모습을 보고 있었다. 중년 남자가 난처한 얼굴로 말했다.

"이거 정말 곤란하게 됐군."

"저들의 부상은 우리가 한 일이 아닙니다. 걱정하실 필요 없습니다."

"미련한 놈."

"예? 무슨 말씀을……."

“우리가 안 한 게 지금 무슨 상관이냐? 저놈들에게 가서 우리가 안 했다고 변명이라도 할까?”

“죄, 죄송합니다.”

“저들은 육검문과 천랑파의 무사들이다. 저들이 이곳에서 부상을 당했다. 자기들끼리 치고받았을 수도 있고 다른 누군가에게 맞았을지도 모르지. 하지만 중요한 건 저들이 다쳤다는 사실이다.”

“그게 왜 문제가 되는지 저는 잘…….”

“생각해 봐라. 저들은 본래 조사가 끝나면 이 마을을 떠났을 거다. 하지만 이젠 입장이 다르지. 누군가에게 피해를 봤으니 아주 끝장을 보려고 할 거다.”

젊은 남자의 얼굴이 비로소 굳었다.

“그, 그러면 곤란해집니다. 이건 문주님께서 특별히 내리신 명령이라 반드시 완수해야 합니다.”

“그래서 내가 곤란하다고 하지 않았느냐? 잘못하면 왕호진이 여기서 뭘 찾고 있었는지가 드러난다. 곤란해. 위에서는 조용히 조사하라고 했는데 일이 커졌어.”

“대책을 세우셔야 합니다.”

“그래, 어떻게든 대책을 세워보자. 어쨌든 당분간 활동을 조심해야겠구나.”

며칠 뒤, 유미미는 새로운 소식을 하나 물어왔다.

"내일 석 부자 어른의 환갑잔치가 있어요."

진초운이 군침을 삼켰다.

"그 할아버지가 원래 소인배로 유명하지만 그래도 자기 자신한테는 아낌없이 쓰는 사람이야. 게다가 대단한 미식가. 그런 사람 잔치라면 먹을 게 많겠네?"

"저 엄청 기대돼요."

"그런데 그거 우리가 얻어먹으러 갈 수는 있는 거야? 내 기억에 그 할아버지의 생일잔치에는 초대받은 사람만 가는 거였는데? 설마 초대받은 건 아니지?"

유미미가 고개를 가로저었다.

"초대받을 리 없잖아요. 그리고 진짜로 초대받았으면 절대로 못 가요. 그렇게 가면 선물을 줘야 하니까요. 선물 살 돈을 왜 낭비해요?"

"선물보다 더 많이 먹고 오면 되잖아. 미미야, 내가 어떻게든 초대장을 마련해 볼까? 이 오라비가 예전에 석가장 일을 조금 처리해 준 인연이 있거든."

"아뇨. 더 좋은 방법이 있어요."

"무슨 방법?"

그녀의 눈이 빛났다.

"석 부자 어른은 우리 마을 최고의 부자예요. 그래서 잔치를 크게 하고 사람도 많이 써요. 전 잔치 준비를 도와주는 일감을 땄어요. 그거 도와주면 남은 음식을 실컷 먹을 수 있어요. 잘하면 좀 싸올 수도 있을 거예요. 돈도 벌고 음식도 잔뜩 먹을 수 있어요. 최고의 일감이에요."

진초운이 실망한 얼굴로 말했다.

"만약 네가 못 싸오면 난 그 집 음식 못 먹는 거야?"

유미미가 웃었다.

"오라버니 일도 얻어놨어요."

"내 일?"

"잔치 음식 만들려면 불을 많이 때야 해요. 오라버니는 가서 장작 패는 일을 하세요. 마침 그 집에 장작이 떨어졌는데

잔치 준비로 손이 나지 않는데요."

진초운이 신이 나서 말했다.

"장작 좋지. 니가 알다시피 내가 칼 좀 쓰잖아. 장작 패는
게 나한테 딱이지."

유미미가 선언했다.

"그러니까 오늘 아침은 굶어야 해요."

"응? 그게 무슨 소리야?"

"그래야 이따가 많이 먹죠. 다른 사람도 아니고 석 부자 어
른의 생일잔치 일은 저도 처음 잡은 거예요. 우리 단단히 준
비해요. 공짜 음식 많이 먹으려면 배를 완전히 비워놔야 해
요."

진초운도 불만은 없었다.

"히히. 그건 그래. 우리 배 터지게 먹자. 고기도 먹고."

"에? 그런 거 도와줘도 고기는 못 먹어요. 고기가 우리 몫
까지 남을 리가 없잖아요."

"그, 그런가?"

"하지만 밥이랑 나물 같은 건 마음껏 먹을 수 있으니 걱정
하지 마세요. 배 터지게 먹어도 뭐라고 안 해요."

"배 터지게! 좋지!"

총관은 진초운이 누군지 알고 있다. 예전에 그에게 몇 가지
일을 의뢰해 처리한 적이 있다.

"오호, 자네가 장작을 패러 왔다고? 재주 많은 자네가 할
일은 아닌 것 같은데?"

"장작 패는 데 무슨 자격 같은 게 필요하나요? 그냥 많이만
패면 되지요."

"아예 우리 장원에 들어와서 일하지 그러나? 자네가 할 만
한 일이 많이 있는데."

진초운이 손을 흔들었다.

"안 해요, 안 해. 이제 골치 아픈 일은 완전히 손을 떼기로
했어요."

"뭐, 그렇다면 할 수 없지. 이리 오게."

그는 통나무들이 그득 쌓여 있는 곳으로 진초운을 데려갔
다.

"이걸 다 패놓게."

진초운이 입을 떡 벌렸다.

"이 많은 걸 전부 오늘 쓸 리가 없잖아요."

"물론이지. 하지만 자네가 겨우 하루 쓸 장작밖에 못 팰 사
람도 아니잖은가?"

"못해요. 차라리 배를 째시죠."

"품삯은 두 배로 주지. 철전 여섯 개."

진초운이 도끼를 들었다.

"맡기고 가세요. 깔끔하게 끝내놓을 테니까."

총관이 사라진 후 진초운이 주변을 둘러보았다. 보는 사람

은 없었다.

"오늘처럼 바쁜 날에 총관 아저씨가 여기까지 다시 올 일은 없겠지. 후딱 끝내자."

그는 도끼를 바닥에 내려놓았다. 대신에 허리에 찬 시꺼먼 칼을 뽑았다. 칼은 거무튀튀했다. 칼날도 제대로 서 있지 않았다. 마치 만들다 실패해서 던져 버린 검처럼 보였다.

"이거 흑룡검을 너무 자주 쓰는 거 아냐?"

그가 통나무 더미를 향해 검을 겨누었다.

"어쨌든 넌 흑룡검을 받을 자격이 있어. 돈이 되니까!"

내공을 끌어올렸다. 검에서 검기가 싸늘하게 흘렀다. 뇌기는 보이지 않았다.

검이 춤을 추었다. 날카로운 검기가 소리없이 통나무들을 누비고 다녔다.

유미미는 주방에서 음식 만드는 것을 도와주고 있었다.

그녀가 직접 요리를 만들지는 못했다. 남이 만드는 것을 본 적은 많았다. 시켜주기만 한다면 눈을 감고도 따라 할 수 있었다.

하지만 자기가 요리해 본 적은 없다.

이유는 간단했다. 요리 재료를 살 돈이 없었기 때문이다.

그리고 요리 자체를 해본 적이 없는 그녀에게는 음식 만드는 일이 맡겨지지 않았다.

대신에 그녀가 주로 하는 것은 식재료를 다듬거나 부침을 뒤집는 따위의 보조 일이었다.

그곳에 진초운이 고개를 들이밀었다.

"미미야!"

유미미는 깜짝 놀랐다.

"오라버니, 여기 오시면 어떻게 해요? 장작은요?"

"그거 끝났어. 심심해서 찾아왔다."

심심해서라고 말했지만 그의 입에는 침이 고이고 있었다. 찾아온 이유는 명확했다.

유미미는 그의 입가에 흐르는 침을 발견하고 난처해했다.

"아직 시간이 일러요. 남은 음식이 돌아오기 전에는 우리 먹을 건 없어요. 맛도 함부로 못 보는걸요? 한 조각이라도 손대다 들키면 일당도 못 받고 쫓겨나요."

진초운이 입맛을 다셨다.

"하긴, 이 집 할아버지는 그러고도 남을 사람이긴 해. 할 수 없지 뭐."

그가 유미미의 곁에 쭈그리고 앉았다.

"그럼 일이나 도와줄까?"

유미미가 웃었다.

"오라버니가 이걸 어떻게 해요?"

"어쭈? 못할 것 같아?"

그는 유미미의 손에 든 다듬는 칼을 가볍게 빼앗았다. 무공

을 모르는 유미미가 진초운의 금나수법에서 칼을 지킬 방법
은 없었다.

그는 칼을 들고는 유미미가 다듬던 나물을 본격적으로 손
보기 시작했다.

나물을 만지자 동굴에서의 생활이 떠올랐다.

'먹을 수 있는 건 뭐든지 먹어야 했다고. 돌이끼만으론 부
족했으니까. 빛이 조금 들어오는 곳에서 자라는 잡초들도 먹
을 수 있는 부분은 먹었지. 아무리 조금이라도 잘라내서 먹었
지. 너무 맛없는 풀이라서 최대한 먹을 만하게 만들려고 애
참 많이 썼지.'

불과 얼마 전까지 그런 생활을 했다. 벌써 옛날 일만 같았
다. 갑자기 욕이 나왔다.

'죽도록 고생했지. 칼날이 제대로 없는 흑룡검으로 그 짓
을 했으니까. 망할 놈의 조상님. 사람을 그렇게 오래 가둬놓
으려면 먹을 건 제대로 챙겨놨어야 할 거 아냐. 벽곡단이 이
백 년을 갈 거라고 생각한 거야?

원래 먹을 것이 준비되지 않았던 것은 아니다. 단지 들어오
기로 예정된 사람이 못 들어왔기에 벽곡단이 이백 년이나 지
나 버렸을 뿐이다. 진초운이 그곳에서 벽곡단이 든 단지 뚜껑
을 열었을 때, 그 속에는 삭아버린 잔해만 가득했다.

그는 살기 위해서 모든 것을 먹었다. 그 생활에 비하면 다
듬는 칼이 있는 지금은 완벽한 환경이다. 그의 손이 움직이며

빠르게 나물을 다듬었다.

나물 다듬는 칼의 움직임에 한 시대를 풍미했던 검법의 오의가 깃들어 있었다.

그의 검법은 이미 활검의 경지를 넘어섰다. 시든 꽃을 자르면 활짝 피어나게 할 수 있는 경지다. 그 무공으로 나물을 베었다. 베인 나물은 땅에 뿌리를 박고 있을 때보다 더 싱싱해졌다.

주방에서 음식 만드는 일을 돕던 여인들이 그 모습을 보고 감탄했다.

"초운 총각 솜씨가 장난이 아니네?"

"세상을 돌아다녔다더니 그동안 어디 주방에라도 있었나?"

"저것 좀 봐. 낭비되는 게 전혀 없어. 못 먹을 부분만 정확히 잘라내잖아."

"저 정도면 어디 큰 식당에서 나물만 전문적으로 다듬은 거 아닐까?"

"나중에 신부한테 사랑받겠어."

"미미 좋겠네."

유미미가 볼을 살짝 붉혔다.

수북이 쌓여 있던 나물들이 그의 손에서 해체를 당했다. 오래 걸리지도 않았다.

진초운이 손바닥을 탁탁 털며 말했다.

"어떠냐, 미미야? 이 오라비 솜씨가?"

유미미가 엄지손가락을 세웠다.

"최고예요. 무림고수 같아요."

진초운은 호탕하게 외쳤다.

"하하하. 내 손에 걸리면 나물 따위는 한칼에 끝이지."

여인들이 달려들어 해체된 나물을 데치고 무쳤다.

그녀들 중 한 명이 진초운에게 나물 무침을 조금 내밀었다.

"초운 총각, 이것 좀 먹어봐."

진초운이 머뭇거렸다.

"한 조각이라도 먹으면 일당 안 나온다면서요?"

"맛을 보는 건 괜찮아. 음식을 만들려면 간을 봐야 하니까. 당연히 나물은 초운 총각이 맛을 봐야 하지 않겠어? 이걸 혼자 다 다듬었는데."

"그렇다면 사양하지 않고 먹겠습니다."

나물 무침을 날름 받아먹은 그가 눈을 감고 조용히 씹었다. 마치 맛을 음미하는 것 같은 모습이었다.

그냥 한번 그래 본 것뿐이다. 삼 년 동안 풀이나 이끼를 뜯어먹던 입맛이다. 어차피 뭘 먹어도 맛있다.

엄지손가락을 세웠다.

"끝내줘요!"

나물을 먹여준 중년 여인은 그 말을 그대로 믿었다.

"호호호. 그래? 그럼 이 정도로 간을 해서 내야겠네."

일명 석 부자라고 불리는 석자청은 자신의 환갑잔치에 인근의 여러 유명 인사들을 초청해 놓았다. 그는 초청된 사람들과 대화를 나누면서 잔치를 즐기고 있었다.

주로 이야기하는 사람은 석자청이다. 손님들은 예의상 열심히 맞장구를 쳐주었다.

분위기가 꽤 무르익었는데도 석자청은 입에 침을 튀겨가며 여러 이야기를 꺼내놓았다.

"하하하. 한번은 말이오, 내가 큰 내기를……."

그는 문득 손님들의 반응이 조금 전과 좀 달라졌음을 깨달았다. 손님들이 그의 말에 대응을 제대로 해주지 않고 있었다.

그는 아차 싶었다.

'내가 너무 말을 많이 했구나.'

다른 사람에게 이야기의 주도권을 잠시 넘겨주려고 했다.

"그럼 이번에는 우리 오명도 대인의……."

그는 뭔가 이상한 분위기를 느꼈다. 대화의 주체를 넘기려 했으나 사람들의 반응은 여전히 부족했다. 몇 명이 예의상 고개를 들어줄 뿐이었다.

그가 사람들을 살폈다. 모두 음식을 먹느라 바빴다.

석자청은 기분이 조금 나빠졌다.

'아무리 잔칫집에 와서는 잘 먹어주는 것이 예의라지만,

이 중에 먹고 싶은 것을 못 먹는 가난한 사람은 없거늘. 오히려 모두 미식가라고 해도 좋은 사람들이 내 이야기를 듣는 대신 밥이나 처먹고 있다니. 이는 나를 무시하려는 행동이 틀림없다.'

불쾌한 마음에 헛기침이라도 하려고 했다. 그런데 그는 이상한 점을 발견했다.

'모두 나물만 먹고 있잖아? 나물은 고기를 먹는 사이에 입가심이라도 하라고 놔둔 것인데?'

사람들은 모두 나물을 집어먹느라 분주했다. 간혹 몇 명이 석자청을 힐끗거리며 웃어주고는 했다. 하지만 말을 거는 사람은 없었다.

석자청은 자기 앞에 놓인 나물을 집어먹어 보았다. 맛이 특별한 것은 없었다.

'겨우 이런 것을 먹느라 바쁘다니.'

젓가락을 내려놓았다. 불쾌했다.

음식 심부름을 하는 소녀는 누구 그릇이 비워졌는지 계속 지켜보다가 채워 넣고는 했다. 그녀는 석자청이 나물을 딱 한 번만 먹고 젓가락을 내려놓는 것을 발견했다.

'나물이 나온 지 오래돼서 먹기 싫으신가 보다.'

그녀는 얼른 원래 그릇을 치우고 새 나물을 내놓았다.

"새로 무친 나물입니다."

석자청은 다시 사람들을 돌아보았다. 그들은 모두 새로

나온 나물만 먹고 있었다. 이전에 무친 것은 손도 대지 않았다.

자기 것을 다 먹은 사람들이 석자청의 그릇을 보며 침을 꿀꺽 삼켰다.

석자청은 이해할 수 없었다.

'아무래도 이 나물에 무슨 비밀이 있는 것이 틀림없군.'

그는 새로 나온 나물을 한 젓가락 집어 입에 넣었다. 슬쩍 씹어보았다.

그의 눈이 찢어질 듯 커졌다.

'아아, 따듯하다. 새로 무친 것이라서? 아니야. 입 안에서 봄볕의 따스함이 느껴진다. 어째서 한낱 나물에서 이런 맛이 날까?'

석자청은 미식가임을 자부하는 사람이다. 음식 맛의 미묘한 차이를 정확히 구분했다. 그는 이제야 사람들의 반응을 이해할 수 있었다.

'여기 모인 사람들은 모두 음식 맛 좀 안다고 자부하는 자들. 이 나물 맛이 얼마나 내기 어려운 것인지 잘 알고 있겠지. 이런 것을 맛보고 다른 생각을 한다면 어찌 미식가라고 할 수 있을까?'

그는 나물을 계속 먹으며 생각했다.

'이런 나물은 평소에 먹어볼 수 없는 것. 극상품이 들어왔나 보군. 운이 좋았어.'

그는 쓸 때는 쓰는 사람이다. 적어도 자기 자신에게는 확실히 쓴다.

'이 기회에 내게 붙은 소인배 소리를 떨쳐 버리리라!

나물을 가져온 소녀를 불러 지시했다.

"준비된 나물을 모두 내오너라. 내 오늘 손님들을 크게 대접해야겠다."

사람들의 얼굴이 환해졌다. 몇 명은 아예 일어나서 석자청에게 포권을 했다.

"석 대인의 호쾌함에 감사드립니다."

심부름하던 소녀가 난처한 얼굴로 대답했다.

"저, 그것이 좀 곤란하게 됐사옵니다."

석자청의 눈썹이 꿈틀거렸다.

'일개 하녀가 내 명령을 거부하다니. 이것이 미쳤나?

"나 석자청, 음식 맛을 안다고 자부하는 사람이다. 아무리 이 나물이 귀한 재료로 만들어졌다고 하더라도 맛을 아는 분들이 모인 곳에서 아낀다면 소인배 소리를 듣겠지. 네가 나를 욕 먹이려고 하는 게냐? 어서 가져오너라!"

소녀는 억울했다.

"그게… 손님들이 하도 나물만 찾으시는 바람에, 준비된 나물이 떨어졌습니다."

"뭣이?"

석자청이 사람들을 둘러보았다. 모두 자기 몫의 나물이 다 떨어져 석자청의 접시만 보고 있었다.

석자청이 침을 꿀꺽 삼켰다.

'이런 극상품은 쉽게 들어오지 않아. 언제 다시 먹어볼지 알 수 없다.'

그는 조용히 자기 앞의 접시를 끌어당겼다.

"나는 아직 한 젓가락밖에 먹지 못했소."

'자기들은 말도 안 해주고 실컷 먹었으면서. 소인배 소리를 한두 번 들어본 것도 아니고. 그냥 계속 소인배가 되자.'

부자의 잔치 시간은 대단히 길다. 이번에는 유미미에게 물고기 다듬는 일이 떨어졌다.

가까운 강에서 잡아온 싱싱한 물고기들이 펄떡거렸다. 고기들이 입을 끔뻑거리며 커다란 물통에서 헤엄쳤다.

유미미가 생선 다듬는 칼을 잡고 망설였다.

'죽이는 건 익숙하지가 않아.'

진초운이 그 칼을 빼앗았다.

"칼 쓰는 건 내가 전문이라니까."

유미미가 환한 얼굴로 질문했다.

"오라버니, 물고기도 다듬을 줄 아세요?"

진초운이 씩 웃었다.

"물론이지."

'동굴에서는 손가락보다 작고 투명한 물고기들도 다듬어

먹었는데 뭐. 그 지독하게 맛없는 물고기에게서 맛을 쥐어짜
느라 무공의 오의를 아낌없이 쏟아 부었지. 검법에 특히 신경
쓴 건 굶어 죽지 않기 위해서였으니까.'

그는 물고기 한 마리를 턱 잡은 후 도마 위에 올렸다. 물고
기가 파닥거렸다.

그는 손에 든 칼로 물고기의 급소를 슬쩍 찔렀다. 물고기의
요동이 잠잠해졌다.

곧바로 그의 칼이 움직이기 시작했다. 마치 물 흐르듯 자연
스러웠다. 비늘처럼 먹을 수 없는 부분이 빠르게 제거되었다.
내장이 언제 사라졌는지도 모르게 없어졌다.

진초운이 생선을 주방의 여인들에게 넘기며 말했다.

"일단 한 마리 끝!"

주방의 여인들은 크게 감탄했다.

"빠르다."

그가 생선 잡는 칼을 쓰는 방법에는 검제 진양백이 남긴 검
법의 오의가 들어 있다. 살아 있는 생명을 다루자 검법의 진
가가 드러났다. 나물을 다듬을 때보다 한 차원 높은 수준이었
다.

물론 주방에는 그걸 알아볼 수 있는 사람이 없었다.

나물을 다 먹어치운 사람들은 다시 석자청의 말에 집중했
다.

‘좋은 것을 먹게 해준 데 대한 보답으로 맞장구라도 잘 쳐주자.’

석자청은 기분 좋게 자신의 자랑을 늘어놓기 시작했다. 사람들은 적당히 답을 해주고 따라 웃어주었다.

사람들은 그의 이야기를 들으면서 다른 음식을 찔러보고는 했다. 맛이 나쁘지는 않았다. 하지만 나물 맛의 풍취가 아직 입 안에서 사라지지 않았다. 심하게 비교가 되었다. 다들 새 요리가 나오면 한두 점씩 먹고는 젓가락을 내려놓았다.

시간이 흐르자 생선 요리가 새로 나오기 시작했다. 사람들이 예의상 한 점씩 집어먹었다.

석자청은 한참 떠들다가 입을 다물었다. 사람들의 반응이 다시 느려진 것을 깨달았다.

‘혹시?’

그는 사람들을 살펴보았다. 모두 새로 나온 생선 요리에 젓가락질을 하느라 여념이 없었다. 석자청의 말이 끊어지자 그를 힐끗 돌아보기는 했으나 곧바로 생선에 집중했다.

석자청이 급히 하녀에게 명령했다.

“내 생선이 식었구나. 새 것을 가져오너라.”

새로 나오던 생선 요리 한 접시가 그의 앞에 놓였다. 석자청이 긴장한 얼굴로 생선 고기 한 점을 집었다.

그것을 입에 넣고 살짝 깨문 그의 눈이 치떠졌다.

‘허억! 급류를 헤치고 오르는 물고기의 힘이 느껴진다. 마치 살아 있는 물고기를 먹는 느낌이다!

손이 빨라졌다. 아무리 먹어도 그 맛이 더하면 더했지 부족해지지 않았다.

'아까의 나물은 생선이 살아 있는 듯한 지금에 비하면 오히려 부족한 감이 있구나.'

생선살을 남김없이 발라먹었다.

"생선을 더 가져오너라!"

쉬지 않고 먹었다. 어느덧 정신을 차리고 보니 더 이상 생선이 나오지 않았다. 석자청이 하녀를 돌아보았다.

"생선을 더 내오너라."

하녀가 고개를 숙였다.

"주인 어른, 죄송하오나 준비된 생선을 다 드셨습니다."

"그게 무슨 소리냐? 내 오늘을 위해서 넉넉히 준비해 놓으라 일렀거늘."

"하지만 모든 분이 두세 마리씩 드셨습니다. 생선만 이렇게 많이 드실 줄 몰라……."

석자청이 사람들을 돌아보았다. 어떤 사람들은 뼈까지 빨아먹고 있었다.

그가 그들을 보고 불평했다.

"허어, 다들 그렇게까지 많이 드셨다니. 생선을 살 돈이 없는 분들도 아니시잖소?"

시녀가 한마디 거들었다.

"주인 어른께서는 이미 다섯 마리나 드셨습니다."

다음 요리로 소고기와 돼지고기를 준비할 차례였다.

그 일은 유미미에게 맡겨지지 않았다.

소는 이미 잡아놓은 것이고 고기 역시 다듬어져 있었다. 어차피 초보자인 유미미가 손댈 일이 아니다.

그녀가 하지 않는다면 진초운도 나서지 않는다. 당장은 할 일이 없었다. 둘이 구석에 앉아 농담을 따먹으며 놀았다.

솜씨 좋은 여인들이 고기를 요리했다. 진초운은 그것을 보며 침만 꿀꺽 삼켰다.

"맛있겠다."

유미미가 말렸다.

"정말 맛있겠지만, 꿀꺽, 그래도 손대면 안 돼요. 오늘 일당이, 꿀꺽, 날아가요."

더 이상 농담을 따먹지 못했다. 그들은 남들이 고기 굽는 모습만 보며 멍하니 있었다.

얼마의 시간이 흐르자 주방의 상황이 변했다. 지금까지 나갔던 음식들 중에 오래된 것들이 주방으로 돌아오기 시작했다.

사람들은 나물이 나온 이후로 음식에 거의 손대지 않았다. 나물과 생선 이외의 음식들이 쏟아져 들어왔다.

그중에는 잔치 초기에 내보낸 고기 요리들도 있었다. 나물과 생선 덕분에 고기 요리들이 통째로 남았다.

주방의 책임자인 중년 여인이 선언했다.

"오늘은 고기가 다 남았네? 우리도 좀 먹어야지."

손이 남는 사람들이 돌아온 음식들을 젓가락으로 하나씩 집어먹었다. 요리에 바쁜 사람들도 틈틈이 손을 내밀었다.

진초운과 유미미는 그 음식들에 그대로 달려들었다. 젓가락을 쓸 틈도 없었다.

진초운의 손이 빠르게 움직였다. 그의 손가락이 고기 요리를 집중적으로 노렸다.

"우물우물. 고기가. 정말 많다. 흐흐흐."

유미미도 마찬가지였다. 그녀 역시 그릇째 들고 고기 요리를 퍼먹었다.

"헤헤. 정말 맛있어요."

"미미야, 많이 먹어둬라."

"오라버니도요. 당분간 고기 먹을 일은 없을 테니까 오늘 실컷 드세요."

"고기를 왜 못 먹어? 꿩이나 토끼 같은 건 아직 뒷산에 많아. 내가 사냥해 온다니까."

"당분간은 사냥해 오신 걸 팔 거예요. 대신 오늘 실컷 먹어두세요. 앞으로 열흘간 우리 집에 고기는 없어요."

진초운의 몸이 굳었다. 그 시간은 찰나였다. 곧바로 손이 빨라졌다.

“좋다. 누가 많이 먹나 경쟁이다!”

“좋아요. 지지 않을 거예요!”

두 아귀가 음식을 입 안에 쓸어 담기 시작했다. 고기만이 아니라 손에 잡히는 것은 모두 들이부었다. 제대로 씹지도 않고 삼켰다. 걸신이 들린 듯했다.

주방 사람들은 그걸 보느라 먹을 생각을 못했다.

주방장이 혀를 찼다.

“쯧쯧쯧.”

소고기 요리가 새로 나오자 석자청이 말했다.

“자, 이번에는 소고기 요리입니다. 좋은 고기를 구하라고 특별히 지시했으니 맛이 나쁘지 않을 겁니다. 다들 실컷 드십시오. 하하하!”

사람들이 기대감 가득한 얼굴로 소고기를 재빨리 한 점씩 집어먹었다.

사람들의 얼굴이 굳었다. 석자청은 크게 만족했다.

‘나물과 생선으로 그런 맛을 냈으니 소고기는 몇 배 더 맛있겠지. 다들 너무 맛있어서 말을 못하는군.’

그는 자기 몫으로 나온 소고기 한 점을 집어 입에 넣었다. 그의 얼굴도 굳었다.

‘맛없다.’

고기는 평소에 먹던 것보다 나았다. 다른 때라면 맛있다고

박수를 쳐줄 만했다.

하지만 바로 방금 너무 맛있는 음식들을 먹었다. 나물보다는 생선이 나왔다. 석자청이 좋은 재료를 썼다고 자랑까지 한 소고기가 나왔을 때 다들 훨씬 더 맛있기를 기대했다.

상대적인 상실감이 느껴졌다.

사람들의 얼굴에도 실망감이 가득했다. 석자청이 그들을 보고 머쓱하니 웃었다.

"하하하. 나물과 생선은 재료가 특별했던 듯합니다. 하지만 그런 귀한 것이 어디 한없이 나올 수 있겠습니까?"

사람들은 납득했다. 모두 요리에 일가견이 있는 사람이다.

'그런 재료는 구하기 힘든 법이지.'

'우리가 오늘 운이 좋았어.'

마음은 아쉬워했지만 머리는 이해했다. 그들이 포권을 했다.

"그래도 석 대인 덕분에 정말 맛있게 먹었습니다."

"저는 너무 먹어 배가 터질 것 같습니다."

"하하하. 저도 그렇습니다. 어차피 더 먹지 못할 거였으니 신경 쓰지 마십시오."

석자청이 일어서서 그들에게 포권을 했다.

"모두 감사합니다. 그럼 잔치를 천천히 즐기십시다."

잔치를 즐기자고는 했지만 이미 모든 사람이 과식을 했다. 더 들어갈 자리가 없었다. 그렇다고 잔치 중간에 일어나는 건 예의가 아니다.

사람들은 술을 마시고 담소를 즐기며 시간을 때웠다.

진초운과 유미미는 실컷 먹고 나서 배를 두드렸다.

"오늘 진짜 죽인다."

"너무너무 좋아요."

일하러 와서 마냥 놀고만 있을 수는 없었다.

다음 요리로 닭을 잡아야 할 때가 됐다.

애초에 닭을 잡는 일까지 유미미의 몫은 아니다. 그러나 주방 사람들은 진초운의 생선 다듬는 솜씨를 보았다.

주방장이 진초운을 노리고 닭을 유미미에게 떠넘겼다.

"닭은 전부 네가 잡으렴."

그녀가 울상을 지었다. 산 닭은 잡아본 적이 없다. 손을 바들바들 떨었다.

진초운이 나섰다.

그는 손에 식칼을 잡았다. 닭 스무 마리를 노려보며 식칼을 똑바로 세웠다.

"네 이놈들! 네놈들이 바로 사파 중의 사파라는 계두파 놈들이 틀림없으렷다."

닭들이 뭔 개소리냐는 듯이 푸드덕거렸다.

진초운이 호통을 쳤다.

"아니라고 부정하다니! 하나 소용없다. 네놈들의 면상을

보아하니 마두 중에 최고의 마두라는 이십계두임을 알겠구
나. 하늘의 해가 이 땅을 비추는 한 내 너희 같은 닭대가리들
을 용서하지 않으리라. 네놈들을 죽여 이 땅에 정의를 세우리
라!"

유미미가 배를 잡고 자지러졌다.

"꺄르르르, 오, 오라버니. 배, 배 아파요. 배가 부른데, 웃기
면, 배가 아파서… 하악. 하악. 까르르르!"

진초운은 입맛이 썼다.

'세상에 나오면 이렇게 하려고 연습까지 했었는데. 망할
놈의 세상을 위해서 써먹기는 싫고. 닭이나 잡는 데 쓰자.'

그의 식칼에 옅은 검기가 맺혔다. 칼날이 푸른 기운을 띠었
다. 일반인의 눈으로는 구분할 수 없을 만큼 옅었다.

그는 마치 고수를 상대하듯 생명을 끊는 칼질 하나하나에
정성을 기울였다. 그의 손에서 지난 삼 년간 익힌 무공의 정
수가 뿜어져 나왔다.

칼을 한번 휘두르면 닭 한 마리의 목숨이 끊어졌다. 거기
담긴 파괴력은 크지 않았다. 하지만 그 움직임은 고수들이 꿈
에 그리는 경지였다.

배를 잡고 구르던 유미미는 막상 피를 보자 겨우 웃음을 멈
출 수 있었다. 이번에는 진초운의 칼솜씨에 감탄했다.

"오라버니, 칼 잘 쓰시네요. 꼭 물이 흐르는 것 같아요."

"이건 원래 부드러움으로 강함을 제압하는 무공이지. 난

그냥 다 때려잡는 검법도 잘 쓰지만 이렇게 조용히 처리하는
것도 한칼 하거든.”

“그럼요. 우리 오라버닌데 당연하죠.”

그가 닭을 해체하는 모습을 본 여인들이 감탄했다.

“초운 총각은 아주 못 다루는 재료가 없네.”

“그러게. 아예 저 길로 나가면 돈 벌겠어.”

돈 소리를 들은 유미미는 정신이 번쩍 들었다.

‘돈이 될지도 몰라!’

곧바로 진초운을 부추겼다.

“오라버니, 우리 음식 재료 다듬는 장사 할까요? 식당을 돌
면서 그거 해주면 돈이 될 거예요.”

진초운의 눈도 번쩍 떠졌다.

‘돈! 그만큼 놀았으니 이제 돈을 벌어야지! 우리 미미 비단
옷 사주고 고기 먹이려면 아주 많이 벌어야지!’

한술 더 떴다.

“아예 식당을 하나 차릴까?”

“식당이요?”

“그래. 고기는 내가 산에 가서 사냥해 오면 되고. 요리는
네가 하면 되잖아. 식당을 차리면 우리 앞으로 먹을 거 실컷
먹을 수 있을 거야.”

실컷 먹는다는 말이 유미미의 마음을 설레게 했다. 그녀의
머리가 빠르게 회전했다.

‘은자 마흔두 냥. 그걸 자본으로 하면 작은 식당은 하나 차릴 수 있을 거야.’

그동안 남의 가게만 보면 부러워했다. 특히 음식이 끝없이 나오는 식당이 부러웠다. 가끔은 자리를 떠나지 못하고 서서 멍하니 구경하기도 했다.

‘그런 식당 하나 가지는 게 소원이었지만……’

하지만 걱정이 들었다.

“오라버니, 제가 요리하는 거 구경은 많이 했어요. 하지만 해본 적이 없어요. 국수나 닭죽이 전부예요. 이런 솜씨로 음식 장사를 하면 쫄딱 망해요.”

진초운이 큰소리를 쳤다.

“걱정하지 마. 그럼 꿩 잡아다가 꿩죽이라도 팔지 뭐. 그리고 국수가 어때서? 일단 작게 시작하는 거야. 나머지는 연습하면 될 거야. 너도 매일 이집 저집 일 다니는 것보다 한자리에서 장사하는 게 좋잖아.”

“그래도 잘못해서 망하면 돈 다 날리잖아요. 아무래도 위험해서 안 되겠어요.”

“혹시 알아? 대박나서 떼돈을 벌지?”

이번에는 떼돈이란 말이 유미미를 자극했다.

‘대박? 떼돈? 정말로?’

꿈을 꾸는 것 같았다. 오늘 먹은 것 같은 음식을 매일매일 먹는 모습이 떠올랐다. 매일 배를 두드리는 모습을 상상했다.

참을 수가 없었다.

흥분해서 외쳤다.

"해요! 우리 여기 일이 끝나면 당장 가게부터 알아봐요."

"하하하. 미미야, 이게 시작이야. 우린 부자가 될 거야. 그것도 엄청난 부자!"

"헤헤헤. 부자! 부자! 고기를 실컷 먹는 큰 부자!"

주방의 여인들이 호들갑을 떨었다.

"어머. 잘됐다."

"그래. 미미가 그동안 고생 너무 많이 했지. 이제 좀 편하게 살아야지."

"초운 총각이 돌아오니까 좋은 일이 많이 생기네? 미미는 참 좋겠다."

유미미는 행복했다. 한때는 이런 행복을 영원히 잃었다고 생각했었다.

그녀의 눈이 초승달 모양으로 변하며 웃음을 머금었다. 눈가에 이슬이 반짝였다.

"헤헤. 정말 좋아요."

사람들은 이제 슬슬 일어서기 시작했다. 이유는 간단했다.

'배가 불러.'

'아직도 그 나물과 생선의 맛이 입 안에 남아 있어. 다른 음식들은 맛이 없어 못 먹겠군.'

그때 닭 요리가 나오기 시작했다. 사람들은 별로 기대하지 않았다.

'그 이후에 나온 소고기와 돼지고기는 맛이 없었지. 닭고기라고 해서 뭐 다르려고.'

그들이 석자청에게 포권을 하며 인사를 했다.

"정말 잘 먹고 갑니다."

"만수무강하십시오."

"오늘 석 대인의 진실한 모습을 보았습니다."

석자청이 웃었다. 이미 나물과 생선으로 사람들의 배를 가득 채워놓았다.

'이제 감히 소인배 소리는 하지 않겠지. 여기서 더 바라면 욕심이야.'

그가 예의상 말했다.

"허허. 좀 더 드시지 않고요?"

사람들은 손사래를 쳤다.

"하하하. 배가 터지겠습니다."

손님 중에 딱 한 명만이 예의상 닭고기를 한 점 집었다. 그는 그것을 마지막으로 일어설 참이었다.

닭고기가 입 안에 들어갔다. 씹어보았다. 살살 녹았다.

일어서려던 엉덩이가 바닥에 눌러 붙었다. 그는 닭고기를 씹으며 생각했다.

'서둘러 먹으면 안 돼. 다른 사람들이 갈 때까지 기다려야

해. 그러면 내가 닭고기를 다 차지할 수 있다!'

몇 명은 완전히 일어서서 떠나려고까지 했다. 하인들이 그들이 벗어놓은 옷을 가지고 왔다.

오직 한 명만 자리에 앉아서 닭고기를 먹고 있었다. 사람들이 나갈 때까지 한 번만 먹고 말려고 했지만 손이 저도 모르게 움직였다.

손님 중에 눈치 빠른 사람 하나가 그 모습을 보았다.

'혹시?'

그는 조용히 자리에 앉아 닭고기를 한 점 집어먹었다. 일단 맛을 본 후에는 고민할 필요도 없었다.

그의 엉덩이도 바닥에 달라붙었다.

두 명이나 그러고 나자 사람들은 깨닫는 것이 있었다. 눈치 빠른 사람 순서대로 재빨리 자기 자리를 찾아가 앉았다. 그들은 남의 눈치도 보지 않고 손을 바쁘게 움직였다.

나중에는 겉옷을 입었던 사람들까지 그걸 벗어놓고 허겁지겁 달려왔다.

석자청은 사람들의 반응을 보고 이번 닭고기가 심상치 않다는 것을 깨달았다.

그는 자리에 앉아 경건한 마음으로 젓가락을 들었다. 그것으로 닭고기 한 점을 집어 조심스레 입에 넣고 씹었다.

딱 한 번 씹었는데도 느낌이 왔다. 눈가에 이슬이 맺혔다.

'암탉이 하늘을 날고 있다. 마치 푸른 하늘을 지배하는 독

수리처럼……'

더 이상 생각할 것도 없었다. 그는 닭고기를 미친 듯이 먹었다.

모든 사람이 마찬가지였다. 그들은 이미 나물과 생선 요리에서 중요한 경험을 했다. 다들 닭고기 요리를 어떻게 상대해야 하는지 알고 있었다.

'닭고기의 양은 제한되어 있다. 먼저 먹는 사람은 더 달라고 할 수 있다. 많이 먹으려면 빨리 먹어야 한다.'

사람들이 부지런히 닭고기를 입 안에 쓸어 넣었다.

진초운과 유미미도 남은 음식으로 배를 실컷 채웠다.

진초운은 자기가 다듬은 재료로 만든 음식을 분명히 맛보았다. 그것을 먹은 건 주방에서 그뿐이다. 주방의 여인들은 나물은 평소의 감으로 무쳤으며 생선은 모양이 망가질까 봐 감히 그 살을 발라 먹어보지 못했다.

석자청이 괜히 소인배 소리를 듣는 게 아니다. 함부로 먹었다가 잘못하면 하루 일당이 날아가는 수가 있다.

진초운은 자기가 다듬은 재료로 만든 요리와 일반 요리를 모두 먹어보았다.

문제는 그의 입맛이 아주 싸구려라는 데 있다. 원래부터 입이 싸구려였는데 동굴에서 말도 안 되는 것들을 삼 년이나 먹은 결과 거지만도 못한 입맛이 되었다.

그에게는 바깥세상의 모든 음식이 맛있다. 동굴에서 먹은 것에 비하면 엄청나게 맛있다. 자기가 다듬은 것이 좀 더 맛있기는 했다. 하지만 거기서 급류를 헤치는 물고기나 하늘을 나는 암탉의 기운을 느낄 수는 없었다.

그런 건 원래 미식가들이나 구분하는 맛이다.

이제 잔치는 끝났다. 더 이상 진초운이 다듬을 식재료는 없었다.

진초운이 뽈록 튀어나온 유미미의 배를 두드렸다.

"우리 미미 실컷 먹었구나?"

유미미도 진초운의 배를 통통 두드렸다.

"오라버니는 뱃속에 수박을 하나 넣고 있나 봐요."

"흐흐흐. 정말 몇 년 만에 잘 먹었다."

"저도 그래요. 언제 이렇게 먹어봤는지 기억도 안 나요."

"그런데 총관 아저씨는 왜 안 올까? 일당 받아야 하는데."

"그러게요. 오라버니도 주방 일당 따로 받아야 해요. 오라버니가 엄청 많이 다듬었잖아요."

"장작 팬 돈 외에 추가로 계산해 줄까?"

유미미는 돈 문제에는 철저했다.

"걱정하지 마세요. 제가 꼭 받아낼 거예요."

진초운이 고개를 가로저었다.

"아니야. 안 줄 거야."

"왜요?"

“넌 놀았잖아.”

유미미의 얼굴이 빨개졌다. 그녀가 더듬거렸다.

“그, 그거야 오라버니가 제 할 일을 다 해버렸으니까… 그러니까…….”

“그러니 그냥 주는 대로 받아가자. 할 수 없다.”

유미미는 억울했다.

“오늘 주방 일당이 철전 세 개나 되는데.”

“아깝지만 할 수 없지. 대신에 실컷 먹었잖아.”

유미미가 땅이 꺼져라 한숨을 쉬었다.

“맞아요. 아깝지만 할 수 없죠 뭐.”

진초운이 그녀의 표정을 보고 씩 웃었다. 숨겨두었던 패를 꺼냈다.

“대신에 장작 패는 일당을 두 배로 받기로 했어.”

두 손을 내밀어 손가락을 쫙 세웠다.

“무려 철전 여섯 개!”

유미미의 얼굴이 환해졌다.

“와아! 오라버니 멋쟁이!”

총관은 한참 후에야 도착했다. 그가 사람들에게 일당을 나눠주며 사과했다.

“내가 늦었지? 이거 미안하게들 됐네.”

진초운이 질문했다.

“무슨 일이라도 있었나요?”

총관이 난처한 얼굴로 대답했다.

“잔치에 오신 분들이 다들 쓰러지셨어. 의원을 부르느라 시간이 오래 걸렸다네.”

진초운의 눈 깊은 곳이 반짝였다. 아주 조금 긴장했다.

‘독? 어떤 놈이지? 내 감각을 피하고 여기서 그런 짓을 벌였다면 보통 놈은 아니다. 무황성이나 사혈련이 직접 개입한 걸까? 혹시 석가장에는 뭔가 큰 비밀이 있는 것 아닐까? 아니면 내가 때려잡은 왕가 놈이 결국 문제가 된 건가?

난감했다.

‘곤란해. 무림의 일에는 끼어들기 싫어. 하지만 그 두 세력은 무림 최강의 단체들. 이 동네에서 그들이 일을 벌인다면 미미에게 불똥이 튈 위험이 있어. 아예 내가 적당한 선에서 선수를 치는 게 나을까?

그의 머리가 핑핑 회전했다. 두 세력과 붙었을 때의 승산을 점쳐 보았다. 얼굴이 점점 어두워졌다.

그때 총관이 불평했다.

“다 벌 만큼 버시는 분들이 뭐 그리 많이 드셨는지 원.”

진초운이 벙찐 표정을 지었다.

“에? 많이 드셨다니요?”

“잔치에 오신 분들이 전부 과식을 하셨다네. 다들 너무 많이 드셔서 배탈이 나셨어. 우리 동네 의원이 전부 달려와서 지금 손을 딴다고 난리도 아니라네."

진초운이 한숨을 쉬었다.

"휴우. 별거 아니군요."

"어허, 이 친구. 별거 아니라니. 그분들의 사회적 지위와 체면에 과식으로 탈이 나는 게 말이 되나?"

진초운이 걱정하던 사태에 비하면 사람 몇 명이 과식한 것은 일도 아니다. 그가 툴툴댔다.

"하여간 있는 사람들이 더 하다더니. 부자들도 공짜밥 무지하게 좋아하나 보네요. 미미야, 너도 그렇게 생각하지?"

유미미가 고개를 크게 끄덕였다.

"당연하죠. 공짜밥이잖아요. 세상에 그걸 싫어하는 사람이 어디 있겠어요? 저는 공짜라면 배가 빵빵하게 나올 때까지 먹을 수 있어요."

"하하하. 우린 이미 배가 빵빵해."

총관은 사람들을 돌려보낸 후 한숨을 돌렸다.

"휴우. 배탈난 분들이야 의원들이 알아서 할 테고. 이제 내 일은 대충 끝난… 어?"

그가 진초운이 사라진 쪽을 돌아보았다.

"저 녀석, 아직 장작을 패고 있어야 할 놈이잖아. 자기 일은 안 하고 왜 주방에 있었지?"

그가 씩씩거리며 통나무 쌓아둔 곳으로 걸어갔다.

"이 녀석, 농땡이를 치고 있었군. 장작을 검사해서 조금이라도 부족하면 그 돈을 도로 빼앗……."

그의 걸음이 천천히 느려졌다. 놀라움에 입을 떡 벌렸다.

"전부 다 끝냈구나."

장작더미를 직접 만지며 확인했다.

"허어. 크기가 균등하고 표면이 매끄러운 것이 초보자의 솜씨가 아니다."

그가 진초운이 사라진 방향을 돌아보았다. 이미 사라지고 없었다.

"녀석, 어디 벌목장에서 일한 걸까? 거지꼴로 돌아온 것과 이 장작을 보면 결론이 나오는군. 삼 년 동안 죽어라고 나무만 팬 거야. 틀림없어."

진초운과 유미미는 석가장을 나온 후, 시간 끌지 않고 곧바로 시장 쪽을 돌아다니기 시작했다.

그는 이미 유미미와 함께 며칠을 놀러 다녔다. 아직도 모든 것을 보지 못했다. 진초운이 감탄했다.

"그러고 보니 우리 동네도 엄청 커졌구나."

"상단이 워낙 많이 지나가서 그래요. 그 사람들이 마을에 와서 돈을 쓰거든요."

"광산도 개발하고 있다며?"

광산 문제에 대해서는 조금 찜찜한 마음이 들었다.

'왕가 놈이 광산 쪽 일을 했단 말이야.'

유미미가 대답했다.

"네. 아직 광산을 찾아낸 건 없고 계속 찾으러만 다닌대요. 어쨌든 여기 시장은 오라버니 떠나셨을 때보다 많이 커졌어요."

진초운이 광산 생각을 멈추고 그녀의 말에 맞장구를 쳐주었다.

"정말 커지긴 커졌네."

그는 유미미와 함께 시장을 걸어가며 두리번거렸다.

"그나저나 식당을 차리려면 목이 좋아야 하는데. 이쪽쯤에 어디 가게 내놓은 곳 없으려나?"

유미미는 겁이 와락 났다.

"오라버니, 우리 그건 천천히 알아보기로 해요. 서두르다 잘못하면 쫄딱 망해요."

진초운은 걱정하지 않았다.

"걱정하지 마. 이 오라비가 있는 한 절대로 망할 일은 없어."

"물론 오라버니는 주인 어른이나 마님과는 다르게 돈 문제에 밝은 건 알아요."

"그래도 너만큼은 아니지."

"맞아요. 제가 오라버니였다면 그때 번 돈을 두 분이 다 탕진하게 놔두진 않았을 거예요."

"크흠. 그건 어쩔 수 없었다. 내가 통제할 수 있는 분들이 아니셨잖냐?"

“그긴 그렇지만…….”

진초운이 뒤를 한번 힐끗 본 다음 말했다.

“그나저나 역할을 분담하자.”

“분담요?”

“넌 시장 사람들하고 잘 알 거 아냐? 난 하도 오랜만이라 모르는 사람들이 더 많네.”

“그거야 그렇죠. 여긴 일감이 많이 나오거든요.”

“그러니까 네가 돌아다니면서 가게 내놓을 만한 곳이 어디어디인지 물어봐.”

“오라버니는요?”

“나는 사람들 움직이는 걸 보고 어디가 좋은 목인지 찾아보마. 우리 둘이 알아온 것이 겹치는 곳이 있다면 거기가 제일 좋은 장소 아니겠냐?”

“알았어요. 열심히 할게요.”

진초운은 유미미에게 일을 맡겨 떨어뜨려 놓고 시장을 어슬렁거렸다. 그러다가 조금 으슥한 골목 쪽으로 들어갔다.

남자 네 명이 급히 그가 들어간 골목으로 따라 들어왔다.

진초운은 골목 안쪽에서 기다리고 있었다. 남자 네 명은 그 모습을 보고 멈칫했다.

진초운은 한쪽 다리를 건들거리며 질문했다.

“뭐 하는 놈들인데 쥐새끼처럼 어르신 뒤를 졸졸 따라다니는 거냐?"

네 명 모두 검을 차고 있었다. 그들이 발끈했다.

"이런 건방진!"

"네가 죽고 싶구나!"

"이 칼이 보이지 않느냐!"

"하룻강아지 같은 놈. 호랑이를 보고도 두려워할 줄 모르
다니!"

그들이 진초운을 포위했다. 진초운의 뒤는 담벼락이었고
유일한 출구는 그들 넷이 가로막았다.

무사 넷 중에 하나가 앞으로 나섰다. 그가 넷 중에서 가장
지위가 높았다.

"네놈은 완전히 포위됐다. 달아나기는 그른 줄 알아라."

진초운이 히죽 웃었다.

"니들 내가 누군지는 알고 쫓아온 거냐?"

"물론이지. 진초운, 너에 대한 소문은 들었다. 삼 년 전에
이 동네에서 가장 강한 놈이었다지?"

"그걸 아는 놈들이 디질라고 이러냐?"

"후후. 그러나 그때 당시에 이 동네에 제대로 된 무인은 없
었다. 그건 토끼밖에 없는 곳에서 여우가 왕 노릇한 것. 네게
호랑이의 무서움을 보여주마."

진초운이 고개를 끄덕였다.

"그래. 내가 여우라고 치자. 그래서 나를 잡으려고 개새끼

들이 나섰구나.”

네 명의 무사들은 개라는 말에 발끈했다. 일제히 검을 뽑았다.

“정말 네가 죽고 싶구나!”

“우리가 누군지 아느냐?”

진초운이 피식 웃었다.

“누군데?”

“우리가 바로 금신사호다!”

진초운은 이들이 누군지 이제야 깨달았다. 동굴에 들어가기 전에 일을 하다 이들에 대해 들은 적이 있었다.

“전귀사견?”

네 무사의 얼굴이 분노로 붉어졌다.

“네가 감히 우리 앞에서 그 소리를 하다니!”

진초운은 확신했다.

“금신사호 같은 소리 하고 앉아 있네. 니들 전귀사견이지? 돈만 주면 뭐든지 다 한다는 돈귀신 개자식 네 마리. 활동 영역에 아마 우리 동네도 있었지?”

전귀사견의 첫째가 화를 냈다.

“이놈! 본래는 목숨만은 살려주려고 했는데 네 스스로 포기를 하는구나!”

진초운이 주먹을 쓰다듬었다.

“그렇잖아도 옛날에 네놈들이 손을 좀 심하게 쓴다는 소리는 들었다. 내가 세상에 나오면 네놈들도 꼭 혼을 내주려고 계획……."

말을 하다 입을 다물었다.

'아니지. 난 이제 무림이나 세상을 지키는 일은 하지 않기로 다짐했잖아. 이놈들을 처리하는 건 협객의 길이야. 그렇다면 내가 할 일이 아니지.'

그가 전귀사견을 돌아보았다.

'그래도 이것들은 좀 조져 버리고 싶은데… 이놈들 아주 악당은 아니지만 그래도 개자식 소리 들을 만큼 성질 더럽다는 소문이고… 어떻게 할까?'

세상을 구하지 않겠다는 결심은 처음에 이만큼 단단하지 않았다. 하지만 다짐을 반복하다 보니 제법 단단해졌다. 그는 손을 바깥쪽으로 휘휘 저었다.

"보내줄 테니 그냥 가라."

잡아 족쳐야 할 놈들을 그냥 보내주려니 속이 상해서 얼굴에 경련이 일어났다.

그가 고민을 한 후 손을 흔들자 전귀사견의 첫째는 작은 오해를 했다.

'옳지. 이놈이 이제야 우리를 두려워하는구나. 그럼 그렇지. 일 대 사인데. 당연하지. 가라고 하면서 얼굴을 미세하게 떠는 것을 보니 겁을 먹은 게 틀림없다.'

그 오해가 전귀사견의 운명을 결정지었다.

첫째가 호탕하게 외쳤다.

"이놈! 허장성세가 나에게 먹힐 줄 알았더냐!"

"어쭈? 문자도 쓸 줄 알아?"

"당장 칼을 풀어놓고 엎드려라. 그러지 않으면 네놈의 목을 뎅겅 잘라 버리는 것은 물론이고!"

진초운의 눈빛이 차가워졌다.

"물론이고? 그리고 뭘 더 할 건데?"

첫째가 입술을 핥았다.

"네 애인 년은 잡아다가 팔아먹… 컥!"

진초운의 손이 어느새 첫째의 목을 쥐고 있었다.

그들 넷은 아무도 진초운이 어떻게 움직였는지 알아보지 못했다. 그 순간 네 명의 머릿속에는 똑같은 생각이 스쳤다.

'엄청난 고수!'

알아채는 것이 너무 늦었다.

진초운이 첫째의 목을 끌어당겼다. 눈동자 바로 앞에서 이를 드러냈다. 저음의 목소리가 주변 공기를 진동시켰다.

"우리 미미의 머리카락 하나라도 다치게 하면 너희들은 전부 죽는다."

전귀사견은 호랑이의 으르렁거림을 듣는 기분이었다. 하룻강아지의 기분을 절절히 느꼈다.

'진짜 죽는다!'

그들의 몸이 가늘게 떨렸다. 첫째가 검을 툭 떨어뜨렸다.

진초운이 나머지 세 명을 쓰윽 돌아보았다. 눈빛이 얼음장처럼 차가웠다.

그들 역시 와들와들 떨다가 검을 떨어뜨렸다.

세 명은 즉시 땅에 엎드렸다. 그들은 첫째를 가리키며 동시에 외쳤다.

"저놈이 두목입니다. 모두 저놈이 시킨 일입니다."

"저는 하지 말자고 말렸습니다."

"그놈을 단매에 쳐 죽이십시오!"

진초운의 손에 힘이 들어갔다.

첫째는 겁이 와락 났다. 목이 눌려 답답해졌다. 진초운이 동료들의 말을 듣고 자신을 죽일까 봐 겁이 났다.

그가 소리를 버럭 질렀다.

"저는 첫째가 아니라 막내입니다!"

나머지 세 명이 입을 떡 벌렸다. 그들로서도 예상 못한 역공이었다.

첫째가 급히 외쳤다.

"형님들께서 저를 앞에 내세우셨습니다. 저는 그저 시키는 대로 말한 것뿐입니다!"

진초운이 첫째를 휙 집어 던졌다. 그가 나머지 세 명의 앞에 나뒹굴었다.

"어이쿠!"

진초운이 그들 앞에 서서 질문했다.

“누가 시켰냐?”

그들이 머리를 박았다.

“모르는 놈이었습니다. 도, 돈을 주기에 그만…….”

“뭐라고 시켰냐?”

“대협을 혼내주고 이 마을에서 쫓아내라고…….”

“미미도 손대라고 했어?”

“아닙니다. 그 아가씨 이야기야 대협을 협박하려다 보니 그냥… 진심이 아니었습니다. 그냥 대협께 겁만 주려고… 죽을죄를 졌습니다!”

진초운은 의문이 들었다.

‘누군가 나를 노리고 있다. 세상에 내 진짜 가치를 아는 놈은 없다. 그런데도 나를 노려?’

그가 전귀사견을 돌아보았다. 고개를 슬며시 들던 그들이 즉시 머리를 땅에 박았다.

진초운은 결론을 내렸다.

‘어떤 놈이 내 인생에 고춧가루라도 뿌리려나 본데, 누군지 몰라도 조져 버려야겠군.’

“찾아.”

전귀사견은 당황했다.

“예? 누, 누구인지도 모르는데 어떻게…….”

“얼굴은 알 거 아냐?”

“그, 그렇습니다만…….”

"그럼 빨빨거리고 돌아다녀서라도 찾아. 그놈이 누군지 눈치 못 채게 알아낸 후에 내게 와서 조용히 보고해."

전귀사견이 서로를 돌아보았다.

'그러다 못 찾으면 죽는 거 아냐?'

'그냥 튈까?'

진초운이 그 눈치를 챘다.

"만약 도망치는 놈이 있으면 네놈들 전부 다 죽는다. 어디 내 추종술을 피할 수 있는지 시험해 봐라."

전귀사견은 갈등했다.

'한밤중에 몰래 도망치면 못 쫓아오지 않을까?'

'그러다 정말로 찾아오면 뼈도 못 추릴 텐데.'

진초운이 한마디 더 보탰다.

'이놈들은 서로를 신뢰하지 못하는 놈들.'

"하지만 도망치는 놈을 발견하는 즉시 나에게 신고하는 사람은 특별히 용서해 준다."

전귀사견 네 명이 서로를 돌아보았다. 바로 방금 먼저 살겠다고 서로를 비방하던 것이 생각났다.

'나를 팔아먹고도 남을 놈들!'

'이런 놈들과 형제니 뭐니 하면서 같이 다녔다니……'

그들은 동시에 머리를 땅에 박았다.

"목숨 걸고 찾아내겠습니다!"

"나한테서 맞았다는 소문을 내도 니들 다 죽을 줄 알아. 내 무공은 비밀이다."

"우리는 아무에게도 맞지 않았습니다!"

진초운이 손을 바깥으로 흔들었다.

"가봐."

아까는 그 동작을 보고 비웃었다. 지금은 부처님의 손길이라도 만난 것 같았다.

전귀사견은 진초운의 말이 떨어지자마자 가랑이가 덜렁거리도록 뛰었다.

혹시 진초운의 마음이 변할까 무서워 인사말을 외치며 도망쳤다.

"감사합니다!"

"만수무강하십시오!"

진초운이 허리에 찬 검을 만지며 중얼거렸다.

"망할 놈의 세상일에 개입하기는 싫어. 하지만 그건 그거고 나를 건드리는 놈은 조져 버려야지. 이거 참 골치 아프게 됐군. 어떻게 처리해야 할지 참 난감하네."

진초운은 시장을 어슬렁거리며 사람들이 많이 다니는 길목을 찾았다.

비슷한 위치에 있는 가게도 장사가 되는 것은 판이하게 달랐다. 사람들이 움직이는 길에서 조금만 어긋나도 판매량이 크게 달라졌다.

그러다 그는 유미미를 발견했다. 그녀는 작은 식당 한곳에서 다른 사람과 이야기를 하느라 여념이 없었다.

진초운이 그녀에게 다가가서 말을 걸었다.

"미미야, 좋은 데 구했니?"

유미미가 그를 돌아보았다. 눈이 반짝반짝 빛났다.

"오라버니, 이 가게 어때요?"

진초운이 가게를 쓱 둘러보았다.

'손님이 전혀 없다. 사람들이 많이 다니는 길목도 아니야. 너무 외진 곳에 있어. 의자나 탁자들도 낡았고. 청소 상태도 엉망진창. 파리만 날리는 집이군. 최악의 선택이다.'

"여기 말고도 찾아보면 좋은 가게가 있을 거다."

유미미가 고개를 크게 가로저었다.

"전 여기가 좋아요. 은자 스무 개에 가게를 통째로 넘겨주신다고 했거든요."

진초운은 가격을 듣고 깜짝 놀랐다.

"뭐? 은자 스무 개? 가게를 통째로?"

"네. 가게 자체를 파신다는 거예요. 정말 싸죠?"

진초운은 다시 생각했지만 결론은 너무 쉽게 나왔다.

'안 돼. 이 가게는 위치가 너무 나빠. 이런 곳을 사면 쫄딱 망하는 수가 있어.'

머릿속에서 이곳은 사면 안 된다고 계산이 나왔다. 유미미를 데리고 나가려고 했다.

유미미가 가게를 보며 환히 웃었다.

"와아! 나 정말 이런 가게 하나 가져보는 게 꿈이었어요. 이제 남의 일 도와주고 품삯받는 거 그만 해도 되잖아요. 우리 가게예요, 우리 가게!"

진초운의 마음이 약해졌다. 이성은 안 된다고 반대하는데 몸이 자동으로 반응했다.

그가 가게 주인의 손을 덥석 잡았다.

"계약하시죠."

'내가 어떻게든 하면 되겠지.'

유미미가 옆에서 호들갑을 떨었다.

"오라버니도 마음에 드시죠?"

"너무 싸서 안 살 수가 없구나. 하하하!"

망할 것이 겁났다. 하지만 빠져나갈 방법은 있었다.

'만약 장사가 안 되면 먼 산에 가서 멧돼지라도 잡아오지 뭐. 멧돼지 통구이라면 유지비는 나오겠지. 그래도 모자라면 곰이나 호랑이 통구이라도……'

가게 주인도 진초운의 손을 꼬옥 잡았다.

"정말 고맙습니다. 아예 지금 당장 잔금까지 계산하시죠?"

"그렇게 급하게요?"

가게 주인은 진초운이 망설이던 기색을 눈치 챘었다.

'이 사람이 마음이 변하면 곤란하지. 시장 사람들 말을 듣고 나서 안 산다고 하면 큰일이니까.'

"쇠뿔도 단김에 뽑으라고 하지 않았습니까?"

"하지만 알아볼 건 좀 알아보고……."

유미미는 이제 한시라도 빨리 자기 가게를 갖고 싶었다. 그녀가 즉시 돈주머니를 열었다.

"돈 여기 있어요!"

마흔두 개의 은자는 분명히 그녀가 번 돈이다. 그녀는 그것을 품속 깊은 곳에 지니고 다녔다. 그중에서 스무 개가 가게 주인의 손으로 넘어갔다.

가게 주인은 은자를 받더니 재빨리 자기 짐을 챙겨 떠났다. 떠나면서 한마디 했다.

"대박나십시오."

상황이 예정보다 수십 배는 빠르게 흘렀다. 유미미는 입에서 웃음이 떠나지 않았다.

그녀는 낡아빠진 가게를 보며 말했다.

"헤에. 우리 가게다, 우리 가게."

진초운이 그녀의 어깨를 안아주었다.

"그래, 우리 가게다."

그녀는 행복감에 취해 있다가 갑자기 정신을 차렸다. 작은 주먹을 쥐며 말했다.

"오라버니, 장사 시작해요."

"지금?"

“네. 놀면 뭐 해요? 돈 벌어야죠.”

진초운도 돈 좋아한다. 하지만 가게 인수 당일부터 장사를 시작할 예정은 없었다.

“미미야, 일단 청소도 좀 해야 하잖아. 그리고 여기 주방에는 음식 재료가 거의 없던데?”

“제가 청소해 놓을 테니까 오라버니는 장 좀 봐오세요.”

“장? 너 뭐 할 줄 아는데?”

유미미가 손가락을 꼽았다.

“밥 할 줄 알고, 국수 삶을 줄 알고, 닭죽도 잘 끓이고… 그리고…….”

“그리고?”

그녀의 표정이 어두워졌다.

“다른 건 만들어본 적이 없어요. 만드는 거 구경은 많이 해서 하는 방법은 다 아는데… 만들어본 적이 없어요.”

구경은 엄청나게 많이 했다. 침을 흘리면서 구경했다. 언젠가는 만들어 먹겠다고 수없이 다짐했다.

하지만 단 한 번도 만들어보지 못했다. 그동안은 식재료를 살 돈이 없었다.

“아마 맛이 없을 거예요.”

진초운은 마음이 아팠다.

‘삼 년이나 얻어먹으며 살았으니까 뭘 만들어 먹은 적이 없겠지. 버는 돈은 모조리 오할파에 빼앗겼으니…….’

그가 오할파가 있는 쪽 방향을 힐끗 보았다.

'생각하니 열받네. 그놈들 가서 아주 박살을 내버릴까?

꾹 눌러 참았다.

'운 좋은 놈들. 내가 무림 일에 개입하지 않기로 했으니 그냥 넘어가 준다. 그것만 아니었으면 첫 번째로 뭉개 버렸을 놈들이 바로 네놈들이야.'

그가 유미미에게 웃어주었다.

"괜찮아. 그럼 오늘은 국수만 팔자, 국수. 나머지는 하나씩 연습해 보면 되잖아."

유미미도 웃었다.

"헤헤. 맞아요. 첫술에 배부를 순 없잖아요. 오라버니, 어서 국수 재료 좀 사 오세요. 전 여기 청소하고 있을게요."

진초운은 시장을 돌아다니며 유미미가 사 오라고 한 것들을 구입했다.

시장 사람들 중 상당수는 그를 몰랐다. 최근에 마을이 커지면서 들어온 상인들이다.

하지만 일부는 진초운을 잘 알았다. 진초운은 과거에 이 마을에서 꽤나 유명했다.

야채를 파는 중년 여인이 진초운을 보고 손을 흔들었다.

"초운이 아니야? 돌아왔다더니 정말이구나?"

진초운이 그녀를 보고 인사했다.

“아주머니, 오랜만이네요?”

“호호. 그러네? 그런데 거지가 됐다더니 말끔하네?”

진초운이 호탕하게 웃었다.

“하하하. 거지라니요. 그럴 리가 있나요? 미미랑 같이 식당도 하나 차렸는걸요?”

“정말? 거지가 아니라 부자가 돼서 왔나 봐?”

“저야 거지가 된 거 맞아요. 미미가 그동안 모아놓은 돈이 꽤 되더라고요.”

“미미가 돈을 모아?”

“오할파 놈들이 돈 돌려줬잖아요.”

“아, 그 돈? 미미는 빚 탕감받는 게 아니라 아예 돌려받았겠구나? 잘됐네. 미미가 그동안 고생 많이 했지. 네가 돌아오니까 그 아이도 이제 좀 편해지겠구나.”

“당연하죠. 제가 고생시킬 리가 있나요?”

“호호호. 하긴, 초운이는 재주가 많은 총각이니까. 그런데 식당은 어디다 차렸는데?”

진초운이 뒤쪽을 가리켰다.

“저 모퉁이 너머에 있는 식당이요. 그걸 인수했어요.”

여인의 얼굴이 조금 굳었다.

“그, 그 가게?”

진초운은 불길한 느낌이 들었다.

“왜 그러시죠?”

여인이 머뭇거리다가 말했다.

"초운아, 이런 말 해서 미안한데. 그 가게 말이야, 지난 삼 년 동안 다섯 번이나 망한 곳이야."

"예?"

"들어오는 족족 망했어. 길목이 워낙 나쁘잖아. 그래서 헐값에 내놔도 안 나가."

진초운은 그녀가 무슨 소리를 하는지 이해했다.

"아아, 그렇군요. 어쩐지 싸다 했어요."

'그래도 괜찮아. 내가 나서면 미미 하나 배부르게 하는 건 어떻게 되겠지.'

그녀가 맞장구를 쳤다.

"그래, 그래서 그렇게 싸지. 그런 가게가 은자 열 냥밖에 안 하니까."

진초운의 몸이 딱딱하게 굳었다.

"여, 열 냥이라고 하셨어요?"

"어, 열 냥. 지난번에 가게 하던 사람이 열 냥 주고 들어갔다고 하더라고."

진초운이 소리를 질렀다.

"젠장! 내가 이래서 세상을 지키기 싫은 거야!"

진초운이 유미미에게 달려갔다.

"미미야, 큰일 났다."

“네? 무슨 일인데요?”

“이 가게 열 냥짜리란다.”

“네에? 그게 무슨 소리예요?”

“원래 열 냥짜리래. 우린 바가지 썼다. 젠장. 기다려. 내가 가서 돈 돌려받을 테니까.”

진초운이 급히 몸을 돌렸다. 마을을 다 뒤져서라도 잡을 생각이었다.

유미미가 그의 옷자락을 잡았다.

그녀의 눈에서 눈물이 글썽거렸다. 돈이 너무 아까워서 눈물이 났다.

하지만 진초운을 말렸다.

“그러지 마세요.”

“왜? 바가지 썼다니까?”

“준 돈을 빼앗을 수는 없어요. 사기라고까지 할 수도 없어요. 단지 비싸게 판 거잖아요.”

“그래도 너무 비싸게 팔았잖아.”

“잘 알아보지 않고 산 제 잘못이에요.”

그녀가 눈가에 맺힌 눈물을 닦았다. 환히 웃었다.

“전 괜찮아요. 남의 돈을 힘으로 뺏는 짓은 하기 싫어요. 그럼 우리도 오할파 놈들이랑 다를 게 없잖아요. 열심히 일해서 더 많이 벌면 돼요.”

진초운은 유미미의 마음을 알 수 있었다.

'착한 녀석 같으니라고.'

그가 유미미의 머리를 쓰다듬었다.

"알았다. 우리 열심히 일해보자."

유미미 혼자 청소하기에는 가게가 너무 더러웠다. 아직 청소할 것이 많았다.

진초운이 유미미를 주방으로 떠밀었다.

"넌 그 안에나 청소해. 여긴 내가 끝낼 테니까."

진초운은 고수의 솜씨로 식당을 반짝거리게 청소했다. 너무 낡아 보기 흉한 부분은 흑룡검으로 깎아냈다. 사람들이 보지 않을 때는 검기가 식당 안을 가득 채웠다.

청소가 끝나고 난 후에는 고를 수 있는 음식은 국수밖에 없다고 크게 써 붙였다.

유미미는 주방을 맡았다. 진초운은 손님을 받고 음식을 나르는 등 점소이의 일을 책임졌다.

유미미가 시험 삼아 국수를 삶아왔다. 진초운이 맛을 보더니 엄지를 세웠다.

"끝내주게 맛있다!"

모든 준비는 끝났다.

드디어 가게를 새로 열었다.

손님이 없었다. 진초운은 날아다니는 파리를 잡으며 시간을 때웠다.

“쳇. 역시 여긴 자리가 나빠.”

한참을 기다리고 나서야 첫 손님이 들어왔다. 진초운이 벌떡 일어섰다.

“어서 오십시오!”

지나가던 상인 두 명이 의자에 걸터앉았다.

“여기 뭐 되지?”

진초운이 벽에 써 붙인 종이를 가리켰다.

“오늘 개업했습니다 그래서 아직은 국수밖에 되지 않습니다만 맛은 끝내줍니다.”

거짓말은 아니다. 그의 입에는 끝내주게 맛있다. 어차피 그는 뭘 먹어도 다 맛있다.

상인들이 서로를 돌아보았다.

“또 국수는 좀 그렇지?”

“그냥 일어설까?”

진초운의 마음이 급해졌다.

‘첫 손님부터 토하면 재수가 없다!’

“개업 기념으로 반값에 해드리겠습니다.”

반값이라는 말에 상인들이 망설였다. 진초운은 더 강한 패를 내밀었다.

“양은 곱빼기로 드리겠습니다.”

상인들이 고개를 끄덕였다.

“그렇다면야 뭐……”

"여기 국수 두 개만 말아주게."

진초운이 신이 나서 주방에다 소리쳤다.

"미미야, 국수 두 개 곱빼기다! 첫 손님이니까 특별히 맛있게 해드려라!"

유미미도 신이 나서 대답했다.

"네!"

김이 모락모락 나는 국수가 곧 만들어져서 나왔다. 상인들은 그것을 먹은 후 일어서며 말했다.

"잘 먹었네."

진초운은 동굴 생활을 하면서 입맛이 아주 싸구려가 됐다. 자신의 능력으로는 유미미의 음식 솜씨가 얼마나 경쟁력이 있는지 구분할 수 없었다.

"저, 맛은 어떠셨는지요?"

상인 중 하나가 대답했다.

"그만하면 괜찮았어. 장사 잘하라고."

다른 상인이 맞장구를 쳤다.

"돌아오는 길에 또 들르겠네. 그때는 국수 말고 다른 요리도 좀 팔게나."

진초운의 얼굴이 환해졌다.

'한 번 온 손님이 다시 찾는다는 건 좋은 징조다. 유미의 음식 솜씨가 통한다는 이야기니까.'

그가 허리까지 숙이며 인사했다.

"안녕히 가십시오!"

진초운은 대단한 무공고수다. 그는 마음만 먹는다면 스스로의 몸을 완벽하게 통제할 수 있다.

그래서 그의 인사하는 모습은 어색하지 않았다. 십 년은 그 일을 한 것처럼 자연스러웠다.

어느새 그에게서 노련한 점소이의 기운이 느껴졌다.

유미미의 국수 삶는 솜씨는 나쁘지 않았다. 하지만 사람이 많이 다니지 않는 자리에서 국수 하나만 팔아서는 수지가 맞을 수 없다. 다시 파리를 날렸다.

육검문에서 온 홍소천과 육여경이 그들의 가게 앞을 지나갔다. 그들은 아직도 왕호진의 저택이 무너진 일을 조사하는 중이었다. 거기에 더해서 자기 부하 문장구와 천랑파의 추요진이 습격당한 사건도 조사하느라 바빴다.

육여경이 진초운을 알아보았다.

"어머, 소천 오라버니. 저 사람 여기서 일하네요?"

홍소천이 말했다.

"흐음. 서생인 줄 알았더니 점소이라니. 의외인데?"

그가 식당 쪽으로 걸어갔다.

"그럼 어디 출출한데 잠시 식사나 할까?"

육여경이 눈살을 찌푸렸다.

"오라버니, 가게가 너무 작아요. 그리고 저기 써진 걸 보세요. 오늘은 국수밖에 안 된다잖아요.”

“국수가 어때서?”

“그래도 기왕이면 좀 맛있는 거 먹는 게 좋잖아요.”

“지금은 그냥 국수를 먹어라. 이따 저녁때 진미각에 들러서 맛있는 걸 사주마.”

육여경이 그의 뒤를 쫓아 걸어 들어오며 쫑알거렸다.

“쳇. 저녁때까지 얼마나 남았다고. 이거 먼저 먹으면 나중에 입맛이 없는데.”

홍소천 일행은 네 명이다. 그들이 들어오자 진초운이 환한 얼굴로 다가왔다.

“어서 오십시오.”

홍소천이 그를 보고 질문했다.

“의외야, 점소이라니. 난 네가 서생인 줄 알았다.”

진초운이 접대용 미소를 지었다.

“먹고살아야 하니까요.”

홍소천은 그 말을 듣고 오해했다.

‘역시 그렇군. 본래는 서생이란 소리. 하지만 글만 읽어서는 돈이 되지 않지. 점소이 일이라도 해야 밥을 먹을 수 있었겠지.’

그는 만족했다.

‘좋아. 생각보다 사정이 더 어려운 자였어. 그렇다면 아주 헐값에 고용할 수 있겠군.’

"일단 국수라도 좀 내오게."

진초운은 지금 이들이 모두 돈으로 보인다. 신이 나서 주방에다 소리쳤다.

"미미야, 국수 네 그릇이다!"

홍소천은 국수를 맛있게 먹었다. 육검문의 은밀한 일을 수행하다 보면 국수도 없어서 못 먹는 경우가 많다. 그래서 그는 무슨 음식이든 언제나 맛있게 먹는다.

하지만 육여경은 그렇지 않았다. 그녀는 국수 면발을 한 가닥씩 집어서 깨작거리며 먹었다.

"쳇. 겨우 이따위 국수라니. 난 제대로 된 음식을 먹고 싶단 말이에요."

진초운이 다가왔다. 그녀의 국수 그릇을 빼앗았다.

육여경은 눈앞에서 자기 그릇이 사라지자 기분이 나빠졌다. 소리를 빽 질렀다.

"무슨 짓이에요?"

진초운이 그녀를 보고 말했다.

"먹지 마."

"뭐, 뭐라구요?"

"아직 돈 안 받았어. 넌 먹지 마."

그녀가 벌떡 일어섰다.

"이자가 감히! 내가 누군지 알아?"

“관심없어.”

“뭐, 뭐얏?”

“이건 미미가 정성을 쏟아 만든 국수야. 맛이 없으면 맛없다고 해도 돼. 하지만 제대로 된 음식이 아니라는 말 하면서까지 먹어줄 필요는 없어.”

육여경은 화가 났다. 시비거리를 찾는 그녀의 눈에 진초운의 허리에 매인 검이 들어왔다.

‘소천 오라버니 말에 의하면 그냥 차고 다니는 거라고 했지?’

그렇게 알면서도 시비를 걸었다.

“오호, 어디서 몇 수 배운 모양이지? 그래서 그렇게 안하무인이었어. 하룻강아지 범 무서운 줄 모른다더니!”

육여경은 육검문 문주의 손녀다. 하지만 여자라는 것을 핑계로 무공을 수련할 때 게으름을 피웠다. 그래도 타고난 자질이 나쁘지 않았고 집중적인 교육까지 받았다.

그녀는 그 덕분에 노력한 것에 비해서는 꽤 높은 수준의 무공을 익히고 있었다.

그녀가 한소리 외쳤다.

“내가 오늘 당신을 훈계해 주겠어!”

그녀가 손을 들었다. 진초운의 뺨이라도 때리려고 했다.

유미미는 주방에서 고개를 조금 내밀고 있었다. 그녀는 분위기가 심각한 것을 보고 떠는 중이었다. 그러다 육여경이 손을 드는 것을 보고 정신이 번쩍 들었다.

즉시 주방에서 뛰어나왔다. 육여경의 앞에 서서 두 팔을 쫙 벌려 진초운을 보호했다.

"안 돼요!"

홍소천도 나섰다. 그는 육여경의 손목을 잡았다.

"여경아, 앉아라."

육여경이 대들었다.

"소천 오라버니!"

"앉아라. 네가 잘못한 거다."

"하지만 이자가 지금……."

"앉아라."

홍소천은 육검문의 중요한 일을 많이 처리한다. 문파 내에서의 지위가 높다. 반면에 육여경은 단지 문주의 손녀딸일 뿐이다. 신분에 따른 대우는 받지만 홍소천을 무시할 수는 없다.

그리고 그녀의 무공 중 상당수는 홍소천에게 배운 것이다. 그래서 그녀는 예전부터 홍소천이 화를 내면 고양이 앞에 쥐꼴이 되고는 했다.

"쳇. 알았어요."

다른 두 명은 그들의 눈치만 보며 젓가락을 꼼지락거렸다.

유미미가 돌아서서 진초운에게 잔소리를 했다.

"오라버니, 이분들은 무림인들이시잖아요. 손님이시고요.

그러시면 어떻게 해요?"

"네 국수를 모욕했다."

"그래도 무림인 손님이신데……."

육여경은 속이 부글부글 끓었다.

'겨우 국수를 모욕했다고 나에게…….'

하지만 홍소천이 그녀의 팔을 꽉 잡고 있었다. 성질을 내지 못했다.

어쨌든 밥 먹을 분위기는 끝났다. 홍소천이 일어섰다. 국수 값을 탁자 위에 내려놓고 말했다.

"다들 충분히 먹었으면 그만 가자."

홍소천은 가게를 나서며 고민에 빠졌다.

'저자가 여경이의 국수 그릇을 빼앗을 때 나는 왜 그것을 막지 않았을까?

이해할 수 없었다. 그 고민 때문에 육여경이 함부로 행동하지 못하게 막았다.

'그의 손이 아주 빨랐다면 이해할 수 있어. 하지만 그 움직임은 분명히 느리고 평이했다. 이해할 수 없는 일이야.'

뒤를 힐끗 돌아보았다. 유미미가 진초운에게 잔소리를 하고 있었다. 도저히 진초운이 고수로 보이지는 않았다.

'단순히 우연인가? 그렇겠지. 설마 그가 내 움직임의 맥을 끊었다고는 생각할 수는 없으니까. 여하튼 우리 앞에서 보여주는 그 당당함이라니. 정말 탐나는 자로군. 여기 조사하는 일이 정리되고 나면 찾아와서 일자리를 제안해야겠어. 그것도 아주 헐값에.'

유미미가 진초운에게 잔소리를 했다.
"오라버니, 저 사람들은 무림인이란 말이에요. 왜 무림인이랑 시비를 붙으려고 해요?"
진초운이 코웃음을 쳤다.
"흥. 저런 애송이들 따위."
"아이참. 오라버니는 진짜 무림인들에게는 상대도 안 된다니까요. 이제 그만 현실을 인정하세요."
진초운이 탁자 위에 놓여진 국수 값을 챙겼다. 사람은 죄를 지어도 돈에는 죄가 없다는 것이 그의 생활신조다.
"하여간 오늘 장사는 이거로 끝내자."
"네? 하지만 돈을 더 벌어야 하는데……."
"미미야, 지금부터는 내일 팔 것을 연습해야지. 오늘은 국수밖에 안 팔아서 손님이 없었잖아. 자고로 투자를 해야 그만큼 이익을 얻는 법이다."
유미미가 아쉬운 얼굴로 고개를 끄덕였다.
"맞아요. 연습해야죠, 연습. 재료비가 들겠네요. 아까워 죽겠네."
"걱정하지 마. 네가 연습한 건 우리가 먹으면 돼."

유미미의 얼굴이 그때서야 밝아졌다.

"아, 그렇지."

그녀는 어느새 홀쭉해진 배를 쓰다듬었다.

"석 부자 어른 집에서 먹은 건 소화 다 됐어요. 얼마든지 더 먹을 수 있어요."

유미미는 원래 기억력이 좋다. 게다가 남이 요리하는 것을 침 흘리며 노려보았었다. 조리법을 잊어먹을 수가 없다.

그녀는 정말로 몇 가지 요리를 그대로 만들어냈다. 식당보다는 잔칫상에 주로 나오는 음식들이다. 생김새도 비슷했다. 남의 집 주방에서 어깨너머로 보고 배운 것만으로 해낸 성과다.

물론 처음에는 양념의 양을 맞추지 못했다. 하지만 몇 번 실패한 후에는 그럴싸한 음식 몇 가지를 완성했다.

진초운이 그녀의 음식 맛을 보았다. 어차피 다 맛있었다. 그래도 주먹을 꽉 쥐었다.

"좋았어! 내일부터는 이거로 승부를 보는 거야!"

다음날도 파리만 날렸다. 손님이 몇 번 왔다 갔지만 사놓은 식재료 값도 나오지 않았다.

유미미가 구석에서 훌쩍였다.

"오라버니, 우리 이러다가 쫄딱 망하면 어떻게 해요?"

"걱정 마라. 내가 있는 한 절대로 망하는 일은 없어."

"하지만… 하지만……."

진초운이 벌떡 일어섰다.

"기다리고 있어."

"어디 가시게요?"

"뒷산에 가서 멧돼지라도 한 마리 잡아오마."

"예? 뒷산에는 그렇게 큰 짐승이 없어요."

"혹시 있을지 모르지. 우리 가게는 지금 홍보가 너무 안 돼 있어. 멧돼지 고기구이라도 팔아서라도 우리가 개업했음을 동네에 널리 알리자."

유미미는 말리지 않았다. 어차피 손님이 없었다.

'오라버니도 답답하신가 보다.'

"토끼나 꿩도 괜찮으니까 무리하지 마세요."

진초운은 뒷산에 올라가지 않았다. 그는 경공을 펼쳐 좀 더 먼 산으로 넘어갔다.

토끼나 여러 산새는 수없이 스치고 지나갔다. 그런 것들은 그의 목표가 아니었다.

자신이 수련한 동굴과 완전히 반대 방향이었다. 그쪽으로는 발도 들여놓기 싫었다.

유미미는 손님을 기다렸다. 한 시진이 지났지만 여전히 손님은 없었다.

그녀의 눈에서 다시 눈물이 났다.

"망하면 어떻게 해?"

진초운의 목소리가 크게 들렸다.

"하하하. 망하기는 뭘 망해! 안 망해. 절대로 안 망해!"

그는 어깨에 중간 크기의 멧돼지 한 마리를 걸친 채 서 있었다.

유미미는 눈이 부셨다. 진초운에게서 후광이 비치는 듯했다.

자세히 보니 후광이 아니라 어깨에 걸친 멧돼지에서 빛이 나는 것 같았다. 멧돼지가 돈으로 보였다.

'아아, 고기가 저렇게 많아. 돈 굳었다!'

"오라버니! 성공하셨군요?"

진초운이 멧돼지를 바닥에 쿵 소리가 나도록 내려놓았다.

"마침 뒷산에 올라가는데 길 잃은 멧돼지가 보이더라고. 내가 누구냐? 즉시 때려잡았지."

그녀가 걱정스러운 얼굴로 진초운의 몸을 살폈다.

"멧돼지는 사납다던데 어디 안 다치셨어요?"

"다치다니. 멧돼지 따위가 내 상대가 될 리 있니? 내 검은 멋으로 달고 다니는 게 아니다."

그녀가 웃었다.

'오라버니도 참. 칼날도 제대로 안 서 있는 그 칼. 어디서 만들다 버린 거 주웠으면서……'

그래도 엄지손가락을 세워주었다.

"역시 우리 오라버니!"

진초운이 멧돼지를 툭툭 차며 말했다.

"이 녀석 아직 살아 있으니 빨리 죽여서 멧돼지 구이를 만들어 팔자. 그 냄새라면 사람들도 모여들 거야."

유미미가 얼른 주방에 들어가서 식칼을 들고 나왔다.

"알았어요. 어서 잡아서……."

살아 있는 덩치 큰 동물에게 칼을 꽂는다는 생각을 하자 갑자기 몸이 굳었다.

그녀가 손을 바들바들 떨었다.

"어서 잡아야 하는데……."

진초운이 그녀의 손에서 식칼을 빼앗았다.

"이런 거친 일은 이 오라비에게 맡겨."

"하지만 주방 일은 제가……."

"어제 석가장에서 봤잖아. 내가 음식 재료 다듬는 데는 일가견이 있지."

그는 한 손에 식칼을 들고 어깨에 멧돼지를 들쳐 업었다.

"기다리고 있어. 냇가에 가서 잡아올 테니까."

멧돼지는 진초운의 손에서 완벽하게 해체가 되었다. 멧돼지 고기는 최고의 상태로 유미미에게 전달되었다.

음식 맛의 반은 얼마나 좋은 재료를 썼느냐에 의해서 결정

된다. 싸구려 고기를 일류 요리사가 굽는 것보다는 질 좋은 것을 초보 요리사가 굽는 것이 훨씬 더 맛있는 법이다.

그리고 유미미의 솜씨는 그리 나쁘지 않았다. 더구나 멧돼지 고기를 굽는 데는 그리 큰 기술이 필요하지 않다. 중요한 건 고기의 상태다. 지금 멧돼지 고기는 일세를 풍미한 최고의 검법으로 완벽하게 다듬어져 있었다.

진초운은 국수를 판다는 글씨 옆에 멧돼지 고기를 추가로 적어 넣었다.

"미미야, 일단 고기 굽자."

"네? 손님도 없는데요?"

"냄새라도 풍겨야 손님이 오지."

"아까운데……."

"구운 건 우리가 먹으면 돼."

"꿀꺽. 알았어요."

본격적으로 고기를 굽기 시작하자 냄새가 주변으로 솔솔 퍼져 나갔다.

지나가던 사람 몇이 그 냄새에 끌려 질문했다.

"멧돼지 고기? 저거 파는 거요?"

진초운이 즉시 대답했다.

"물론입니다. 오늘 개업 기념으로 멧돼지 고기 구이를 저렴한 값에 팔고 있습니다."

"그다지 맛있어 보이지 않는데?"

"맛있습니다. 정말 맛있습니다. 맛이라도 조금 보시겠습니까? 맛만 보는 건 공짜입니다."

"공짜라면야……."

진초운은 유미미가 굽고 있던 고기를 조금 잘라 내밀었다. 지나가던 사람들이 그 고기를 한 조각씩 맛보았다.

그들은 미식가가 아니다. 음식 맛에서 봄볕이나 급류를 느끼지는 못한다. 하지만 맛이 있고 없음을 구분할 수 있는 정도의 입맛은 가지고 있다.

"오오, 이거 정말 끝내주는데?"

더 이상 말이 필요없었다. 그들은 즉시 자리를 차고앉았다.

"고기 주시오, 빨리!"

그날 파는 고기는 값이 싸고 맛이 좋았다. 입 안에서 사르르 녹았다.

음식 맛을 잘 구분하지 못하는 보통 사람들도 다른 집 고기와 확연히 다른 맛을 느꼈다.

사람들이 점점 늘어났다. 멧돼지 고기가 빠른 속도로 줄어들었다.

개중에 좋은 고기를 많이 먹어본 사람들은 이 고기가 얼마나 특별한지 알아챘다.

나름대로 미식가라고 자랑하고 다니던 사람이 시장에 나왔다가 소문을 듣고 찾아왔다. 그는 그 고기를 맛본 후 눈물을 흘리며 소리쳤다.

"멧돼지가 살아 있다!"

그것으로 뒷일은 결정되었다. 사람들이 구름처럼 몰렸다.

한 마리 분량의 멧돼지는 순식간에 사라졌다. 더 이상 팔 음식이 없다고 선언하고 나서야 사람들이 물러갔다.

진초운과 유미미는 수북하게 쌓인 철전을 보고 벌린 입을 다물지 못했다.

유미미가 눈물을 뚝뚝 흘렸다.

"우리 이제 안 망하겠네요?"

"오라비만 믿으라고 했잖아. 앞으로는 굶지 않아도 돼. 실컷 먹을 수 있어."

그녀가 눈물을 펑펑 쏟았다.

"오라버니, 이렇게 좋은데 왜 눈물이 나죠?"

진초운이 그녀의 어깨를 안아주었다.

"이제 고생은 끝났어."

그는 맛을 볼 줄 모른다. 다 맛있다. 그건 남이 남긴 음식을 얻어먹으며 살아온 유미미도 크게 다르지 않다. 그저 조금 더 나을 뿐이다.

하지만 그는 주변 정황으로 지금의 음식 맛이 뭔가 특별하다는 것을 깨달았다.

'어제 석 부자 할아버지네 집에서는 사람들이 과식을 했다고 했지. 오늘은 우리 가게에 손님들이 엄청 붐볐어. 두 사건

의 공통점은 내가 식재료를 다듬었다는 것.'

결과를 먼저 찾아놓고 생각하니 그 이유가 짐작이 갔다.

'내가 식재료를 다듬을 때 사용한 것은 활검의 경지. 어제나 오늘 모두 재료 자체는 신선했어. 그 재료를 다듬을 때 내 검법이 맛을 최대한 이끌어냈겠지. 좋은 재료를 최고의 검법으로 다듬었으니 음식 맛이 좋을 수밖에 없지.'

그의 입꼬리가 귀밑에 걸렸다.

"크흐흐흐. 이거 돈이 되겠다. 무공을 익히기 잘했어. 정말 잘했어."

유미미가 고개를 들었다.

"예?"

"아니다. 그런 게 있다. 미미야, 내일부터 우리는 떼돈을 버는 거다, 떼돈!"

유미미가 눈물을 닦고 작은 주먹을 꼭 쥐었다.

"그래요, 떼돈!"

며칠 뒤, 육검문에서 몇 명의 사람이 개천 마을에 찾아왔
다.

홍소천이 그들을 맞았다.

"엄 장로님을 뵙습니다."

육검문의 장로 엄풍영이 고개를 끄덕였다.

"오냐, 수고가 많구나. 그래, 일은 진전이 좀 있느냐?"

홍소천이 고개를 숙였다.

"제가 재주가 미흡하여 아직 쓸 만한 단서를 찾지 못했습
니다."

"이런 일에 네 재주가 모자란다면 우리 육검문에서 누가

재주가 있다고 할 수 있을까? 괜찮다.”

홍소천이 고개를 들었다. 며칠 동안 이 마을을 쑤시고 다녔
다. 아예 성과가 없다고 하기에는 자존심이 상했다.

“그래도 의심스러운 점은 하나 찾아냈습니다.”

“의심스러운 점?”

“천랑파가 이 일에 관심을 기울이고 있습니다.”

“그래, 그 이야기는 들었다. 그래서 내가 세에서 눌리지 않
기 위해 아이들을 데려온 거니까.”

“더구나 문장구와 천랑파의 추요진이 괴한에게 습격당했
습니다. 분명히 이 마을에는 뭔가 있습니다.”

“그 이야기도 들었다. 아직 범인이 누군지는 알아내지 못
했나 보구나?”

“죄송합니다. 하지만 좀 더 조사하다 보면 반드시 사건의
윤곽이 드러날 겁니다.”

“그래야겠지.”

육여경이 엄풍영에게 달라붙어 애교를 떨었다.

“엄 할아버지, 딱딱한 이야기는 나중에 두 분이 따로 하세
요. 저 배고파요.”

엄풍영이 귀여워 죽겠다는 얼굴로 육여경을 보았다.

“녀석, 배가 고프다니?”

“맛있는 게 먹고 싶어요.”

“소천이가 네게 뭘 먹였기에 나를 보자마자 맛있는 것 타

령이냐?"

그녀가 입을 삐쭉 내밀었다.

"흥. 소천 오라버니는 입맛이 싸구려라서 아무거나 다 잘 먹어요. 무인은 그래야 한다나요? 그래서 따라다니는 저도 아무거나 먹어야 했단 말이에요."

"허허허. 녀석. 알겠다."

그가 홍소천을 돌아보았다.

"돈을 아끼지 말고 이 동네에서 가장 맛있는 집으로 가자."

홍소천이 고개를 숙였다.

"예. 그렇다면 저쪽에 있는 주루로 모시겠습니다. 진미각이란 곳의 음식 솜씨가 꽤 괜찮습니다."

육여경이 반대했다.

"그 집 음식은 내 입맛에 차지 않아요. 소천 오라버니는 음식 맛도 모르면서."

그녀는 십원문에서 따라온 무사에게 질문했다.

"이 동네에서는 어느 집이 제일 맛있어요?"

무사가 재빨리 대답했다.

"저쪽 시장에 가면 새로 생긴 식당이 하나 있습니다. 그 집 음식이 최고로 맛있습니다."

"좋아요. 그리로 가요."

그들은 진초운과 유미미가 하는 식당 앞에 늘어섰다. 식당은 사람들로 가득 차 있었다. 바깥쪽으로 줄을 서서 기다리는 사람들도 많았다.

홍소천은 너무 놀라 입을 떡 벌렸다.

"어떻게 며칠 만에 이런 일이……."

육여경도 놀라기는 마찬가지였다. 그녀는 눈까지 비볐다.

"분명히 파리나 날리고 국수밖에 안 파는 집이었는데. 오라버니, 그 집이 아닌가 봐요."

홍소천이 고개를 가로저었다. 그가 진초운을 가리켰다.

"그 집이 맞다. 저 사람이 그대로 있지 않느냐?"

"아, 그 돈 좋아하는 점소이."

엄풍영이 입맛을 다셨다.

"쩝. 그나저나 기다리는 줄이 길구나."

무사 하나가 재빨리 튀어나갔다. 그가 진초운을 향해 소리쳤다.

"귀하신 분들이 오셨다. 당장 자리를 비워라!"

음식을 나르던 진초운이 홍소천 일행을 힐끗 보았다. 다시 소리친 무사를 돌아보고 대답했다.

"줄 서요, 줄."

무사가 발끈했다.

"어허, 이놈! 저분들이 누구신지 모른단 말이냐?"

"여기 줄 선 사람들은 시간이 남는 줄 알아요?"

무사가 검을 잡았다.

"이놈이!"

진초운이 인상을 썼다.

'이것들이 진짜……'

홍소천이 무사를 말렸다.

"그만! 장로님 앞에서 이게 무슨 짓이냐?"

무사가 즉시 뒤로 물러섰다.

"죄, 죄송합니다. 저자가 말귀를 알아듣지 않아 그만……"

"그도 점소이로서의 사정이 있으니 무조건 힘으로 해결하려 하지 마라."

진초운의 인상이 조금 펴졌다.

'저 녀석, 정신이 조금은 제대로 틀어박혔군.'

홍소천이 은자 하나를 툭 던졌다. 그것이 진초운의 발 앞에 떨어졌다.

"그 돈이면 네 손해를 보상하기에 충분하겠지. 손님들을 내보내라."

'돈 좋아하는 녀석이니 말을 듣겠지.'

진초운은 돈을 좋아한다.

'이만한 돈이면 손님들 몇 명 돈을 물어주고 자리를 비울 수 있겠지. 기다리는 사람들도 음식 값 깎아준다고 하면 기분 나빠하지 않을 거고. 그렇게 해도 많이 남을 거야.'

하지만 기분이 상했다.

'그런데 일부러 땅에 던진 거지? 나보고 주우라고?

그가 발끝으로 은자를 툭 찼다. 그것이 홍소천의 앞에 떨어
졌다.

"예외는 없어요."

홍소천은 진초운이 마음에 들었다.

'자존심을 굽히기 싫다? 재주가 있는 놈이라면 그래야지.
내 사람으로 만들면 남의 뇌물을 함부로 받진 않겠군.'

그는 야무진 꿈을 꾸었다. 그러느라 잠시 입을 다물었다.

그 틈에 육여경이 소리를 빽 질렀다.

"이런 건방진 자! 감히 누구 앞에서 돈을 걷어차!"

진초운이 피식 웃었다.

"내 앞에는 돈을 던져도 되고?"

"넌 점소이잖아!"

"점소이는 사람 아냐?"

"이, 이……."

엄풍영이 나섰다.

"여경아, 그만 하거라."

"하지만 엄 할아버지."

엄풍영이 호탕하게 웃었다.

"허허허. 기백이 남다른 것을 보니 점소이로 썩기에는 아
까운 녀석이란 생각이 드는군."

그가 갑자기 진초운을 매섭게 쏘아보았다.

"하지만 지금 세상은 능력도 없이 기백만 가지고 있는 자

가 오래 살기는 힘든 곳이지. 늙은이의 충고라고 생각하게.”

줄을 서 있던 사람들은 긴장했다. 칼을 찬 무인들이 시끄럽게 굴자 겁을 먹고 뒤로 물러서서 공간을 비웠다.

“우, 우리 앞에 서시지요.”

밥을 먹던 사람들 중 일부도 등골이 시렸다. 음식이 아무리 맛이 있어도 살벌한 분위기에서 먹고 싶지는 않다.

사람들이 우르르 일어섰다.

“자, 잘 먹었소.”

홍소천 일행이 앉기에 충분한 숫자의 탁자가 비워졌다.

엄풍영이 느긋한 표정으로 말했다.

“허허, 자리가 났군. 앉도록 하자.”

진초운은 뒷골이 당겼다.

‘정파라고 하는 놈들이 다 이따위니까 내가 세상을 안 구한다고 선언한 거야. 이것들을 어떻게 하지?

성질 같아서는 다 두들겨 패서 쫓아내고 싶었다. 하지만 그러면 조용히 사는 것에 문제가 생긴다.

‘점소이가 육검문의 장로를 패면 소문이 안 날 리가 없어. 예전 같으면 그냥 패고 다른 마을로 튀는 방법도 있었지만 이젠 안 돼. 가게가 이제 본격적으로 돌아가는데……’

그가 망설이는 사이에 주방에서 유미미가 튀어나왔다. 바깥이 시끄러운 것을 보고 상황을 눈치 챘다.

‘우리 오라버니 또 사고 칠라.’

"오라버니, 주문받아요!"

진초운은 할 수 없이 홍소천 일행에게 다가갔다. 탁자를 치워주며 질문했다.

"뭐 드시겠습니까?"

홍소천이 은자 하나를 탁자 위에 올려놓았다. 땅에 떨어진 것은 다른 무사가 챙겨놓았다.

"제일 자신있는 것으로 넉넉히 내와라."

진초운이 은자를 챙겨 넣었다.

"제일 비싼 것으로 드리겠습니다."

'에라, 돈이나 팍팍 벌자.'

음식이 나온 후, 엄풍영이 먼저 한 젓가락 집어먹었다. 그의 눈이 살포시 감겼다.

'이건……'

홍소천이 다음으로 음식을 집어먹었다.

"호오, 보기와는 달리 아주 맛있는데?"

입맛이 워낙 싸구려인 그는 거기까지밖에 구분하지 못했다.

맛있는 것을 많이 먹어본 육여경은 한 젓가락 먹고 눈이 동그래졌다.

"와아……"

그녀의 젓가락질이 빨라졌다.

엄풍영은 음식에 섞여 있는 파 하나를 젓가락으로 들고 유심히 살폈다.

'잘린 단면이 살아 있다. 이건 보통 경지가 아니다!'

음식을 먹지 않고 한 조각 한 조각 자세히 분석했다.

'대부분의 칼질은 평범해. 하지만 가끔 특별한 칼자국이 존재한다.'

그가 진초운에게 손짓을 했다. 진초운이 뿌루퉁한 얼굴로 다가왔다.

"부르셨습니까?"

"이 음식을 누가 요리했나?"

"제 여동생이 했습니다."

"자네 여동생이라… 어리겠군?"

"열여섯입니다."

엄풍영이 생각했다.

'열여섯의 나이에 이런 경지는 불가능해. 혹시……'

"음식 재료는 누가 다듬었나?"

진초운은 엄풍영이 뭘 생각하는지 깨달았다.

'꼴에 장로라고 제법 보는 눈은 있군.'

"제가 했습니다."

엄풍영이 진초운을 유심히 살폈다. 그의 허리에 매인 검이 보였다.

"무공을 익혔나?"

"집안에 전해지는 것 몇 초식을 익힌 것이 전부입니다."

엄풍영은 그 말을 믿었다.

'딱히 무공을 익힌 것같이 보이지는 않아. 하지만 음식 재료를 이런 식으로 자르려면 적어도 나 정도의 검법을 수련하지 않으면 안 되는데⋯⋯.'

"음식 재료를 많이 다듬어보았나?"

진초운은 속으로 웃었다.

'식재료를 대충 다듬기를 잘했군. 석가장에서처럼 열과 성을 다해서 다듬었으면 큰일 났겠어.'

"지금까지 평생 식재료만 다듬었습니다. 그 일에는 아주 달인이 됐다고 자부합니다."

엄풍영은 그때서야 납득했다.

"그렇군. 그래서 이런 솜씨를 얻었군. 이건 식재료 다듬는 데 달인의 경지에 이른 자네가 하나하나를 심혈을 기울여 자른 거야. 그래서 이런 맛이 나는 거로군."

그가 진초운을 보며 탄식했다.

"하아. 아깝구나. 아깝고도 아깝구나."

홍소천이 궁금함을 참지 못하고 질문했다.

"엄 장로님, 뭐가 아까우십니까?"

"이 사람이 음식 재료를 다듬는 데 쓰는 칼솜씨는 활검의 경지니라. 그것 하나만 가지고 말한다면 능히 나와 비견될 수 있다고 할 수 있지."

사람들이 깜짝 놀랐다. 홍소천이 급히 질문했다.

"활검이라니. 이자가 그렇게 대단한 검술 고수라는 말씀이십니까?"

엄풍영이 아쉬워하며 고개를 가로저었다.

"그럴 리가 있느냐. 그의 검술은 보잘것없어 보이는구나. 하지만 한 가지 일만 평생 해오느라 음식 재료 다듬는 실력이 활검의 경지에 이르렀구나. 천하에 이름을 날리는 요리사 정도 돼야 그 경지에 이른다고 들었는데 이 젊은 나이에 그것을 이루었어. 어찌 아깝지 않겠느냐?"

홍소천은 그의 말을 이해할 수 없었다.

"그래 봐야 요리에나 쓰는 칼질입니다. 그럼 실전에는 써먹을 수 없겠군요. 그런데 뭐가 아깝다는 말씀이십니까?"

"아무리 같은 일을 많이 했다고 하나 이 사람의 나이에 그런 경지에 오르기는 쉽지 않다. 자질이 그만큼 뛰어나다는 뜻이지. 식칼도 엄연히 칼은 칼이다. 이 점소이가 식칼이 아니라 검을 쥐고 그렇게 열심히 수련했다면 지금쯤 상당한 성취를 이뤘을 거야. 그러니 어찌 아깝지 않겠느냐?"

그때서야 엄풍영의 말을 이해한 홍소천이 입맛을 다셨다.

'문사가 무공에도 자질이 있다면 더 좋지만……'

"하나 그의 나이는 이미 스물을 넘어선 것으로 보입니다."

"그래서 더 아깝구나. 무공을 제대로 배우기에는 너무 늦었어. 때를 놓쳤어."

그가 진초운을 불쌍한 눈빛으로 바라보며 말했다.

"좌절하지 말고 열심히 살아라. 네가 파를 썰거나 고기를 자르는 솜씨는 분명 가치가 있는 것이니라."

진초운은 어이가 없었다.

'칼도 제대로 잡을 줄 모르는 것들이 아주 놀고 있네.'

그래도 장사는 장사다. 영업용 미소를 얼굴에 덮어씌웠다.

"알겠습니다."

'그냥 조용히 밥이나 처먹고 가라.'

홍소천 일행이 떠나고 얼마 지나지 않아서 이번에는 가게를 판 사람이 나타났다.

"이보십시오."

진초운은 그를 보고 인상을 썼다.

"바가지 씌운 놈!"

그 사람이 두 손을 흔들었다.

"이런, 그렇게 말하지 마십시오. 그것 때문에 할 말이 있어 찾아왔습니다."

"우리 사이에 뭐가 남았어요?"

그가 은자 주머니를 꺼냈다.

"돈을 물어줄 테니 내 가게를 돌려주십시오."

"뭐요? 그게 말이 된다고 생각해요?"

그가 주방 쪽으로 고개를 돌렸다.

“미미야, 나와봐라. 여기 미친 사람 있다.”

유미미가 손을 닦으며 걸어나오다 깜짝 놀라 외쳤다.

“앗! 전주인!”

“이 사람이 은자 돌려줄 테니까 가게 내놓으란다. 황당하지 않냐? 장사가 잘되는 걸 보니까 배가 아팠나 보다.”

전주인이 사정했다.

“그때는 제가 실수를 했습니다. 하지만 아직 며칠 지나지 않았으니 계약을 좀 물러주십시오.”

“아, 글쎄 말도 안 되는 소리를 하지 말라니까요.”

유미미가 곰곰이 생각하다 대답했다.

“알았어요. 다시 팔게요.”

진초운은 깜짝 놀랐다.

“미미야!”

전주인은 고개를 굽실거렸다.

“감사합니다!”

유미미는 손가락 다섯 개를 쫙 폈다.

“대신에 은자 오십 개.”

“예? 제가 판 돈은 은자 스무 개였는데…….”

“돌려주는 게 아녜요. 이미 우리 것이 된 가게를 다시 파는 거죠. 사실 우리는 이 가게를 확장할 계획도 다 세워놓았어요. 갑자기 다시 팔라고 하시면 우리 손해가 커요. 그러니까 은자 오십 개. 싫으면 말고요.”

전주인이 갈등하다가 말했다.

"알겠습니다. 은자를 더 가져오겠습니다. 대신에 오늘 중으로 가게를 비워주십시오."

'이 사람들 마음이 바뀌면 곤란하니까 후딱 돌려받자.'

유미미가 예쁘게 웃으며 고개를 끄덕였다.

"알았어요. 오늘 장사까지만 끝내고 비워줄게요."

전주인이 떠나고 나서 진초운이 유미미에게 질문했다.

"유미야, 이런 가게 가지는 게 꿈이었다며?"

유미미가 눈을 빛냈다.

"크게 먹어야죠."

"응?"

"오라버니가 그러셨잖아요. 투자를 충분히 해야 그만큼 이익을 얻는다고요."

"당연하지."

"장사가 왜 이렇게 잘되겠어요? 다 오라버니와 제 힘이 합쳐져서 나온 결과예요. 그러니까 우리가 다른 곳에 다시 가게를 차려도 여전히 장사가 잘될 거예요."

"뭐, 틀린 말은 아니다만……."

"이걸 팔아 오십 냥을 마련하고, 우리가 가진 돈 중에서 스무 냥을 더하면 총 칠십 냥이 돼요. 그 돈이면 더 큰 가게를 살 수 있어요. 여기처럼 안 좋은 장소를 고르면 아주 큰 가게를 얻을 거예요.”

진초운의 눈도 반짝이기 시작했다.

“가게가 크면 자리가 더 많겠지?”

“그럼 손님이 더 많이 앉을 수 있어요.”

“돈도 더 많이 벌겠구나.”

유미미의 눈에서는 이제 광채가 돌았다.

“거기서도 더 많이 벌면 그다음에는 아주 커다란 가게를 사겠어요.”

진초운도 신이 났다.

“그러면 돈을 더더 많이 벌겠지!”

“오라버니, 그러면 우리가 세운 계획을 생각보다 빨리 이룰 수 있어요.”

“계획?”

그녀가 침을 꿀꺽 삼켰다. 처음의 멧돼지 고기는 맛도 보지 못했다. 그 이후에도 파는 고기에는 손을 대지 못했다. 먹기엔 너무 아까웠다.

자기가 음식을 만들면서 침만 삼킨 것이 벌써 며칠이다. 일이 다 끝나고 남은 것이 있어야 겨우 안심하고 먹었다.

유미미가 손으로 입을 가리고 침을 닦으며 웃었다.

“에헤헤헤. 우리 약속했잖아요, 가게 차려서 돈 많이 벌면 매일 고기를 먹기로.”

그녀 금전 감각으로는 아직 고기를 마음껏 먹을 수 없다.

하지만 큰돈을 벌면 그럴 용기가 날 것만 같았다.

진초운도 웃었다.

"으하하하. 그랬지, 고기. 고기를 매일매일 배 터지게 먹으면서 사는 거야."

그날 밤 유미미는 어깨를 두드리며 자기 방으로 들어갔다. 진초운의 눈에 그녀의 가녀린 어깨가 보였다.

진초운은 씁쓸했다.

'역시 어린애에게 하루 종일 요리하는 일은 무리였겠지?

그날 밤 유미미가 잠든 후에 진초운이 조용히 그녀의 방으로 스며들었다.

유미미는 어깨가 아파 얼굴을 찡그리며 잠들어 있었다. 진초운이 잠든 그녀의 어깨를 매만져 주었다. 손끝에서 내가진력이 흘러나와 그녀의 어깨에 스며들었다.

뭉친 근육이 풀어지고 온몸의 피로가 사라졌다. 그녀의 얼굴이 편안해졌다.

다음날 그들은 원래보다 몇 배 큰 식당을 인수했다. 그곳의 입지조건은 더 나빴다. 시장에서도 조금 떨어져 있었다.

진초운은 가게 이름을 진유각으로 지었다.

현판은 고급으로 만들었다. 그만큼 값이 비쌌다. 유미미는 현판 값으로 은자 한 냥을 지불하면서 한숨을 열 번이나 쉬었다.

진초운도 한숨을 세 번은 쉬었다.

입지가 나빴지만 식당은 항상 손님으로 북적거렸다. 식당이 커졌음에도 불구하고 점심때만 되면 사람들이 아예 줄을 서서 기다렸다.

사람들은 일부러 그곳까지 찾아와서 밥을 먹었다. 이미 그들의 음식 솜씨에 대한 소문은 온 동네에 퍼져 있었다.

유미미는 땀을 흘리며 음식을 만들었다. 잠시도 쉴 틈이 없었다. 하지만 돈 버는 맛에 피곤한 줄도 몰랐다.

진초운이 주방에 들어왔다.

"미미야, 힘들지?"

유미미가 웃었다.

"괜찮아요. 더 힘든 일도 얼마든지 했는데요 뭐."

진초운이 안쓰럽게 웃었다. 뒤를 돌아보고 말했다.

"들어오세요."

석가장의 잔칫날 주방에서 일을 돕던 여자 두 명이 들어왔다. 유미미가 그녀들을 알아보고 깜짝 놀랐다.

"어머, 아줌마. 어쩐 일이세요?"

여자 한 명이 웃었다.

"호호호. 초운 총각이 아침에 오더니 우리보고 너 좀 도와줄 수 있냐고 묻지 뭐니?"

"네에?"

“품삯도 넉넉히 준다고 하니 우리도 좋지.”

여인들은 어느새 자리를 잡았다. 그녀들은 능숙한 솜씨로 음식을 만들기 시작했다.

유미미가 진초운을 올려다보았다.

“오라버니…….”

“이제부터는 좀 쉬어가면서 해라. 너무 무리했어.”

“하지만…….”

진초운이 웃으며 말했다.

“네가 쓰러지면 돈이 다 무슨 소용이냐? 돈도 중요하지만 그것보다는 네가 백만 배는 더 소중하다.”

그녀가 고개를 푹 숙였다.

“예.”

붉어진 얼굴을 들킬까 무서워 고개를 들지 못했다.

혼자서 하던 주방 일을 셋이 나눠 하게 되자 유미미는 한층 여유가 생겼다.

식당 쪽에는 여전히 진초운 혼자 일하고 있었다. 그는 빠른 동작으로 사람들에게 음식을 나르고 탁자를 치웠다. 특히 돈 받는 것은 단 한 푼도 실수하지 않았다.

그에게 홍소천이 찾아왔다.

“이봐.”

진초운이 그를 힐끗 보았다. 어제 삐친 것이 다 안 풀렸다.

목소리가 퉁명스럽게 나왔다.

"줄 서요."

"어허. 난 밥 먹으러 온 게 아니다."

"안 먹을 거면 가요."

"이 친구 어제 일로 기분이라도 상했나 보군. 내 이야기나 좀 들어보지 않겠나?"

"바쁜데요?"

"돈이 되는 이야기라네."

진초운의 동작이 멎었다. 그가 홍소천을 돌아보았다.

"무슨 일인데요?"

홍소천이 미소를 지으며 제안했다.

"자네, 지금 일에 만족하나?"

"돈이 되는데 왜 안 만족하겠어요?"

"사나이 인생이 어디 돈으로 따질 것인가? 자네, 큰물에서 놀아보지 않겠나?"

진초운이 얼굴을 실룩였다.

'육검문이 큰물이냐? 연못이지.'

"싫은데요?"

"어허. 다 듣지도 않고 그게 무슨 소린가? 내가 자네를 우리 육검문의 문사로 고용하겠네."

진초운은 자신이 무사가 아니라 문사의 제안을 받으리라고 예상하지는 못했다.

“문사?”

“그렇지. 내 직속 수하 자리이지. 급료가 많은 건 아니지만 그곳에 있으면 기회를 잡을 수 있지.”

“기회?”

“세상에 이름을 날릴 수 있는 기회 말이다. 어때? 나를 따라가면 그 기회를 주겠다.”

홍소천이 주먹을 꽉 쥐며 외쳤다.

“사나이라면 이 기회를 잡아라!”

진초운이 뒷골을 잡았다.

‘크으. 이런 미친놈. 나보고 무림에 나가라니.’

그가 식당을 가리켰다.

“뭐가 보여요?”

“밥 먹는 사람들이 보이는군.”

“제 눈엔 돈이 보여요.”

“응?”

“저 사람들이 밥 먹고 내는 돈이 얼마나 많은지 알아요? 육 검문이 일개 문사에게 그만한 돈을 지불할 수 있어요?”

무림문파의 잘나가는 제자인 홍소천은 진초운의 생각을 이해할 수 없었다.

“사나이에게 어디 돈이 전부라고 할 수 있나? 사나이는 큰 꿈을 가져야지.”

“사나이 안 할 겁니다.”

"뭣이? 그게 무슨 말도 안 되는 소리냐?"

"그리고 이 식당은 나랑 우리 미미, 둘이 주인이에요. 손님은 있지만 우리 위에 아무도 없다고요. 하지만 거기 가면 눈치 봐야 하는 윗분들이 수두룩하겠지요."

"그거야 조직사회에서 당연한 일 아닌가?"

"난 그냥 닭머리 할 겁니다. 장사 방해되니 가세요."

진초운은 방금 일어난 사람들의 탁자를 치우러 가버렸다.

홍소천은 자신의 제의를 거절당할 거라고는 생각도 하지 못했다. 당황해서 다시 말을 붙이지 못했다.

"우리 육검문의 문사 자리를 거절하고 한낱 점소이를 하는 자가 있다니. 상상도 못한 일이다."

진초운이 음식 값을 받는 모습이 눈에 들어왔다. 그는 돈을 세며 히죽거리고 있었다.

홍소천은 혼란스러웠다.

"멍청한 건지, 아니면 욕심이 없는 건지. 알 수가 없는 사람이군."

홍소천이 고개를 절레절레 흔들며 떠나고 나서 이번에는 다른 사람들이 그를 찾아왔다.

관상운이 진초운에게 반갑게 손을 흔들었다.

"여어, 초운아. 가게를 열었으면 우리를 불렀어야지."

뒤따라 들어온 정오문도 크게 웃었다.

“하하하. 우리 친구가 이렇게 사업에 성공하다니. 내 일처럼 기쁘다.”

진초운의 눈초리가 곱지 않았다.

관상운은 진초운이 환대를 하지 않자 뜨끔했다. 일부러 미소를 지었다.

“친구야, 우리가 왔는데 뭐 하냐. 요리라도 한 상 차려줘야 할 것 아냐?”

진초운이 불만 가득한 눈으로 그들을 쳐다보았다.

“니들 누구냐?”

관상운이 멈칫거렸다.

“친구야, 우리를 모른단 말이냐?”

정오문도 억울한 듯이 말했다.

“너와 우리 사이에 쌓은 우정이 얼마나 큰데 네가 이제 와서 모른 체를…….”

진초운이 낮은 목소리로 읊조렸다.

“예전에 그렇게 내가 많은 일을 도와줬는데, 거지꼴로 돌아왔다고 해서 상대도 안 해준 놈들. 아니지, 아예 마을에서 쫓아내려고까지…….”

그의 얼굴이 굳었다.

‘혹시 전귀사견을 시켜 나를 쫓아내려던 게 이놈들 아냐? 아니지. 이놈들은 그것들을 고용할 돈이 없지. 그래도 기분 나쁜데?’

관상운과 정오문은 할 말이 없었다.

"그, 그래도 이런 박대를……."

진초운이 경고했다.

"좋은 말로 할 때 가라. 나 뚜껑 열리기 직전이다."

관상운과 정오문은 지은 죄가 있어 더 이상 빌붙을 수가 없었다. 그들은 진초운의 눈치를 보며 식당 바깥으로 도망치듯 물러갔다.

진초운이 그들의 뒷모습을 투덜거렸다.

"전귀사견 이 개자식들은 왜 아직도 안 돌아오는 거야? 정말 그대로 튀었나? 죽고 싶지 않으면 그럴 리가 없는데……."

식당에서 쫓겨난 관상운이 투덜거렸다.

"흥. 초운이 그 자식, 돈 좀 번다고 우리를 모른 척해?"

정오문은 찜찜했다.

"사실 그때 우리가 좀 심하기는 했지."

관상운이 소리를 꽥 질렀다.

"심하긴 뭐가 심해? 그놈 집은 오할파에게 빚이 있었고, 그놈은 거지꼴로 돌아왔잖아. 그럼 누구라도 그렇게 대하는 거 아냐? 우린 잘못없어."

"그래도 우리가 옛날에 진 신세가……."

관상운은 고개를 마구 흔들었다.

"시끄러워. 이렇게 된 이상 나도 자존심이 상해서 그냥은 못 넘어가겠다.”

“어쩌려고?”

“모든 건 초운이 그놈 때문에 일어난 일이야. 놈을 힘으로 쫓아내겠어.”

“하지만 어떻게? 그 녀석 싸움 엄청나게 잘하는데.”

관상운이 목소리를 낮췄다.

“내가 얼마 전에 사귄 형님들이 계신데, 그분들이라면 나를 도와주실 거야.”

“어지간해서는 초운이 상대가 안 될걸?”

“어지간한 분들이 아니야.”

“얼마나 대단한 분들이신데?”

관상운이 자랑스럽게 말했다.

“너도 들어봤을 거야. 금신사호이라고.”

정오문은 깜짝 놀랐다.

“헉! 전귀사견? 너 그런 놈들과 아는 사이였냐?”

“쉿. 그 형님들 앞에서 전귀사견이라고 하면 떡이 되도록 맞는다. 무조건 금신사호이라고 불러 드려야 해.”

“그래서 어떻게 하려고?”

“이제부터 찾아가서 부탁드려야지.”

전귀사견은 걱정에 한숨을 푹푹 쉬었다.

첫째가 말했다.

"휴우. 큰일 났네. 찾기는 찾았는데 그놈이 설마 십원문의 전충이었을 줄이야."

둘째가 맞장구를 쳤다.

"그러게요. 그놈이라고 고자질을 했다가 싸움이 커지면 어떻게 하죠? 잘못하면 우리까지 십원문의 원한을 살 텐데. 십원문이야 무섭지 않지만 그 뒤에는 육검문이 있는데……."

셋째도 한마디 거들었다.

"그렇다고 모르는 척하고 있으면 우리가 죽을 테고."

넷째가 불평했다.

"이게 다 첫째 형님 때문입니다. 왜 상대도 모르고 그런 의뢰를 받았습니까?"

첫째가 벌떡 일어섰다.

"뭐? 이 자식이 이제 위아래도 안 보이나!"

넷째도 지지 않았다.

"언제는 첫째가 아니라 막내라면서!"

"그때야 위기를 벗어나려고 잠시 거짓말을 한 것 아니냐! 네놈이 감히 그걸 흉을 잡아?"

"거짓말로 우리를 팔아먹었잖수!"

"네놈들이 먼저 날 팔아먹었잖아!"

"그놈이 처음에 가라고 할 때 그냥 튀었으면 이런 일도 없었단 말이외다! 안 가고 시비를 건 게 누군데!"

"설마 그렇게 센 줄 누가 알았냐? 알았냐고!"

전귀사견의 단결력은 이미 콩가루 수준이었다. 나머지 둘
도 일어섰다.

"확실히 가라고 할 때 안 간 건 형님이시지."

첫째는 상황이 불리함을 느꼈다.

'헛. 이놈들, 셋이 함께 나를 치려는 눈치다.'

그는 뭔가 빠져나갈 돌파구를 찾기 위해서 눈알을 굴렸다.
좋은 생각이 나지 않았다.

그때였다. 관상운이 그들의 거처로 조용히 들어오며 말했
다.

"저기… 형님들."

전귀사견 네 명이 모두 고개를 획 돌렸다. 그 눈빛에 기가
죽은 관상운이 더듬거렸다.

"저, 상운입니다. 상운이."

첫째은 옳다구나 싶었다.

'이대로 싸우게 되면 내가 불리하다. 이 녀석들을 끌어들
여 분위기를 바꾸자.'

급히 손을 흔들었다.

"오, 상운이구나. 어서 들어오너라."

관상운이 정오문과 함께 안으로 들어왔다. 외부인이 끼어
들자 내분은 잠시 사라졌다.

관상운이 인사를 했다.

"그간 잘 지내셨습니까?"

첫째가 환히 웃었다.

“하하하. 우리야 항상 잘 지내지. 그런데 무슨 일이냐?”

관상운은 첫째가 웃어주자 마음을 놓았다.

‘옳지. 기분이 좋은가 보다.’

“예. 제가 형님들께 의뢰… 라고 말하기는 그렇고 부탁을 좀 드릴 일이 있어서 찾아왔습니다.”

“부탁?”

“물론 대가는 섭섭지 않게 생각하고 있습니다.”

“그거 좋지. 그래, 무슨 일이냐?”

“예. 시장 한쪽에 최근에 식당이 하나 문을 열었습니다. 진유각이라고 합니다.”

“그런데?”

“거기 주인 놈을 좀 혼내주셨으면 합니다.”

“혼내주기만 하면 되는 거냐?”

“아닙니다. 아예 마을에서 쫓아내 주십시오.”

첫째가 다른 세 명의 눈치를 살피며 시간을 끌었다.

“흐음. 어려운 일은 아니다만. 그래서 그 일로 얼마를 생각하고 있느냐?”

관상운이 웃었다.

“헤헤. 바로 그 사례금 문제 때문에 그놈을 그냥 쫓아내면 안 됩니다. 번거로우시겠지만 수고를 좀 해주셨으면 합니다.”

"돈이 된다면 당연히 수고를 해야지. 무슨 수고?"

"그 주인 놈을 납치해서 데리고 계시면 제가 그놈의 여자와 몸값 협상을 하겠습니다."

다른 전귀사견들도 관심을 가졌다. 둘째가 질문했다.

"얼마나 뜯어낼 수 있는데?"

"최근에 진유각을 차린 걸로 볼 때 아마 돈이 제법 있나 봅니다. 은자 수십 냥쯤은 받아낼 수 있을 겁니다. 그 돈의 절반을 드리겠습니다."

셋째가 질문했다.

"돈은 짭짤한데 후환은 없겠지? 납치했는데 알고 보니 십원문이나 오할파에서 뒤를 봐주는 사람이라면 골치 아파진다."

관상운이 웃었다.

"하하하. 그놈은 여자랑 단둘이 지내고 있습니다. 거지꼴로 돌아온 놈에게 무슨 배경이 있겠습니까?"

그 말을 들은 전귀사견의 얼굴이 환해졌다.

넷째가 기쁜 얼굴로 말했다.

"거저먹는 일이군."

첫째는 마음이 놓였다.

'다들 기분이 풀렸으니 싸움은 끝났군. 게다가 돈도 제법 생기는 일이 들어오고.'

그가 기분 좋은 얼굴로 관상운에게 질문했다.

"그래, 그 쫓아낼 놈 이름이 뭐냐?"

관상운이 목소리를 낮추었다.

"진초운이라는 녀석입니다."

전귀사견 네 명의 안색이 백지장처럼 허예졌다.

첫째가 질문했다.

"이름이 뭐라고?"

관상운은 아직 바뀐 분위기를 눈치 채지 못했다.

"진초운입니다, 진초운."

첫째가 주먹을 쥐었다. 둘째가 어깨를 풀었다. 셋째가 출구를 막았다.

넷째가 몽둥이를 들어 자기 손바닥을 툭툭 치며 말했다.

"누가 시켰냐?"

"예?"

"누가 우리를 죽이라고 시켰냐."

관상운은 어리둥절했다.

"무, 무슨 말씀을. 형님들이 아니라 진초운 그놈이라니까요. 그것도 죽이라는 게 아니라 형님들이 직접 가서 쫓아내 주시기만 하면 되는……."

첫째가 주먹을 휘두르며 소리쳤다.

"그게 죽으라는 소리잖아!"

피떡이 되도록 맞은 후 버려진 관상운이 하늘을 보며 중얼거렸다.

"내, 내가 뭘 잘못 말한 거지?"

조금 덜 맞은 정오문이 겨우 몸을 일으켰다.

"애초에 시작부터 우리가 잘못한 거지 뭐."

관상운이 힘없이 말했다.

"우리, 천벌을 받은 걸까?"

정오문이 대답했다.

"어."

진유각에서는 술을 팔지 않는다. 술장사 자체에 대해 나쁜 생각이 있어서가 아니다.

처음 진유각을 열기 전에 진초운이 유미미에게 말했다.

"술손님은 한자리에 오래오래 앉아서 몇 시진이고 버티거든. 음식은 안주 삼아 조금씩 집어먹지. 손해야, 손해."

유미미도 동의했다.

"맞아요. 얼른얼른 먹고 나가야 새 손님을 받죠."

"그래. 그러니까 우리는 술은 절대로 팔지 말자."

"당연하죠!"

술손님을 받지 않으니 밤늦게까지 장사할 필요가 없었다.

해 떨어지고 얼마 후에 대충 손님이 정리되고 나자 진초운이 가게문을 닫으려고 했다.

유미미는 반대했다.

"한 푼이라도 더 벌어야 할 때에 문을 왜 닫아요?"

진초운이 웃어주었다.

"아무리 돈이 좋아도 사람이 일만 하고 살 수는 없는 거야."

"그래도 가게를 더 키우려면……."

진초운이 새로운 제안을 했다.

"우리 오랜만에 강가에 가볼까? 밤놀이하는 배들이 돌아다니더라."

유미미가 머뭇거렸다.

'오라버니하고 배 타고 밤놀이…….'

눈앞에 진초운과 같이 조각배를 타고 강물 위를 흐르는 모습이 환상처럼 떠올랐다.

'하고 싶어. 너무 하고 싶어. 하지만… 배 빌리는 거 상당히 비쌀 텐데…….'

진초운이 그녀의 고민을 해결해 주었다.

"강가에 가면 지나가는 배 구경하면서 놀 만한 장소가 많아. 돈은 한 푼도 들지 않아."

공짜라는 말에 유미미가 즉시 반응을 보였다.

"헤헤. 그럼 어서 문 닫고 가요. 손님들이 남긴 음식 중에 상태 좋은 걸 따로 모아놨으니까 우리 가져가서 먹어요."

강 위에는 여러 척의 배가 떠다녔다. 부자들은 자기 소유의 배를 띄워놓고 그 위에서 술을 마셨다. 젊은 연인들은 큰맘 먹고 배를 빌려 놀았다.

그리고 강가에는 제법 많은 사람들이 돗자리를 펴놓고 앉아서 불이 켜진 채 흘러가는 배를 구경했다.

진초운은 가게에서 가져온 돗자리를 깔았다. 유미미가 남은 음식들을 그 위에 늘어놓았다.

유미미가 신이 나서 손뼉을 쳤다.

"와아. 너무 좋아요."

"하하하. 우리 자주 오자고. 이제 돈을 많이 버니까 이런 건 얼마든지 하고 놀 수 있어."

"네에!"

돈을 버느라 바빠 아직 저녁을 먹지 않았다. 그들은 음식을 주워 먹으며 웃음꽃을 피웠다.

갑자기 진초운이 손을 멈추고 뒤를 돌아보았다. 유미미가 그를 따라 고개를 돌렸다.

아이들 몇 명이 멀찌감치에서 그들을 보며 손가락만 빨고 있었다.

유미미는 그 아이들이 왜 자신들을 보는지 한눈에 알아보았다. 그녀 자신도 불과 얼마 전까지만 해도 저 아이들처럼 남들이 먹는 것을 구경하고는 했다.

그녀가 환히 웃어주며 손을 흔들었다.

"얘들아!"

십여 명의 아이들이 움찔거렸다. 혼이라도 날까 봐 두려워했다.

유미미가 손을 열심히 흔들며 외쳤다.

"우리 배부르거든? 그러니까 니들이 와서 좀 도와줄래?"

아이들이 잔뜩 경계의 눈초리로 그녀를 쳐다보았다.

유미미는 포기하지 않았다. 그녀는 아이들의 기분을 너무 잘 알았다.

"어서, 어서 이리 와! 우린 이제 더 못 먹어!"

아이들이 조금씩 다가왔다. 어느 순간 우르르 달려들었다.

유미미가 싸온 음식은 많았다. 하지만 아이들은 걸신들린 것처럼 그것들을 순식간에 먹어치웠다.

유미미가 아이들을 바라보았다. 그녀의 눈에 눈물이 그렁그렁 맺혔다.

진초운은 제일 큰 아이가 음식을 먹으며 몰래 조금씩 감추는 것을 보았다. 아이의 솜씨는 좋았지만 진초운의 눈을 피할 수는 없었다.

이제 남은 음식은 없었다. 아이들이 다시 손가락을 빨았다.

그가 제일 큰 아이에게 말했다.

"욕심이 많은 녀석이구나."

음식을 숨겨놓은 아이의 몸이 굳었다. 그 아이는 진초운의 말뜻이 무엇인지 알았다.

아이가 더듬거렸다.

"저기… 저기……."

"다 같이 나눠 먹어야지?"

"집에… 집에… 엄마가… 아파서……."

진초운이 입을 다물었다. 거짓말이 아닌 것 같았다. 갑자기 미안해졌다.

좋은 생각이 들었다. 그가 아이의 머리를 쓰다듬었다.

"착한 녀석이구나."

아이가 머리를 숙였다.

"죄송해요."

"아니야. 괜찮아. 그보다 너 일하지 않을래?"

아이의 눈이 반짝였다.

"할래요!"

"녀석, 무슨 일인지도 모르고 한다고 하냐?"

"뭐든지 할래요. 뭐든지요!"

진초운이 호탕하게 웃었다.

"하하하. 마음에 들었다. 사나이 대장부가 그 정도 기백은 있어야지. 좋다. 너 내일부터 우리 진유각에 나와서 점소이 좀 해라."

아이의 얼굴에 경련이 일었다.

진초운이 질문했다.

“왜? 싫어? 싫으면 말고.”

아이가 화들짝 놀랐다.

“아, 아뇨. 할 거예요. 저녁때 남은 음식만 줘도 돼요. 그러니까 꼭 시켜주세요.”

“좋아. 결정됐다. 이제 우리 진유각에서 남은 음식은 모두 네 거다. 물론, 혼자 먹으면 안 된다. 다른 아이들과 나눠 먹어야 착한 아이지?”

아이가 힘차게 대답했다.

“네!”

“그리고 품삯도 챙겨줄 테니까 어머니 약값이라도 해라.”

아이가 믿어지지 않는다는 듯이 물었다.

“도, 돈도 주시게요?”

“물론이지. 설마 공짜로 부려먹을 줄 알았냐? 이 진초운 인생에 착취란 없어.”

아이들이 인사를 하고 간 후에 진초운이 배를 쓰다듬었다.

“미미야, 배고프다.”

유미미가 웃었다.

“집에 곡식이 좀 남아 있어요. 돌아가면 그거 끓여 드릴게요.”

“거기 닭도 한 마리 넣으면 안 될까? 우리 이제 그 정도는 먹어도 되잖아.”

닭죽 이야기가 나오자 유미미가 침을 삼켰다. 그녀도 양을
채우려면 아직 한참 멀었다.

"헤헤. 알았어요. 닭죽."

진초운이 벌렁 드러누웠다.

"아, 그나저나 저 녀석. 점소이 하라니까 얼굴을 찡그리고
난리야. 점소이가 어때서."

유미미가 웃었다.

"호호. 오라버니, 쟤 그래서 그런 거 아녜요."

"맞아. 얼굴 바르르 떠는 거 내가 분명히 봤어."

"사나이 대장부라고 해서 싫어한 거예요."

"그게 왜? 지가 무슨 계집아이라도 된데?"

"네."

드러누운 진초운의 얼굴이 굳었다.

"응?"

"저, 쟤 몇 번 본 적 있어요. 남자 옷을 입어서 그렇지 여자
아이 맞아요."

진초운이 몸을 벌떡 일으켰다.

"뭐어어어?"

식당 진유각은 아침에는 문을 열지 않는다. 어차피 아침을
제대로 챙겨먹는 사람은 별로 없다. 점심부터 저녁까지만 영
업을 한다. 유미미는 새벽 손님부터 받자고 주장했지만 진초

운이 단호하게 거절했다.

'낮일도 힘든데 그러다가 우리 미미 쓰러질라.'

진초운과 유미미는 오전 늦게 돼서야 진유각으로 왔다. 이제부터 식재료를 사다가 문을 열기 전에 진초운이 다듬어놓으면, 문을 연 후에 유미미가 다른 여자 두 명과 함께 요리로 만들어 파는 것이 그들의 하루 일과다.

진유각의 문 앞에 여자애가 쭈그리고 앉아 있었다.

그녀는 진초운을 보자마자 얼른 일어나서 고개를 꾸벅 숙였다.

"주인 어른 오셨어요?"

어제의 일을 의식했는지 확실히 여자 아이의 옷을 입고 있었다. 낡아빠졌지만 여자 옷이 분명했다. 머리까지 예쁘게 땋았다.

진초운은 난처했다.

'이렇게 보니 여자애가 맞기는 맞네. 아, 이거 난감하네. 여자애를 점소이를 시키다니. 그거 힘든 일인데.'

그가 머뭇거리자 유미미가 그의 팔을 슬쩍 당겨 눈치를 주었다. 진초운이 질문했다.

"몇 살이냐?"

"하조연. 열두 살이에요."

어쩔 수 없었다.

"주인 어른이라고 부르지 마라."

하조연의 얼굴이 순식간에 울상으로 변했다.

'어제 일하게 해준다는 말은 나를 놀린 거였어. 너무해. 좋은 사람인 줄 알았는데.'

진초운이 급히 말했다.

"그냥 오라버니라고 불러라."

그 말에 진초운의 팔을 잡고 있던 유미미가 움찔했다.

그래도 그녀는 하조연의 머리를 쓰다듬어 주었다.

"난 유미미야. 진유각의 첫 자는 오라버니의 성, 그리고 두 번째 글자는 내 성을 딴 거란다. 넌 우리 오라버니를 앞으로 초운 오라버니라고 부르렴."

그녀는 진초운을 부르는 호칭에 조금이라도 차별을 두고 싶어했다.

하조연이 거절할 이유는 없었다. 머리가 나쁘지도 않았다. 유미미의 말을 듣고 그녀가 단순히 고용된 신분이 아님을 깨달았다.

그녀는 얼른 고개를 숙여 인사했다.

"네, 미미 언니. 네, 초운 오라버니."

며칠이 더 지났다. 하조연은 똑소리 나게 자리 몫의 일을 해냈다. 주문받는 것은 절대로 틀리지 않았고, 음식 접시도 확실히 갖다 놓았다. 힘이 모자라 한번에 많은 양을 나르지는 못했지만 그런 경우에는 진초운이 알아서 도와주었다.

사람 하나 늘어난 것만으로도 진초운은 꽤 여유가 생겼다.

그는 가게에 들어오는 사람들을 보며 새로운 고민이 하나 생겼다.

'손님 중에 무림인의 숫자가 늘고 있어. 그 말은 이 동네 자체에 무림인이 늘어난다는 뜻.'

그 이유 중 하나는 이미 알고 있었다.

'예전에는 십원문과 오할파가 이 동네에서 세력 싸움을 했지. 하지만 이제는 그 뒤를 봐주던 육검문과 천랑파가 여기서 신경전을 벌인단 말씀이야.'

그 원인은 자신이 무공을 사용해서 왕호진을 처단했기 때문이다.

'그때 조금만 더 조용히 처리했으면 지금 이 고민 안 해도 되는데 말이야. 에이 참, 하여간 나는 사서 고생을 한다니까. 어떻게 조용히 넘어갔으면 좋겠는데.'

정확히 말하면 문장구와 추요진을 박살 내놓은 것도 이 사태에 한몫했다. 하지만 그 일은 후회하지 않았다.

'그리고 그거 말고도……'

그의 눈이 식당의 다른 사람들을 훑었다.

'광산 개발한다는 사람들. 와서 음식 팔아주는 건 고맙지만, 아무래도 찜찜해. 몇 개월이나 광산 개발을 했지만 아무것도 못 캐낸 건 그렇다고 쳐. 문제는 왕호진. 그놈이 광산 개발에 관계된 일을 했다는 거지.'

그 생각을 하니 광산 관계자들이 다 의심스러웠다.

'왕호진과 거기 있던 무사 놈들의 무공은 나쁘지 않았어. 그런 놈들이 왜 광산 개발과 엮여 있지? 혹시 금광이라도 개발하는 건가? 금광이 나오면 도둑이 들 염려가 있으니 미리 와서 대기하는 건가?'

생각한다고 답이 나오지는 않았다.

문득, 그는 새로운 생각이 하나 들었다.

'내가 무공을 익힌 수련동, 광산 개발한다고 들쑤시다가 그걸 발견하는 게 아닐까?'

그때 손님이 그를 찾았다.

"어이, 점소이!"

하조연은 다른 주문을 받느라 바빴다. 진초운이 달려가며 외쳤다.

"네, 갑니다."

'에라, 거기는 이제 비급 한 장이나 이끼 한 조각도 남은 게 없으니 찾든 말든 알게 뭐야. 텅 빈 동굴, 이젠 내부가 다 무너진 곳이니까 맘대로 하라고 해.'

새로운 손님이 들어오자 진초운이 영업용 웃음을 지으며 외쳤다.

"어서 오십⋯⋯."

그가 입을 다물었다.

전귀사견이 그의 앞에서 쭈뼛거리고 있었다.

진초운이 고개를 돌려 외쳤다.

"조연아, 나 잠깐만 나갔다 온다."

하조연이 즉시 대답했다.

"다녀오세요, 초운 오라버니."

진초운이 전귀사견에게 손가락을 까닥였다. 그들이 도살장에 끌려가는 소의 심정으로 진초운의 뒤를 따라 걸어갔다.

으쓱한 곳으로 그들을 데려간 진초운이 말했다.

"니들 좀 늦었다?"

전귀사견이 즉시 엎어졌다.

"죄송합니다!"

"죄송이고 나발이고. 어떤 놈 짓인지는 알아왔냐?"

첫째가 고개를 발딱 들었다.

"물론입니다."

"누구 짓이든?"

"그게 저……."

"맞고 대답할래, 그냥 대답할래?"

"십원문에 전충이라는 무사가 있습니다."

"전충? 십원문에서의 비중은?"

"십원문이 자랑하는 실력자입니다."

"그놈 짓이 확실해?"

"틀림없습니다. 얼굴을 확인했습니다."

진초운은 짐작 가는 것이 있었다.

'혹시 연홍이가?'

그의 옛날 애인 한연홍은 그를 버리고 십원문의 소문주의 약혼녀가 되었다.

하지만 그 생각은 금방 털어버렸다.

'연홍이가 좀 못돼먹기는 했지만 그래도 한때는 애인이었던 나에게 손을 쓰지는 않았을 거야. 그럼 뭐지? 십원문의 뒤에는 육검문이 있고, 육검문의 뒤에는 무황성이 있지. 무황성 놈들. 뭔가 눈치 챈 걸까?'

고민해 봤자 정보가 너무 없었다. 쉽게 생각하기로 했다.

"에라, 모르겠다. 나중에 짬나면 전충이란 놈 잡아다가 물어보지 뭐."

전귀사견은 뜨끔했다. 첫째가 조심스럽게 말했다.

"저기, 대협. 전충은 강합니다."

진초운이 피식 웃었다.

"니들이 진짜 강한 게 뭔지 못 봤구나?"

첫째는 그 말의 의미를 충분히 이해하지 못했다.

"전충이 강할 뿐만 아니라, 그의 배경은 십원문입니다."

"그래서?"

"십원문의 뒤에는 육검문이 있습니다."

"그래서?"

"그 뒤에는 천하에서 가장 강한 무력 단체라는 무황성이 있습니다.”

“천하에서 가장 강하기는 개뿔이 강해? 너 지금 사혈련 정문 앞에 달려가서 그 말 한번 해보지? 모가지가 백 개쯤 있어도 모조리 떨어질걸?”

첫째는 침을 꿀꺽 삼켰다.

‘말이 안 통하네. 어떻게든 십원문과 원수를 맺지 않게 해야 우리한테까지 불똥이 튀지 않을 텐데.’

“하여간 저는 대협의 몸을 생각하는 뜻에서 충심으로 드리는 말씀입니다.”

“니들이 내 생각을 해?”

“물론입니다. 진심으로 존경하고 있습니다.”

존경 따위를 하고 있을 리가 없다. 진초운도 그 사실을 잘 안다.

“나를 존경한다라… 진짜야?”

“물론입니다. 대협의 명령이라면 지옥불에도 뛰어들 각오가 되어 있습니다.”

진초운이 씩 웃었다.

“잘됐네. 그럼 니들 나를 위해서 일 좀 해라.”

전귀사견은 모두 가슴이 뜨끔했다. 둘째와 셋째, 넷째가 모두 첫째를 몰래 쏘아보았다.

‘가능한 한 가까이 하지 않으려고 했는데…….’

‘얼굴만 봐도 무서워 죽겠구만.’

'저런 걸 첫째 형님이라고 모시고 있었으니 내가 미친놈이
지.'

첫째가 몸을 가볍게 떨며 질문했다.

"무슨 일을 시키시려고……."

'얼마나 위험한 일을 시키려고…….'

진초운이 부드러운 표정으로 질문했다.

"내가 식당 차린 건 알지?"

"물론입니다. 대협의 진유각이 천하제일각이 되기를 진심
으로 기원하고 있습니다."

"거기 와서 일 좀 해라."

"예?"

"가게를 늘려놓으니까 잡일이 많더라고. 탁자 같은 것도
낡아서 새로 만들어야 하고, 주방에서는 항상 물과 장작이 많
이 필요하고, 또 아침에 음식 재료를 사 오는 일도 해야 하고.
지금까지는 내가 다 했는데. 니들 어디 가서 사고 그만 치고
그거나 해."

첫째가 어색한 웃음을 지었다.

"대, 대협. 저희가 그래도 전귀사견이라는 무림명까지 있
는 사람들인데, 어찌 그런 잡일을……."

진초운이 으르렁거렸다.

"내가 매일 하는 일이 잡일이라고?"

첫째가 즉시 머리를 땅에 박았다.

"중요한 일을 맡겨주셔서 감사합니다. 목숨을 걸고 수행하겠습니다!"

"그럼 나중에 조용해지면 찾아와. 미미한테 네놈들 얼굴이나 익혀놔야겠다. 그래야 쉽게 부려먹지."

한마디 협박을 섞었다.

"미미가 겁먹으면 다 죽을 줄 알아. 그 아이 앞에서는 알아서 기어라."

전귀사견이 즉시 머리를 땅에 박았다.

"공주님 모시듯 하겠습니다!"

진초운은 그 반응에 만족했다.

'일꾼 고용할 돈 굳었다.'

그가 손을 내저었다.

"가봐."

전귀사견은 꽁지가 빠져라 도망쳤다.

전귀사견을 보낸 후, 진초운이 혼잣말을 했다.

"어디 보자. 광산 개발 업자들이 수련동을 찾아봤자 거긴 아무것도 없으니 신경 쓸 필요 없고. 공짜로 부려먹을 잡일꾼이 네 명이나 생겼으니 내 일도 편해지겠고. 그러면 이제 전충이라는 놈만 조지면 되는 건가? 동네 분위기가 조금 조용해지기를 기다렸다가 손을 써야겠군."

*　　　*　　　*

작은 연못 앞 정자에서 단백호가 차를 마시고 있었다. 그의 앞에 아름다운 소녀가 앉아서 차를 따랐다.

"문주님, 무슨 생각을 그리 깊이 하시는지요?"

단백호는 찻잔을 내려놓고 대답했다.

"검제 진양백. 그가 이백 년 전에 어딘가에 숨겨놓았을 비급과 영약 생각을 했단다."

소녀 운벽아가 한숨을 쉬었다.

"휴우. 문주님, 걱정이 지나치십니다. 문주님의 무공은 이미 하늘에 닿았습니다. 진양백이 살아 돌아온다고 하더라도 문주님의 상대가 되지는 않습니다."

"왜 그렇게 생각하느냐?"

"문주님의 무공은 지난 이백 년 동안이나 발전시킨 것의 정수입니다. 하지만 진양백의 무공은 어느 산속에서 썩고 있습니다."

"어쩌면 지금 시대의 누군가가 그것을 얻었을지 모르겠구나. 물론 그건 단순한 걱정 같다만……."

"설사 누가 그걸 얻었어도 마찬가지입니다. 이백 년 전에도 백중지세의 무공이었습니다. 이제 그 차이는 따라잡지 못할 만큼 벌어졌습니다."

"그렇다면 좋겠지. 하지만 세상에는 만약이란 것이 있단다."

"만약이라니요?"

“진양백은 말년에 가진 재산과 능력을 모두 동원해 영약을 끌어 모았지. 놈의 후손이 쫄딱 망할 정도로 모든 것을 쏟아 부었으니 그것의 양이 아마 상당할 거야.”

“영약만 가지고 이룰 수 있는 무공에는 한계가 있습니다. 일반 고수를 상대로는 통해도 문주님께는 어림도 없사옵니다.”

“그건 진양백이 누구보다 더 잘 알았을 거야. 그런데도 놈은 그렇게 했어. 그만한 고수가 그렇게 했다면, 뭔가 그게 필요한 일이 있었다는 뜻이지.”

“그라고 해도 실수하지 말란 법은 없습니다.”

“그래. 실수였을 수도 있겠지. 하지만 약간의 불안 요소도 남겨놓기 싫구나. 게다가 그가 남긴 것을 내가 얻으면 세 가지 이익이 있단다.”

운벽아가 고개를 갸웃거렸다. 손가락을 세 개 세우며 질문했다.

“세 가지요? 무엇이옵니까?”

“첫째, 놈이 남긴 안배를 내 적이 차지하지 못하게 되는 거지.”

그녀가 손가락 하나를 접었다.

“그다음은요?”

“둘째, 놈이 남긴 영약. 그것으로 내 부하들을 더 강하게 만들 수 있겠지.”

두 번째 손가락을 접으며 질문했다.

"천하에 문주님보다 돈이 많은 사람은 없습니다. 영약이라면 돈을 풀어 구할 수 있지 않사옵니까?"

"그 많은 양의 영약을 돈으로 구입한다? 그럴 수는 있지. 하지만 소문이 나지 않을 수 있을까? 내가 그것들을 사 모은다면 무황성이나 사혈련이 어떻게 생각할까?"

"아, 소녀가 생각이 짧았사옵니다."

"찾아내기만 하면 그들이 모르게 확보할 수 있는 영약이 잔뜩 생기는 거야. 그 가치는 정말 크다고 할 수 있지."

"그렇사옵니다."

"그리고 어떤 영약은 돈만 가지고는 구할 수 없기도 하단다. 만약 그가 공청석유 같은 전설의 영약이라도 구해놓았다면 나 자신의 무공 향상에 도움이 될 거야."

"공청석유가 있어 문주님께 도움이 되기를 진심으로 바라옵니다. 마지막은 무엇인지요?"

"셋째, 놈의 비급. 그것에 들어 있는 오의를 내가 가진 무공에 접목시킨다면 나는 더욱더 강해질 수 있다."

"이미 문주님은 천하무적이십니다."

"아니, 아직 부족해. 내가 강하다 하나 그건 나 개인의 강함이지."

"문주님의 부하들 역시 강합니다."

"내가 거느린 자들은 정예이기는 하나 수가 너무 적어. 반면에 무황성과 사혈련은 정말 큰 세력이야. 머릿수 차이가 지나치게 크다. 따라서 나는 더 강해져야 해. 천하를 내 손아귀에 쥘 수 있을 만큼 강해지겠다.”

운벽아가 정자에서 엎드려 절을 했다.

“소녀, 문주님의 대업을 위해 이 한 몸 바치겠나이다.”

“그리고 개인적으로 가지고 싶은 것이 하나 있지.”

“문주님께서 원하신다면 당장이라도 사람들을 시켜 구해오도록 하겠사옵니다. 돈을 뿌리고 또 뿌리면 천하에 어떤 것이든 못 구하겠사옵니까?”

“아니. 그건 천하에 한 자루밖에 없는 검이다. 천하의 모든 돈을 동원한다고 하더라도 다시 만들어낼 수는 없어.”

“그것이 도대체 무엇이기에…….”

단백호가 주먹을 꽉 쥐었다.

“검제 진양백의 검. 흑룡검이다.”

운벽아는 검의 이름을 듣고서 그것을 기억해 냈다.

“아아, 흑룡검. 무엇으로도 부러뜨릴 수 없으며 어떠한 기운에도 손상당하지 않는다는 천하에서 가장 단단한 검.”

“그렇지. 부러지지 않는다는 것. 그야말로 나에게 어울리는 무기가 아니겠느냐?”

“하지만 세상에는 뛰어난 장인이 많습니다. 만년한철이라고 해서 못 구할 리 없습니다. 그들을 동원한다면 같은 것을 만들지 못할 리가 없습니다.”

“만년한철로도 흑룡검을 만드는 것은 불가능하다. 왜인지 아느냐?"

"소녀 지식이 짧아 모르겠사옵니다."

"먼 옛날 언젠가 하늘에서 유성이 땅에 떨어진 적이 있다. 그 유성에서는 지금까지 한 번도 본 적이 없는 검은 쇠가 나왔다."

"아아, 그것이 혹시……."

"그 쇠를 용광로에 넣어도 녹일 수 없었다. 무림고수가 아무리 내려쳐도 흠집조차 나지 않았다."

"그런데 어떻게 검으로 만들었는지요?"

"그런 쇠가 있다는 소리를 들은 대장장이 열 명이 달려들었다. 그들은 당시 최고로 꼽히던 자들이었다. 그들이 십 년 동안 오직 그것만을 두드려 겨우 검을 한 자루 만들었다. 그것이 흑룡검이다. 그러니 운이 좋아 그 쇠를 다시 구한다고 하더라도 앞으로 십 년의 세월이 필요하다."

"소녀 이제야 이해했사옵니다. 그 쇠는 하늘에서 떨어졌으니 뇌의 기운을 품었겠지요. 그것이 진양백이 가진 벽력검법의 비밀이로군요?"

"그건 비급을 읽어보지 못했으니 나도 알 수 없지. 벽력검법은 후세에 전해지지 않았으니까. 하지만 뇌의 기운을 품었는지 여부는 중요하지 않다. 더 중요한 것은 바로 그것이 부러지지 않는다는 데 있지. 나를 상징하는 것으로 그것보다 좋은 건 없다. 반드시 차지하겠다."

단백호를 보는 운벽아의 눈빛이 몽롱해졌다.

“반드시 문주님께서 그 검을 소유하시게 되실 거예요.”

그때 호대곡이 그의 앞으로 달려왔다.

“보고드립니다.”

“무슨 일인가?”

그가 운벽아를 힐끗 보았다.

‘아가씨라면 들어도 상관없겠지.’

“경하드립니다!”

“내가 경하받을 일이 무엇일까?”

“광산 개발로 위장해서 검제 진양백이 남긴 보물을 찾던 부하들이 보고를 해왔습니다. 아무래도 그곳을 찾은 것 같습니다.”

단백호가 벌떡 일어섰다.

“뭣이? 그게 정말인가?”

“거의 틀림없습니다.”

단백호는 큰 소리로 웃음을 터뜨렸다.

“하하하. 선조의 원수, 진양백. 드디어 찾아냈군. 그놈이 남긴 무공과 영약의 상태는?”

“문에 봉인이 되어 있는 것으로 보아 고스란히 그대로 있은 것으로 사료되옵니다.”

“봉인?”

“거대한 돌문은 두 조각으로 이루어져 있으며, 그 경계면에 깊은 손바닥 자국이 있습니다. 손바닥 자국이 조금의 비틀

림도 없이 일치하는 것으로 보아 문은 다시 열린 적이 없음이
틀림없습니다.”

“호오. 역시 진양백. 그는 장법 역시 일품이었다고 하지.
좋다. 우선 그곳을 철저히 지키도록 해라. 아무도 접근하지
못하게 하고. 곧 사람을 보내도록 하겠다.”

“알겠습니다.”

운벽아가 단백호에게 말했다.

“그곳에는 소녀가 가도록 하겠습니다.”

“네가?”

“문주님이 직접 움직이시면 무황성과 사혈련이 경계할 것
이 틀림없습니다. 하지만 제가 간다면 누구도 의심하지 않습
니다.”

“그렇지. 좋다, 너에게 부탁하도록 하마.”

운벽아가 그에게 절을 했다.

“보물을 얻게 되신 것을 경하드립니다.”

단백호가 크게 웃었다.

“으하하하. 천하가 내 손에 쥐어지는 기분이로구나. 때가
되면 흑룡검을 높이 들고 천하를 지배하리라!”

*　　　*　　　*

진초운은 흑룡검에 돼지고기를 듬뿍 꽂았다. 그것을 활활

타오르는 모닥불 위에 올려놓고 구웠다. 돼지비계에서 녹아 나온 기름이 흑룡검을 타고 흐르다 뚝뚝 떨어졌다.

그의 곁에서 유미미가 군침을 흘렸다.

"오라버니, 아직 멀었어요?"

"연기가 제대로 배어들어야 더 맛있지. 조금만 참아."

"배고픈데……."

진초운은 그녀의 그런 모습이 너무 귀여웠다. 그녀의 어깨를 살짝 감싸 안고 고개를 들어 하늘을 보았다. 고요한 밤하늘에 별이 반짝였다.

"미미야, 넌 행복하니?"

유미미가 활짝 웃었다.

"네, 너무 행복해요. 오라버니는요?"

진초운이 미소를 지었다.

"나도 행복하다."

'이 평화로운 시간이 영원하기를.'

반짝이던 별들이 하나둘씩 사라졌다. 맑던 하늘은 어느새 먹구름에 뒤덮여 갔다.

『금룡진천하』 2권에 계속